KB151216

Levana

레바나

THE LUNAR CHRONICLES: FAIREST Levana's Story by Marissa Meyer
Copyright ⓒ 2015 by Rampion Books
Originally published by Feiwel and Friends, an imprint of Macmillan
All rights reserved.
This Korean edition was published by THENAN Contents Group Co., Ltd. in 2017 by
arrangement with Marissa Meyer c/o Jill Grinberg Literary Management, LLC through
KCC(Korea Copyright Center Inc.), Seoul.

이 책은 (주)한국저작권센터(KCC)를 통한 저작권자와의 독점계약으로
더난컨텐츠그룹(주)에서 출간되었습니다.
저작권법에 의해 한국 내에서 보호를 받는 저작물이므로 무단전재와 복제를 금합니다

Levana

레바나

마리사 마이어 장편소설 이지연 옮김

THE LUNAR CHRONICLES

북로드

이 책은 독자들,
루나 크로니클 시리즈를 사랑해주신
팬들을 위한 책입니다.
긴 여정, 저와 함께해주셔서 감사합니다.

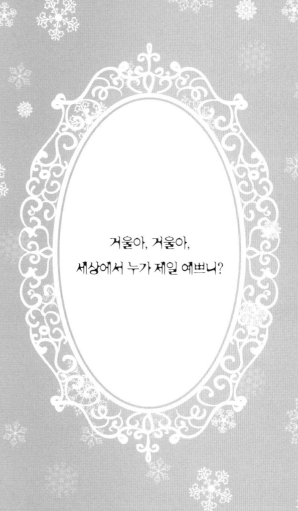

거울아, 거울아,
세상에서 누가 제일 예쁘니?

R
E
V
A
N
A

1장

　불타는 숯 더미에 등을 대고 누워 있었다. 새하얀 불똥이 눈앞에 둥둥 떠다녔지만, 의식을 잃어버리는 자비는 주어지지 않았다. 얼마나 비명을 질러댔는지 목이 다 쉬었다. 살이 타는 냄새가 코를 찌르고 연기가 눈에 들어가 따가웠다. 온몸에 부글부글 물집이 잡히고 터지는 소리가 들렸다. 살이 한 꺼풀 홀랑 벗겨져 그 아래 맨 조직이 고스란히 드러났다.

　무시무시한 통증이었다. 격심한 고통은 끝날 줄 몰랐다. 이제 그만 좀 죽여달라고 빌었지만, 죽음은 찾아오지 않았다.

　온전한 한쪽 손을 뻗어 불길에서 벗어나보려고 했다. 하지만 체중에 눌린 숯 단이 으스러지고 무너지면서 몸은 숯덩이와 연기 속으로 더 깊이 끌려들어갔다.

희뿌연 연무 속에서 언뜻 온화한 눈길을 본 것 같았다. 따뜻한 미소. 손가락을 까닥여 자신을 부르고 있었다. '동생아, 이리 와봐.'

레바나는 헉 하고 숨을 내뱉으며 그 자리에서 풀쩍 뛰어올랐다. 두꺼운 담요가 팔다리에 온통 뒤엉켜 있었다. 땀을 얼마나 흘렸는지 침대 시트가 축축하다 못해 차가웠다. 그런데도 피부는 아직도 꿈에서처럼 데일 듯 뜨거웠다. 목구멍이 다 까진 것처럼 따가웠다. 침을 삼켜보려다가 침에서 연기 냄새가 나는 것 같아 기겁했다. 어스름 밝아오는 새벽 빛 속에서 레바나는 그 자리에 그대로 앉아 진저리를 치며 악몽을 쫓아내려 애썼다. 기나긴 세월 동안 자신을 괴롭혀온 이 지겨운 악몽에서 도저히 벗어날 수 없을 것만 같았다.

레바나는 양손으로 팔이며 옆구리를 몇 번이고 쓸어서 불길이 진짜가 아니라는 것을 확인했다. 나는 산 채로 타고 있지 않다. 나는 안전하다. 나는 내 방에 혼자 있다.

레바나는 떨리는 호흡을 가누지 못한 채 땀에 얼룩진 부분을 피해 시트 한구석으로 자리를 옮겨 누웠다. 눈을 감기가 두려웠다. 레바나는 가만히 누워 천장에 늘어진 캐노피를 뚫어져라 쳐다보면서 심장박동이 제자리를 찾을 때까지 천천히 숨을 내쉬었다.

일부러 다른 생각을 해보려고 오늘은 어떤 모습을 할지 계획을 짜기로 했다. 눈앞에 수천 개의 가능성이 펼쳐졌다. 당연히 모두 아름답겠지만 아름다움에도 여러 종류가 있다. 피부톤, 머릿결, 눈매, 목 길이, 딱 맞는 주근깨, 우아한 걸음걸이 등등. 레바나는 추함에 대해 아는 것만큼이나 아름다움에 대해서도 아는 것이 많았다. 그러다가 문득 오늘이 장례식이라는 사실이 생각났다.

짜증 섞인 신음 소리가 절로 새어나왔다. 하루 종일 그 많은 사람

앞에서 마법을 유지하려면 또 얼마나 피곤할까. 장례식에 가고 싶지 않지만 선택할 수 있는 사항이 아니다. 오늘은 악몽 때문에 집중력이 흐트러져서는 안 될 날이다. 그냥 익숙한 모습 중에서 하나를 고르는 것이 최선일지도.

악몽이 무의식 속으로 희미해져갈 때쯤 레바나는 오늘은 어머니의 모습이 되어볼까 고민했다. 죽을 당시의 자날리 왕비가 아니라 열다섯 살 때 어머니의 모습. 어머니의 광대뼈와 선명한 보라색 눈동자를 하고 장례식에 참석한다면 일종의 오마주가 될 수도 있지 않을까. 다들 마법이라는 것이야 알겠지만, 누가 감히 큰소리를 내 말하겠는가.

레바나는 자신의 나이 때 어머니는 어떤 모습이었을까 잠시 상상해본 다음, 그 모습으로 변신했다. 달빛처럼 밝은 금발 머리는 세련되게 하나로 묶어서 아래쪽에 매듭을 지었다. 얄팍한 얼음처럼 창백한 피부와 성인이 된 레바나보다 약간 작은 키. 그리고 강렬한 눈빛이 죽지 않을 정도의 엷은 분홍색 입술.

마법에 골몰하다 보니 마음이 차분히 가라앉았다. 그러나 시험 삼아 변신해본 모습을 보자마자 아니라는 생각이 들었다. 죽은 어머니의 모습으로 어머니의 장례식에 가고 싶지는 않았다. 그렇게 생각에 몰두해 있는데 똑똑 문 두드리는 소리가 났다.

휴 하고 한숨을 내쉰 레바나는 며칠 전 생각해둔 모습으로 얼른 변신했다. 갈색 피부에 우아한 콧날, 까마귀처럼 검고 짧은 머리카락이 귀여운 모습이었다. 눈동자 색깔을 몇 가지로 바꿔보았지만 결국 선명한 회청색 눈동자에 새카만 속눈썹을 올리기로 했다. 레바나는 주저 없이 오른쪽 눈 밑에 은으로 된 보석을 박아 넣었다.

눈물. 슬픔에 빠져 있다는 징표였다.

"들어와." 레바나가 눈을 뜨며 말했다.

시녀가 쟁반에 아침식사를 담아 왔다. 시녀는 문 앞에서 절을 하면서도 바닥에서 눈을 떼지 않았다. 침대 가까이 올 때까지는 마법도 아무런 쓸모가 없었다.

"전하, 안녕히 주무셨습니까."

레바나가 자세를 고쳐 앉자 시녀는 레바나의 다리에 베드 트레이를 걸쳐놓고 천으로 된 냅킨을 둘러주었다. 그리고 몇백 년 전 지구에서 들여온 수제 도자기 잔에 재스민 차를 따른 다음, 조그만 민트잎 두 개를 띄우고 꿀을 뿌렸다. 레바나는 말없이 기다렸다. 시녀는 크림 페이스트리가 담겨 있는 접시의 뚜껑을 열어 보여준 다음, 한입에 들어갈 만한 크기로 빵을 잘게 썰었다. 시녀가 빵을 써는 동안 레바나는 알록달록한 과일들이 놓인 접시에 눈길을 주었다. 말랑말랑한 복숭아 주위에 블랙베리와 레드베리를 빙 두르고 전체적으로 슈거 파우더를 듬뿍 뿌려놓았다.

"전하, 더 필요한 것은 없으십니까?"

"응, 이거면 됐어. 20분 후에 그 시녀를 올려 보내줘. 상복을 준비해야 하니까."

"알겠습니다, 전하."

대답은 그렇게 했지만 두 사람 다 '그 시녀'란 없다는 것을 알고 있다. 왕궁에 있는 모든 시녀가 '그 시녀'다. 레바나는 누구를 올려 보내든 상관없었다. 누구든 전날 재봉사가 가져다놓은 매끈한 회색 드레스를 레바나의 몸에 꼭 맞게 손볼 수 있기만 하면 된다. 오늘은 얼굴 외에 드레스에까지 마법을 부리느라 신경을 쓰고 싶지 않았다. 그러기에는 머릿속에 생각이 너무 많은 날이다.

시녀는 다시 한 번 무릎을 구부려 절을 하고 방에서 물러났다. 레바나는 쟁반을 내려다보았다. 그제야 자신이 얼마나 배가 '안 고픈지' 깨달았다. 오히려 복통이 느껴졌는데, 아마도 끔찍한 악몽의 여파 같았다. 혹은 슬퍼서일 수도 있지만, 아무래도 그럴 것 같지는 않았다.

부모님이 돌아가셨지만 레바나가 느끼는 상실감은 그리 크지 않았다. 부모님이 돌아가신 지도 벌써 기나긴 낮의 반이 지났다. 인공 하루로 따지면 여드레가 지난 것이다. 부모님은 끔찍한 유혈 참사로 돌아가셨다. 두 분을 암살한 껍데기는 자신이 루나인들의 타고난 재능에 구애받지 않는다는 점을 이용해 왕궁에 몰래 숨어들었다. 왕실 근위병 둘의 머리를 쏘고 3층에 있는 부모님의 침실까지 접근한 놈은 근위병 셋을 더 죽이고 어머니의 목을 그었다. 얼마나 깊이 그었는지 칼날이 척추를 갈랐을 정도다. 다음으로 놈은 복도를 지나 아버지가 정부들 중 한 명과 자고 있던 방에 이르렀고, 아버지의 가슴을 열여섯 번이나 찔렀다. 근위병 둘이 아버지를 발견했을 때 정부는 피를 뒤집어쓴 채 비명을 지르고 있었고, 껍데기 살인범은 계속 칼을 찔러 넣고 있었다.

레바나는 비록 시신을 보지 못했지만 다음 날 아침 그 두 침실을 둘러보았다. 그곳을 보면서 처음으로 든 생각은 저 피를 입술에 바르면 아주 예쁜 립스틱이 될 텐데 하는 것이었다. 물론 적절한 생각이 아니라는 것은 알고 있었다. 하지만 부모님이 아니라 레바나가 살해됐더라도 부모님이 더 나은 생각을 했을 것 같지는 않았다.

레바나가 깨작거리며 페이스트리를 4분의 3 정도, 베리를 다섯

개 정도 먹었을 때 다시 침실 문이 열렸다. 이렇게 빨리 시녀가 들이닥친 것에 레바나는 순간적으로 화가 났지만 그것도 잠시뿐, 자신의 모습에 걸린 마법이 풀리지 않았나부터 확인했다. 그게 뭐 중요하다고.

그런데 문을 연 사람은 얼굴 없는 시녀 중 한 명이 아니라 레바나의 언니 채너리였다. "언니!" 레바나는 그렇게 외치며 베드 트레이를 옆으로 밀쳤다. 잔에 든 차가 출렁거리며 옆으로 넘쳐 컵 받침에 고였다. "들어오라고 안 했잖아."

"그러면 문을 잠그면 되겠네." 그렇게 말한 채너리는 카펫 위를 장어처럼 미끄러져 왔다. "안 그래도 주위에 살인범들이 있는 거 알면서."

하지만 미소를 띠고 말하는 채너리에게선 걱정하는 기색을 전혀 찾아볼 수 없었다. 사실 걱정할 이유도 없었다. 살인범은 근위병들에게 발견되자마자 처형됐기 때문이다. 손에는 피 묻은 칼을 들고 있는 채였다.

밖에 다른 껍데기들이 더 있을 수도 있다는 생각을 하지 않는 것은 아니다. 또 다시 공격을 감행할 만큼 분노하거나 미친 껍데기가 더 있을 수도 있다. 채너리 역시 그렇게 생각하지 않는다면 바보일 것이다. 그런데 바로 그 점이 문제였다. 채너리는 바보가 틀림없다는 점.

게다가 채너리는 예쁜 바보이니, 바보 중에서도 최악이었다. 언니는 곱게 태닝된 피부와 어두운 밤색 머리카락을 갖고 있었다. 끝만 살짝 올라간 눈매는 웃고 있지 않을 때조차 웃는 것처럼 보였다. 레바나는 언니의 미모가 마법의 결과물일 거라고 확신했다. 속이 그렇게 잔혹한 사람이 겉만 그렇게 사랑스러울 순 없다. 하지만 채너리는 어느 쪽도 인정하지 않을 것이다. 언니가 그렇게 만들어낸 미모에서 레바나는 지금까지 작은 빈틈 하나 찾아내지 못했다. 이 바보 같은 여자는 심지어 거울도 신경쓰지 않았다.

채너리는 벌써 장례식 복장을 하고 있었다. 하지만 천이 칙칙한 회색이라는 것 말고는 어느 모로 보나 애도를 위한 복장 같지 않았다. 무용수의 옷처럼 펼쳐진 망사 스커트는 얼마나 부풀어 올랐는지 허벅지까지 거의 수직을 이루고 있었고, 쫙 달라붙는 상체에는 은으로 된 스팽글이 수천 개는 붙어 있었다. 양쪽 팔에는 굵은 회색 줄무늬가 나선형으로 팔을 타고 올라갔는데, 가슴 앞에서 만나 하트 모양을 이루었다. 그리고 그 하트 안에는 '많이 그리울 거예요'라고 흘림체로 써 있었다. 전체적으로 토할 것 같은 의상이었다.

"무슨 일이야?" 레바나는 이불 밖으로 두 다리를 빼내며 물었다.

"오늘은 네 차림새 때문에 당황하지 않아도 되는지 확인하려고." 채너리는 몸을 앞으로 숙이더니 레바나의 눈 밑을 세게 꼬집었다. 박아 넣은 보석이 떨어지지 않는지 확인한 것이다. 레바나는 움찔하며 채너리의 손을 홱 뿌리쳤다.

채너리가 씩 웃으며 말했다. "디테일이 섬세하네."

"언니처럼 두 분이 그리울 거라고 사기 치는 것보다는 낫지." 레바나가 하트 그림을 쏘아보며 말했다.

"사기라고? 천만의 말씀. 나는 정말로 두 분이 많이 그리울 거야. 특히나 둥근 지구가 떠오를 때마다 아버지가 열었던 그 파티들은 말이야. 엄마 옷을 빌려 입고 AR-4 지구에서 쇼핑하던 것도 그리울 테고." 채너리는 멈칫하더니 다시 말을 이었다. "이제 엄마의 담당 재봉사를 그냥 내 재봉사로 임명할 수 있을 테니, 그 부분은 크게 아쉬울 게 없겠군." 채너리는 킥킥 웃더니 침대 끝에 걸터앉아 베리를 하나 집어서 입안에 던져 넣었다. "오늘 장례식장에서 너도 몇 마디 연설할 수 있게 준비해놔."

"내가?" 끔찍한 생각이었다. 다들 '공주가 얼마나 슬퍼하나' 하는 눈빛으로 레바나를 지켜볼 텐데. 레바나는 그렇게까지 사람들을 속일 자신은 없었다.

"너도 딸이잖아. 게다가……." 채너리가 난데없이 목이 멘 척하더니 눈가를 찍어내며 말했다. "나는 이 모든 걸 혼자서 해낼 만큼 강하지 않아. 슬퍼서 정신을 못 차릴 거야. 어쩌면 실신해서 근위병이 나를 어딘가 어둡고 조용한 데로 데려가 깨어날 때까지 기다려야 할지도 몰라." 채너리는 코웃음을 쳤다. 언제 그렇게 슬픈 얼굴을 했나 싶게 싹 바뀐 표정이었다. "이거 괜찮은 생각이네. 그 새로 온 곱슬머리 옆에서 연출해야겠다. 그 친구가 꽤 친절해 보이더라고."

레바나가 채너리를 쏘아보며 말했다. "언니가 근위병이랑 시시덕거릴 수 있게 나더러 이 나라 애도 행사를 주관하라고?"

"아, 그만해." 채너리가 귀를 막으며 말했다. "네 그 징징거리는 소리는 정말 못 들어주겠구나."

"언니, 언니는 여왕이 될 거야. 연설을 하고 중요한 결정을 내려야 한다고. 언니가 내린 결정들은 루나의 온 백성들에게 영향을 줄 거야. 이제 언니의 역할을 좀 진지하게 받아들일 때라는 생각은 안 들어?"

채너리는 웃음을 터뜨리더니 손가락에 남은 설탕 알갱이를 쪽쪽 빨았다. "우리 어머니, 아버지가 그토록 진지했던 것처럼 말이야?"

"어머니, 아버지는 돌아가셨어. 두 분을 죽인 그 시민은 두 분이 일을 썩 잘한다고 생각하지 않았을 거야."

채너리가 손을 휘휘 내저으며 말했다. "동생아, 여왕은 권리야. 구혼자와 시종과 예쁜 드레스가 끝없이 쏟아지는 권리라고. 재미없는 현안들은 조정 신료들이나 마법사들한테 처리하라고 하면 돼. 나는 역사에 웃음이 끊이지 않았던 여왕으로 기록되겠어." 머리카락을 어깨 뒤로 쓸어 넘기며 채너리는 방 안을 한번 휘 둘러보았다. 벽지는 금박으로 화려하게 장식됐고 커튼에는 한 땀 한 땀 자수가 놓여 있었다. "여기에는 왜 거울이 없니? 눈물의 공연을 하기 전에 내가 얼마나 예쁜지 보고 싶은데."

침대에서 기어 나온 레바나는 의자 위에 놓여 있던 가운을 걸쳤다. "거울이 왜 없는지는 언니가 더 잘 알잖아."

그러자 채너리의 입꼬리가 더 올라갔다. 채너리는 침대에서 일어나며 말했다. "아, 맞다. 그렇지. 요즘 네 마법이 워낙 그럴듯해서 깜박 잊고 있었네."

그 순간 채너리가 손등으로 독사처럼 빠르게 레바나의 얼굴을 쳤다. 그 바람에 레바나는 기우뚱하며 침대 기둥 쪽으로 넘어질 뻔했고, 놀라서 순간적으로 마법을 놓쳤다.

"아, 거기 있었네. 우리 미운 오리새끼." 채너리가 속삭였다. 채너리는 한 발 다가오며 레바나의 턱을 잡고 손에 힘을 꽉 주었다. 손을 들어서 벌겋게 달아오른 볼을 가라앉힐 새도 없었다. "다음번에 또 내 명령을 거역하고 싶을 땐 이 모습을 꼭 기억하렴. 네가 친절하게 지적해준 것처럼 나는 여왕이 될 거고, 내 명령에 토를 다는 사람은 누구도 용서하지 않을 거야. 한심한 내 여동생이라면 특히나 더 말이야. 아, 그리고 장례식에선 '네가' 나 대신 연설을 할 거야."

레바나는 고개를 돌리며 눈을 깜박여 차오른 눈물을 꾹 눌렀다. 그리고 얼른 마법으로 다시 모습을 꾸며냈다. 자신의 흉측한 얼굴을 가릴 수 있도록. 자신도 언니처럼 예쁜 것처럼. 시야 밖에서 무언가 움직임이 느껴져서 돌아보았더니 문가에 시녀가 얼어붙은 듯이 서 있었다. 채너리가 방으로 들어오면서 문을 닫지 않은 것이다. 그 시녀는 틀림없이 모든 걸 봤을 것이다. 시녀는 얼른 눈을 내리깔고 무릎을 구부려 절을 했다.

채너리는 레바나의 턱을 놓아주며 물러섰다. 그리고 다시 한 번 예쁘게 미소를 지으며 말했다. "동생아, 상복 입어야지. 오늘은 정말 중요한 날이잖니."

R
E
V
A
N
A

2장

대연회실은 온통 회색 물결로 채워져 있었다. 회색 머리, 회색 화장, 회색 장갑, 회색 드레스, 회색 스타킹. 암회색 재킷, 보랏빛이 도는 회색 소매, 스노드롭 슈즈, 정장 모자. 다들 색조는 우중충했지만 그렇다고 슬퍼 보이는 모습은 전혀 아니었다. 회색 드레스에는 하늘거리는 리본과 보석들이 장식되어 있고, 잔뜩 부풀린 머리에는 반짝이는 꽃 장식이 작은 정원을 이루고 있었다. 부모님이 암살된 후 아르테미시아의 재봉사들이 꽤나 바빴겠다 싶었다.

그에 비하면 레바나의 드레스는 소박한 편이었다. 바닥까지 끌리는 드레스는 톤이 다른 여러 회색의, 무늬가 들어간 벨벳 천으로 만든 것이었다. 레바나는 레이스로 처리된 하이넥 스타일이 마법으로 만든 검정 머리와 아주 잘 어울릴 거라고 생각했다. 발레복 같은 채너리의 드레스만큼 화려하지는 않지만 적어도 점잖게 보였다.

대연회실 앞쪽 무대에선 서거한 왕과 왕비의 모습이 홀로그램으로 나오고 있었다. 두 분 모두 한창 젊었을 때의 모습인데, 웨딩드레스 차림의 어머니는 지금의 레바나와 비슷한 나이 정도로 보였다. 아버지는 왕좌에 앉아 있는데 어깨가 떡 벌어지고 각진 턱선이 살아 있었다. 물론 예술가가 만들어낸 초상화였다. 왕실 가족을 녹화하는 것은 엄격히 금지돼 있기 때문이다. 이 예술가는 아버지의 단호한 눈빛이나 어머니가 손을 흔들 때 우아하게 손가락을 움직이는 모습까지 두 분의 매력을 거의 완벽하게 포착해냈다.

무대 위의 레바나는 채너리 옆에 서서 아르테미시아 주요 가문의 인사들이 한 명 한 명 지나가며 손등에 입을 맞추고 위로의 말을 건넬 때마다 화답하고 있었다. 레바나는 연신 미소를 지으면서도 맏이인 채너리가 자신의 의무를 다하지 않고 연설을 대신 떠넘기려 한다는 생각 때문에 마음이 무거웠다. 레바나는 그렇게 오랫동안 마법을 사용해왔는데도 사람들 앞에 서면 이유 없는 공포를 느꼈다. 순간적으로 마법을 통제하지 못해서 사람들이 있는 그대로의 자신을 보게 될까 봐 두려웠다.

떠도는 소문만으로도 레바나는 이미 충분히 괴로웠다. 어린 공주가 전혀 예쁘지 않다는, 실은 어렸을 때 끔찍한 사고를 겪어서 외모가 그로테스크할 만큼 흉측하게 망가졌다는 수군거림. 누구도 레바나의 본모습을 볼 수 없는 게 천만다행이라고들 했다. 레바나가 마법을 잘 부려서 신성한 궁전에서 그토록 추한 모습을 보지 않아도 되는 게 행운이라고도 했다.

천연덕스럽게 부모님이 정말 훌륭한 분들이었다고 헛소리를 늘어놓는 어느 여자에게 레바나는 고개를 끄덕여 감사를 표했다. 그 때 몇 사람 뒤에 줄을 서 있는 한 남자가 눈에 들어왔다. 레바나는 심장이 쿵 내려앉는 것 같았다. 레바나의 몸은 완전히 기계적으로 움직였다. 고개를 끄덕이고, 한 손을 내밀고, 작은 소리로 "고마워요"라고 말하고…… 세상이 모두 흐릿한 회색 속으로 멀어져갔다.

에브렛 헤일 경이 왕실 근위병이 되어 레바나의 아버지를 수행하게 된 것은 레바나가 겨우 여덟 살 때였다. 레바나는 그때부터 줄곧 그를 사랑했다. 상대가 자신보다 거의 열 살이나 나이가 많은 것도 상관없었다. 에브렛은 흑단처럼 검은 피부에 영민한 눈동자를 가졌다. 근무 중에는 기민했고, 쉴 때는 유쾌했다. 언젠가 그의 눈동자에서 회색과 에메랄드색 반점들을 발견한 이후 레바나는 그의 눈만 보면 홀린 듯 빠져들었다. 다시 한 번 그에게 가까이 다가가 눈속의 반점들을 볼 수 있기를 바랄 뿐이었다. 탄탄하게 동글동글 말려 있는 머리카락은 자유분방해 보일 만큼 길었지만 다듬을 필요는 없을 만큼 짧았다. 레바나는 제복을 입지 않은 그의 모습을 보게 될 줄은 몰랐다. 제복은 그의 팔과 어깨 근육 하나하나를 정직하게 보여주었다. 오늘 에브렛은 단순한 회색 바지에 튜닉 스타일 셔츠를 입고 있었다. 왕가의 장례식에 입기에는 너무 편한 의상이 아닌가 싶을 정도였다. 그러나 그렇게 입은 그는 마치 왕자처럼 기품 있어 보였다.

지난 7년간 에브렛은 레바나가 루나 궁정에서 본 가장 잘생긴 사람이었다. 아니, 아르테미시아 전체에서, 루나 왕국 전체에서 가장 잘생긴 사람이었다. 그 사람 근처에만 가면 왜 심장이 두근거리는지조차 이해하지 못할 만큼 어릴 때부터, 레바나는 그렇게 생각했다. 그런 그가 다가오고 있었다. 네 사람만 지나면. 세 사람, 두 사람…….

손이 떨렸다. 레바나는 허리를 좀 더 꼿꼿이 세웠다. 그리고 마법을 약간 조정해 눈 색깔을 좀 더 밝게 만들고 피부에 박아 넣은 보석이 진짜 눈물처럼 반짝이게 했다. 키도 조금 더 키웠다. 에브렛의 키에 좀 더 근접하면서도 여전히 연약하고 보호해줘야 할 것처럼 여리게.

벌써 몇 달간 에브렛과 이렇게 가깝게 서 있을 명분이 없었는데 바로 지금 에브렛이 두 눈 가득 연민을 담고 그녀에게 다가오고 있었다. 회색과 에메랄드색 반점들이 보였다. 레바나의 상상의 산물이 아닌 진짜 반점들이. 에브렛은 근위병으로서가 아니라 루나의 국민으로서 조의를 표하러 온 것이다. 에브렛은 레바나의 손을 들어 자신의 입가로 가져갔다. 하지만 입맞춤은 레바나의 손마디 바로 위 공중에서 끝났다. 레바나의 귓가에서 맥박이 고동쳤다.

"전하." 그의 목소리를 듣는 것은 그의 눈 속 반점을 보는 것만큼이나 드문 일이다. "고인의 명복을 빕니다. 저희 모두 깊이 애도하고 있습니다만, 그 누구보다 공주님께서 마음이 무거우시겠지요."

레바나는 에브렛의 말을 한 자 한 자 그대로 머릿속에 저장해두려고 애썼다. 나중에 그가 레바나의 손을 잡거나 영혼을 들여다보고 있지 않을 때 다시 꺼내서 분석해볼 수 있게 말이다. '그 누구보다 공주님께서 마음이 무거우시겠지요.'

에브렛은 진심처럼 보였지만 레바나는 그가 돌아가신 왕이나 왕비를 크게 좋아했다고는 생각하지 않았다. 에브렛이 슬퍼하는 것은 아마도 시해 당시 자신이 당번이 아니어서 아무것도 할 수 없었던 것에 대한 슬픔일 것이다. 에브렛은 왕실 근위대 소속이라는 데 대단한 자부심을 갖고 있었다. 하지만 레바나로선 그날 에브렛이 현장에 없었던 것이 더없이 다행이었다. 에브렛 대신 다른 근위병이 죽은 것이.

"고맙습니다." 레바나는 숨을 내쉬었다. "경의 위로가 큰 위안이 되는군요, 헤일 경."

이날 수많은 조문객에게 한 것과 똑같은 말이었다. 뭔가 정말로 깊은 의미가 담긴 표현을 떠올릴 수 있을 만큼 자신이 영리하면 얼마나 좋을까 생각하면서 레바나는 이렇게 덧붙였다. "아버지께서 경을 무척 좋아하셨다는 것을 경도 아시리라 믿습니다."

실제로도 그랬는지 레바나로서는 알 길이 없지만, 에브렛의 눈가가 그윽해지는 것을 보니 어느 정도는 맞는 모양이었다.

"앞으로도 힘닿는 데까지 공주님의 가족을 충심으로 모시겠습니다."

서로간에 해야 할 말들을 주고받자 에브렛은 레바나의 손을 놓아주었다. 손을 제자리에 돌려놓는데 피부가 찌릿찌릿했다. 에브렛은 채너리 쪽으로 바로 옮겨가지 않고 몸을 돌려 옆에 있는 여자를 가리켰다. "전하, 아직 제 아내를 만나보지 못하셨을 겁니다. 이쪽은 레바나 블랙번 공주님, 이쪽은 솔스티스 헤일입니다. 솔스티스, 왕실에서 가장 아름다운 레바나 공주님이셔."

레바나는 속에서 무언가가 쪼그라들며 격하게 뒤틀리는 것을 느꼈다. 하지만 억지로 미소를 쥐어짜내며 손을 내밀었다. 솔스티스는 무릎을 구부려 절을 한 후 레바나의 손가락에 입을 맞췄다. 그리고 뭐라고 말을 건넸지만 레바나의 귀에는 한 마디도 들리지 않았다. 에브렛이 몇 년 전 아내를 맞았다는 것은 레바나도 알고 있었다. 하지만 그 일에 대해 진지하게 생각해본 적은 없었다. 레바나의 부모님도 결혼한 사이였지만 그렇다고 해서 상대방에게 크게 애정이 생기거나 한 것 같지는 않았기 때문이다. 집 안에 하인을 두는 것만큼이나 흔히들 애인을 두고, 정조관념이 지구가 태양을 완전히 가리는 것만큼이나 드문 세상에서 아내가 다 무슨 소용이란 말인가.

하지만 에브렛의 아내를 만나자마자, 금세 세 가지 사실을 분명히 알 수 있었다. 그리고 그 때문에 레바나는 이 여자의 존재를 처음부터 다시 생각해봐야겠다는 생각이 들었다.

첫째, 여자는 심하게 아름다웠다. 마법으로 꾸며냈다거나 한 것도 아니었다. 여자는 발랄해 보이는 하트형 얼굴에 눈썹은 우아하게 아치를 그리고 피부는 밝은 캐러멜색이었다. 늘어뜨린 머리카락은 거의 허리까지 내려왔는데, 굵고 검은 머리카락이 굽실굽실 물결쳤다.

둘째, 여자를 바라보는 에브렛의 눈빛이 더 없이 따뜻했다. 레바나는 남자가 누군가를 그렇게 다정한 눈빛으로 쳐다보는 것을 본 적 없었다. 그걸 보자마자 레바나는 나도 저런 눈빛을 받고 싶다는 갈망이 불붙듯 강렬히 타올라서 고통스러울 지경이었다.

셋째, 에브렛의 아내는 너무나 확실하게 임신한 상태였다. 이 부분은 레바나도 미처 몰랐던 사실이었다.

"만나서 반가워요." 레바나는 자신도 모르게 그렇게 지껄였다. 솔스티스가 뭐라고 답했는지는 들리지 않았다.

"아내는 AR-4 지구에서 재봉사로 일하고 있습니다." 에브렛이 뿌듯한 목소리로 말했다. "오늘 사람들이 입고 온 드레스 중에는 아내가 주문을 받아서 수놓은 것이 여럿 있습니다."

"아, 네. 저도…… 저도 언니가 시내의 재봉사 얘기를 한 것을 들은 것 같네요. 요즘 아주 인기라고……."

솔스티스의 얼굴이 환해지는 것을 보며 레바나는 말끝을 흐렸다. 그 표정을 보고 있으니 마음속의 미움이 더 단단해지는 것 같았다.

솔스티스와 잠깐 대화를 나누었는데도 레바나는 아무것도 기억나지 않았다. 그 대화가 끝나자 에브렛이 아내의 등에 손을 올렸다는 것 말고는. 아내를 보호하려는 듯한 몸짓이었다. 다시 걸어가는 두 사람을 보며 레바나는 그제야 솔스티스가 부서질 듯 연약하다는 것을 알아챘다. 처음에는 미모에 가려져 몰랐지만 원래 허약한 사람인 것 같았다. 장례식 때문에, 아니면 임신 탓에, 혹은 둘 다 때문인지 몰라도 어쨌든 많이 지쳐 보였다. 에브렛이 안쓰러운 표정으로 아내에게 뭐라고 소곤거렸는데, 잘 들리지는 않았다. 그러다가 두 사람은 채너리 앞에 가까워졌다. 솔스티스가 얼른 남편의 주의를 환기시켰다.

레바나는 다시 줄지어 서 있는 사람들을 맞기 시작했다. 명복을 빕니다. 애도합니다. 거짓. 거짓. 온통 거짓이었다. 레바나는 녹화된 영화의 한 장면처럼 움직였다. 고개를 끄덕이고, 한 손을 내밀고, 작은 소리로 "고마워요"라고 말하고……. 줄은 끝없이 이어졌다. 언니는 슬픈 척하는데 질렸는지 점점 킥킥대고 시시덕거렸다. 그 소리가 군중의 나지막한 웅성거림을 깨고 날카롭게 들렸다. 홀로그램 속에서 부모님은 혼인 서약을 하고 있었다.

정조. 신의. '진정한 사랑.' 레바나는 그런 걸 실제로 목격한 적이

한 번도 없었다. 어렸을 때 읽은 동화책이나 이따금 궁정에서 열리는 허황된 연극을 빼고는. 그토록 귀한 대접을 받는 것은 얼마나 꿈 같은 기분일까. 나를 그토록 흠모에 찬 눈빛으로 바라보는 남자가 있다는 것은. 등에 와 닿는 몇 개의 손가락은 우리를 보는 모든 이에게 소리 없이 이렇게 말할 것이다. 나는 이 남자의 것이고, 이 남자는 나의 것이 틀림없다고⋯⋯.

머리에 회색 사슴뿔 모양의 장식을 한 여자가 레바나의 두 눈에 반짝이는 눈물을 보더니, 다 안다는 듯 고개를 끄덕이며 빳빳한 회색 손수건을 건넸다.

3장

장례식이 끝나고 사흘 후, 레바나는 스스로를 설득하고 있었다. 마지막 애도일인 이날 자신이 회색 드레스도 벗지 않은 채 왕궁을 빠져나온 것은 순전히 지루함 때문이다. 애도 기간이 끝나고 새로운 여왕의 즉위를 온 왕국이 기뻐할 때쯤에는 밝고 예쁜 옷을 입고 싶을 것이다. 대관식 때 신을 수놓은 실내화도 새로 장만해야 한다. 어쩌면 섬세한 천으로 만든 스카프를 허리에 둘러야 할 수도 있다. 그렇게 역사적인 날, 그냥 옷장에 있는 옷을 입을 순 없다.

다행히 자기부상셔틀 승강장에 있는 경비병들에게 핑곗거리를 둘러댈 필요는 없었다. 아무도 레바나를 막아서거나 어디 가느냐고 묻지 않았다.

아르테미시아에서 가장 번화한 쇼핑 구역인 AR-4 지구에 도착해보니, 궁정 사람들과 귀족들, 그리고 그 하인들로 북새통을 이루고 있었다. 다들 회색 톤 옷을 입은 채 다음 날 있을 행사와 관련된 주문을 하느라 정신없었다. 레바나를 알아보는 사람은 아무도 없었다. 레바나는 마법을 사용해 검은 피부의 여인으로 변장했다. 키 크고 호리호리한 몸에 가늘고 긴 우아한 목, 광대뼈가 도드라진 얼굴이었다. 머리카락에는 신경 쓰지 않았다. 완벽하게 만들어놓은 얼굴이나 몸매에서 시선을 뺏고 싶지 않았기 때문이다. 말없이 레바나 뒤를 바싹 따르고 있는 왕실 경호원들이 레바나의 정체에 대한 유일한 단서였다. 하지만 길이 너무 북적이다 보니 경호원이나 경호원들이 따르고 있는 소녀를 눈여겨보는 사람은 아무도 없었다.

레바나는 늘어선 구두점이며 양장점, 모자 가게, 보석상, 화랑, 제과점에는 눈길 한 번 주지 않았다. 레바나는 자신이 어디로 가고 있는지 정확히 알았다. 아침에 홀로그램 지도에서 보았던 길을 그대로 따라가는 중이었다. 돔의 보호막 너머 검은 하늘에 떠 있는 초승달 같은 지구가 잠시 시선을 붙들었지만 모퉁이를 돌아 아기자기한 골목으로 접어들자 그나마도 시야에서 사라졌다. 창가의 화단에는 꽃들이 피어 있고 돌에 무늬를 새겨 넣은 벤치가 줄줄이 늘어서 있는 골목을 종종걸음으로 지나는 동안, 작은 카페에서 나는 원두 볶는 냄새가 계속해서 따라왔다. 인적이 없다고 할 수는 없지만 북적대는 큰길에 비하면 고즈넉한 골목이었다.

그 가게가 보였다. 지도에 표시된 바로 그 위치였다. 입구에는 바늘과 실이 그려진 자그마한 간판이 걸려 있고, 유리창 너머로 각종 실타래와 천들이 보였다. 가게를 보자마자 레바나는 자신이 골목에 들어섰을 때부터 체한 것처럼 속이 좋지 않았다는 걸 깨달았다. 레바나는 긴장하고 있었다. 하지만 대체 뭐 때문에? 기껏해야 왕실 근위병의 아내 때문에? 한낱 재봉사 때문에? 말도 안 되는 일이다.

레바나는 경호원들에게 밖에서 기다리라고 손짓한 뒤, 마음을 단단히 먹고 문을 밀고 들어갔다. 레바나가 들어선 곳은 조명이 환한 매장이었다. 휙 한번 둘러보니 점원은 자리를 비운 게 분명했다. 그런데 문이 하나 보였다. 문은 살짝 열려 있었다. 안에서 재봉틀 돌아가는 소리가 들렸다.

구석에 놓여 있는 두 개의 홀로그램 마네킹이 다양한 옷들을 보여주고 있었다. 란제리부터 무도회용 드레스, 스리피스 정장, 그물 스타킹까지 없는 게 없었다. 그리고 하나같이 근사했다. AR-4 지구의 좁은 골목길에 위치한 초라한 가게가 어떻게 그렇게 빠르게 명성을 쌓았는지 쉽게 알 수 있었다.

레바나는 매장을 둘러보았다. 크지 않은 매장인데도 볼거리가 많았다. 선반에는 수놓인 수건과 침구, 커튼이 차곡차곡 쌓여 있었다. 실크 스카프는 얇기가 마치 거미줄 같았다. 마네킹에 입혀놓은 드레스는 상체 전체가 고운 은사와 조그만 스팽글들로 짜여 있어서, 전체가 옷이라기보다는 하나의 보석처럼 보였다.

그때 벽에 걸린 퀼트가 눈에 들어왔다. 벽 한 면을 다 덮을 만큼 커다란 퀼트였다. 레바나는 전체를 감상하려고 뒤로 한 걸음 물러섰다가 넋을 잃고 말았다. 지구, 그리고 우주. 서로 다른 크기와 모양의 천 조각을 이어붙인 퀼트는 이음매의 천 끝을 잘린 모양 그대로 살려놓았다. 반짝이는 초록 숲과 거친 질감의 갈색 사막, 은은한 푸른빛을 내는 바다, 그리고 새카만 벨벳 천을 금실을 사용해 하나로 엮은 것이었다. 조각 하나하나마다 담쟁이덩굴, 꽃, 정교한 소용돌이와 별무늬 같은 기발한 문양들이 수놓여 있었다. 과하거나 정신없게 보여야 할 것 같은데도 그 모두를 하나로 엮어주는 금실 덕분에 퀼트는 더 없이 아름답고, 얼핏 고요해 보이기까지 했다. 퀼트나 자수에 관해서는 아는 바가 거의 없는 레바나조차 한 땀 한 땀 모두 손으로 공들여 만든 작품이라는 것을 본능적으로 알 수 있었다.

"어서 오세요."

레바나는 헉 하고 숨을 들이켰다. 퀼트에 정신이 팔려서 혹시 마법이 흐트러지는 않았는지부터 확인한 후 뒤로 돌아섰다.

솔스티스 헤일이 내실로 통하는 문 앞에서 서 있었다. 입가에는 미소를 띠고 한 손에는 무명천이 걸린 수틀을 들고 있었다. 수틀 한쪽에 바늘이 꽂혀 있었는데 바늘귀에는 짙은 적갈색 실이 꿰어져 있었다.

"찾으시는 거라도?"

솔스티스가 너무 친절해 보여서 레바나는 오히려 궁지에 몰린 기분이 들었다.

"네, 저기……."

레바나는 자신이 여기에 왜 왔는지 생각나지 않아 잠시 머뭇거렸다. 내가 대체 뭐에 홀려 여기까지 왔지? 저 아름다운 여자를 보려고? 저 불룩한 배를? 아니면 저 여자의 능숙한 솜씨로 만들어낸 이 멋진 옷들을 보러?

레바나는 스멀스멀 올라오는 절망감을 꾹 눌렀다. 그리고 자신도 '아름답다'는 사실을 되새겼다. 적어도 마법이 유지되는 한은. 그리고 레바나는 '공주'였다.

"내일 입을 것이 필요해요. 대관식에 입고 가려고요."

솔스티스는 고개를 끄덕였다. "물론이죠. 그런데 내일 입으셔야 하니 완전히 새로 만드는 것은 추천드리고 싶지 않아요. 너무 서두르다 보면 부족한 부분이 있게 마련이거든요. 여기 매장에서 마음에 드는 것을 하나 골라 취향에 맞게 바꿔보는 건 어떨까요?" 솔스티스는 수틀을 내려놓고 손을 배에 올린 채 뒤뚱뒤뚱 매장으로 걸어왔다. "드레스를 생각하고 계시나요, 아니면 액세서리 같은 것?"

레바나는 잠시 고민하다가 이렇게 답했다. "장갑 있나요?"

물론 레바나는 장갑이 많았다. 하지만 장갑은 치수를 재지 않아도 된다. 또 레바나는 장갑 끼는 것을 좋아했다. 장갑을 끼면 마법으로 가려야 할 것이 하나 줄어들기 때문이다.

"아, 그럼요. 멋진 장갑들이 많아요."

솔스티스는 한 손으로 장식장을 짚어 중심을 잡으면서 몸을 숙여 제일 아래 칸 서랍을 열었다. 서랍 속에는 여성용 장갑이 가득 들어 있는데, 하나씩 가지런히 접힌 채 얇은 종이 위에 놓여 있었다.

"대관식에 참석하실 때 마법을 사용하실 건가요?"

순간, 레바나는 몸이 뻣뻣해졌다. "무슨 말씀이시죠?"

솔스티스가 놀란 얼굴로 돌아보았다. 레바나는 숨을 한 번 크게 들이마셨다. 손바닥에 땀이 났다. 불현듯 '화가 났다.' 이 여자는 아무 노력 없이도 이렇게 예쁘다는 게 화가 났다. 이 여자는 오늘밤 그토록 사랑하는 남편 옆에서 잠들 거라는 사실이 화가 났다. 이 여자는 얼마 지나지 않아 쪼글쪼글하고 응애응애 울어대는 아기를 두 팔에 안고 있을 거라는 게 화가 났다. 그 아이는 부모가 나를 사랑하는지 혹은 부모가 서로를 사랑하는지 결코 물어볼 필요가 없을 거라는 게 화가 났다. 레바나는 원하는 게 그렇게 쉽게 이뤄진 적이 한 번도 없었다.

솔스티스도 레바나의 눈에 서린 독기를 눈치챈 듯했다. 똑바로 서면서 벌써 표정부터 조심스러워졌다. 솔스티스는 조금 전보다 숨이 가빠 보였다. 서랍을 여는 작은 동작 하나를 하는데도 힘에 겨운 모양이다. 인중에 땀방울까지 송골송골 맺혔다. 정말로 허약한 여자로군. 그런데도 부드러운 미소만큼은 그대로였다.

"그냥 혹시 내일 마법을 사용하실 거라면 선택하신 피부색에 맞는 색상을 골라드리려고요. 아니면…… 내일 어떤 드레스를 입으실지 말씀해주시면 거기에 맞춰드릴 수도 있고요."

레바나는 가슴 속에서 타오르는 질투심을 누르려고 애쓰면서 자신의 두 손을 내려다보았다. 가냘픈 손가락과 완벽한 피부는 진짜 자신의 것이 아니었다. 레바나는 입술을 축이며 다시 솔스티스와 눈을 맞췄다.

"당신이라면 어떤 것으로 하겠어요?"

솔스티스가 고개를 홱 돌렸다. 궁전 동물원에 있는 작은 새들을 생각나게 하는 동작이었다. 새들은 낯선 소리가 들리면 포식자가 나타난 줄 알고 저렇게 고개를 돌린다. 솔스티스는 다시 장갑 서랍을 내려다보며 다소 자신 없는 말투로 말했다.

"글쎄요……. 저는 보석 색상을 좋아하는데요."

다시 몸을 수그린 솔스티스는 얇은 종이 두 장을 젖히고 진한 사파이어색 장갑 한 켤레를 보여주었다. 장갑 자체에는 특별한 장식이 없지만 끝에 작은 금사슬이 둘러져 있고, 거기에 조그만 금속 버클이 달려 있었다. 레바나는 저 장갑이면 거의 자신의 어깨까지 닿겠다고 생각했다. 솔스티스는 장갑을 레바나의 손목에 대고 검은 피부와 어떻게 대조를 이루는지 보여주었다.

"어떠세요?"

레바나는 입술을 꾹 다물며 엄지손가락으로 금으로 된 버클을 매만졌다.

"이건 무슨 용도죠?"

"제가 새롭게 시도한 디자인이에요. 세트를 이루게 되어 있어요. 보시다시피 이 목걸이와 함께하면……."

솔스티스는 레바나를 보석 판매대로 데려갔다. 그리고 줄지어 나열된 체인, 보석, 고리들 틈에서 금 목걸이 하나를 가리켰다. 레바나는 처음에 그 목걸이가 금속으로 만들어진 것인 줄 알았다. 하지만 만져보니 손 안에서 구부러지는 게 금실을 복잡하게 땋아 촘촘히 엮어 만든 목걸이라는 것을 알 수 있었다. 반대 방향으로 버클 두 개가 더 달려 있었다. 솔스티스가 말했다.

"조그만 줄로 이걸 장갑에 연결하는 거예요. 아시겠죠?"

사실 꽤 괜찮아 보였다. 궁정 패션에서 항상 인기 있는 '아름다우면서도 특이한' 디자인이었다. 요즘 유행하는 디자인이 흔히 그렇듯 과하지도 않았다. 레바나는 금실을 땋아 만든 줄을 손가락으로 가만히 만져보며 이 목걸이를 목에 건 자신의 모습을 상상해보았다. 진짜 여왕처럼 보일 것이다. 목과 쇄골이 도드라져 보이겠지. 밝은 캐러멜색 피부와 진한 밤색 머릿결에 대비된 진한 파란색 실크는 얼마나 강렬하고 멋져 보일까? 그제야 레바나는 상상 속의 자신이 솔스티스 헤일처럼 보인다는 것을 깨달았다. 레바나는 목걸이를 내려놓았다.

솔스티스는 장갑 서랍 쪽을 가리키며 말했다. "다른 장갑을 보시겠어요?"

"아니요." 레바나가 말했다. "이걸로 할게요. 목걸이도요."

"아, 훌륭한 선택이세요! 지금 가져가시겠어요, 아니면 개인 맞춤을 생각하고 계시나요?"

"개인 맞춤요?"

솔스티스가 고개를 끄덕이더니 말했다. "그게 제 전문이에요. 아르테미시아에 있는 수많은 양장점과 저희 가게를 구별해주는 작은 멋이랄까요. 장갑에 수놓고 싶은 특별한 디자인이 있으면 말씀해주세요. 내일 아침까지 만들어드릴게요. 고객 중에는 좋아하는 꽃을 고르시는 분들도 있고, 아니면 이름 이니셜이나……."

레바나는 벽에 걸린 지구 퀼트를 흘끗 쳐다보았다. "직접 만드신 거죠, 맞죠?"

"네, 맞아요." 솔스티스가 웃음을 터뜨렸다. 놀랍도록 밝은, 어린아이 같은 웃음이었다. "정말 오래 걸리긴 했지만요. 마음에 드세요?"

레바나는 눈살을 찌푸렸다. 레바나는 사실 저 퀼트가 아주 마음에 들었다. 하지만 그렇게 말하고 싶지 않았다.

"장갑에 수를 놓아주세요. 디자인은 저 퀼트에 있는 것처럼 기발한 문양이면 좋겠어요. 문양 속에 L 자가 들어가도 좋고요. 하지만 너무 노골적이지는 않게요."

"L요? 루나의 L처럼?" 솔스티스는 다시 그 따뜻한 미소를 짓고 있었다. "잘 알겠습니다. 아침에 가져다드릴까요?"

"네." 레바나는 잠시 말을 끊고 어깨를 쭉 편 다음 말했다. "왕궁으로 배달해주세요. 레바나 공주 앞으로요. 시종들에게 배달 올 물건이 있다고 일러놓을게요. 시종들이 값을 치를 겁니다."

솔스티스의 미소가 땡 하고 얼어붙었다. 솔스티스의 두 눈은 놀람과 당황 사이에서 갈피를 잡지 못했다. 레바나가 잘 아는 표정이었다. 왕궁의 시종들도 뒤늦게 왕족이 있었다는 것을 알게 되면 자신이 혹시 벌 받을 말이나 행동을 하지는 않았는지 번개처럼 머리를 굴려본다. 그럴 때 시종들의 얼굴과 똑같았다. 이윽고 정신을 수습한 솔스티스가 카운터를 짚어 균형을 잡으며 가볍게 절했다.

"전하, 미처 알아뵙지 못해 송구하옵니다. 전하를 모시게 되다니 이루 말할 수 없는 영광입니다."

이 하찮은 여자와 하찮은 가게보다 자신이 더 높은 사람이라는 것, 그리고 공주에게 물건을 파는 것은 실제로 '영광'이라는 것에 힘을 얻은 레바나는 자신의 권위를 과시하고 싶은 유혹을 느꼈다. 솔스티스에게 무릎을 꿇으라고 명하는 모습을 상상했다. 저 몸으로는 쉽지 않을 것이다. 장갑이 배달되고 난 후 마음에 들지 않는다고 해서 가게의 이름에 먹칠하는 방법도 있었다. 아니면 저 경이로운 지구 퀼트를 왕실에 세금으로, 혹은 감사의 표시로 '바치라'고 해볼까? 척 보기에도 솔스티스에게 무척 중요해 보이는 저 물건을 억지로 내놓는 모습을 지켜보는 건 어떨까?

하지만 레바나는 원치 않는 말이 입 밖으로 나오기 전에 얼른 상상을 덮어버렸다. 솔스티스는 당연히 남편에게 말할 것이고, 그렇게 되면 에브렛은 다시는 레바나를 '왕실에서 가장 아름다운 공주님'이라고 부르지 않을 것이다. 레바나는 하고 싶은 말을 모두 꿀떡 삼켜버리고 이 가게에 들어선 이후 처음으로 억지미소를 만들어냈다. 아마도 이게 자신이 여기 온 이유일 것이다. 솔스티스는 남편에게 가서 뜻밖에도 공주님이 왔었다고, 심지어 레바나 공주님이 대관식 때 자신의 디자인을 입을 거라고 말할 것이다. 자신이 얼마나 인심 후한 공주인지 에브렛이 알게 될 거라고 생각하니 레바나는 마음이 따뜻해졌다. 레바나는 잠시라도 좋으니 에브렛이 자신을 생각해주기를 바랐다. 자신을 우러러봐주기를 바랐다. 그래서 거짓말을 했다.

"제가 오히려 영광이지요. 이렇게 아름다운 작품을 입을 수 있게 됐으니까요. 헤일 경이 당신을 입이 마르게 칭찬한 이유를 이제야 알겠네요."

얼굴을 붉히는 솔스티스에게서 사랑에 빠진 여인이 느끼는 온갖 기쁨이 보였다. 레바나는 속이 쓰리다 못해 아프기 전에 얼른 그 자리를 떴다.

R
E
v
A
N
A

4장

대관식 당일인 다음 날 아침, 루나 왕국 전체가 마치 선왕 시해 사건은 일어나지도 않은 것처럼 행동해도 좋다는 허가를 받은 것 같았다. 다들 마록 왕과 자날리 왕비는 역사책 속에 고이 잠들고, 이제는 젊은 채너리 여왕이 세상에서 가장 공명정대한 통치자가 될 것처럼 행동했다. 하지만 레바나는 진실로 그렇게 믿는 사람이 얼마나 될까 싶었다. 누군가 정말로 그렇게 믿는다면 언니를 한 번도 만나보지 못한 사람임에 틀림없다. 그러나 채너리에게 보위를 이을 권리가 있다는 것은 레바나조차 이의를 제기할 수 없는 명백한 사실이었다. 레바나와 채너리 두 사람은 루나인의 재능을 최초로 타고난, 그 옛날 블랙번 혈통을 가진 선조의 유일한 계승자였다. 왕가의 맏딸인 채너리는 여왕이 될 것이고, 그다음에는 채너리의 아들

딸, 그다음에는 다음 세대, 그다음에는 또 다음 세대가 루나 왕국을 통치할 것이다. 사이프러스 블랙번이 왕국을 세운 이래, 루나가 군주정이 된 이래 왕위는 늘 그런 식으로 전승되어왔다.

이제 와서 레바나가 그런 전통을 파괴할 순 없었다. 어리석고 멍청한 채너리가 왕국의 당면한 경제 난국을 논하기보다는 잘생긴 시종들에게 추파를 던지느라 시간을 보내는 것이 아무리 짜증나더라도 말이다. 사람들이 수없이 자꾸 일깨워주듯, 레바나는 이제 겨우 열다섯 살이었다. 그러니 그런 문제에 관해 뭘 알겠는가?

채너리라면 너는 아무것도 모른다고 말할 것이다. 채너리에게 충성 맹세를 하려고 준비 중인 마법사들도 마찬가지다. 그들의 편견은 법률도 무시하는 듯했다. 루나의 왕족은 열세 살만 되면 위원회의 자문이 있든 없든 간에 나라를 통치할 수 있는데 말이다.

레바나는 3층 발코니에 서서 대연회실을 내려다봤다. 며칠 전 장례식이 열렸던 곳이다. 언니는 흐느껴 울다가 호흡곤란으로 기절하면서, 아니 기절한 척하면서 그 많은 근위병들 중 하필이면 에브렛 헤일에게 실려 나갔다. 에브렛이 바로 그 근처에 있었던 것이다. 아무런 준비도 되지 않은 채 홀로 남겨진 레바나는 가까스로 연설을 하고 가짜 눈물을 흘려야 했다.

이제 더 이상 회색 물결은 없었다. 루나 왕국의 공식 색상인 흰색, 빨간색, 검정색이 그 자리를 대신 차지하고 있었다. 무대 뒤 벽에는 거대한 태피스트리가 걸려 있었는데, 반짝이는 실을 손으로 짜 루나의 휘장을 만들어놓았다. 루나가 공화정이던 시절부터 걸려 있었던 이 휘장은 루나와 수도 아르테미시아가 커다랗게 그려져 있고, 저 멀리 자그마하게 (한때는 협력 관계였던) 지구가 보였다. 장엄한 작품이지만 레바나는 솔스티스 헤일의 손가락 끝에서 나왔더라면 더 멋진 작품이 됐을 거라는 생각을 하지 않을 수 없었다.

수많은 시종들이 대관식 준비에 여념 없었다. 언니는 지금 틀림없이 드레스를 입어보고 있을 것이다. 레바나는 빈 대연회실을 가득 채운 잠깐의 고요함이 좋았다.

레바나는 단순한 디자인의 사파이어색 드레스를 골랐다. 오늘 아침 침실로 배달된 장갑과 잘 어울리는 옷이었다. 흰 상자에 들어 있는 장갑은 얇은 종이에 싸여 있었다. 솔스티스가 쓴 메모도 함께 들어 있었지만, 레바나는 읽지도 않고 던져버렸다.

창으로 환히 쏟아지는 햇살에 비춰보니 장갑은 더욱더 아름다워 보였다. 장갑 위에 놓인 수 장식도 레바나가 생각했던 것보다 훨씬 더 섬세하고 우아했다. 손바닥에 숨겨진 화려한 L 자에서 시작된 수는 살아 있는 덩굴처럼 손목을 휘감으며 올라와 팔꿈치 위까지 연결되면서 목으로 이어지는 사슬과 완벽한 조화를 이루었다.

이곳에 서 있으니 레바나는 여왕이 된 기분이었다. 오늘 왕관을 쓰는 사람이 자신이라는 상상을 떨쳐버릴 수 없었다. 레바나는 대관식에 어떤 모습으로 참석할지 아직 결정하지 못했다. 그래서 지금은 그냥 언니의 모습을 하고 있었다. 스물두 살의 성숙하고 우아하고 웃는 눈을 가진 언니의 모습을.

하지만 천만에. 레바나는 채너리가 되고 싶지 않았다. 레바나는 언니의 미모를 원하지 않았다. 그 미모에 따라오는 것이 언니와 같은 잔인함과 이기심이라면. 생각이 거기까지 미쳤을 때 머릿속에 퍼뜩 떠오르는 여인이 있었다.

'아직 제 아내를 만나보지 못하셨을 듯합니다.'

솔스티스 헤일의 모습으로 변신하는 것은 왠지 비난 받아야 할 터부처럼 느껴졌다. 그렇게 느껴지는 만큼 이상하게도 꼭 그 모습을 해보고 싶었다. 레바나는 솔스티스의 흠잡을 데 없는 피부와 허리까지 늘어진 굽실거리는 머리카락을 떠올렸다. 아몬드 모양의 두 눈과 방금 키스한 듯 루즈가 살짝 남아 있는 입술. 물론 입술이 빨간 게 키스 때문일 거라는 생각은 그저 레바나가 느낀 부러움의 산물일 가능성이 크다. 솔스티스의 풍성하고 고혹적인 속눈썹. 장례식에서조차 행복으로 빛나던 모습. 그리고 곧 아이가 태어날 거라고 말해주던 둥그렇게 불룩 튀어나온 배까지.

에브렛의 아이.

레바나는 마법으로 임신한 몸까지 흉내 낸 뒤 배 위에 한 손을 올려보았다. 대체 어떤 느낌일까? 몸속에서 살아 있는 생명이 자라는 느낌은. 정치적 이해관계나 마법이 아니라 사랑으로 만들어진 아이.

"레바나, 너 거기 위에……."

레바나는 숨을 헉 들이켜며 몸을 돌렸다. 채너리가 벌써 계단을 다 올라와 있었다. 레바나를 발견한 채너리는 그 자리에 우뚝 멈춰 섰다.

"오, 절대……."

채너리는 흠칫 하더니 눈을 가늘게 떴다. 레바나가 수백 번도 더 본 표정이다. 레바나가 자신 있게 마법을 쓰게 됐어도 채너리는 언제나 그 마법을 뚫고 레바나를 알아보았다. 채너리는 레바나가 들킨 게 무엇 때문인지 절대로 말해주지 않았다. 그게 레바나의 태도 때문인지, 특정한 표정 때문인지, 아니면 도박사의 버릇 같은 어떤 동작 때문인지. 어쨌든 간에 채너리는 그 빈틈을 찾아내는 재주가 있었다.

대연회실 2층 발코니에서 어정대고 있는 임신부의 정체를 채너리가 아직 파악하지 못했다는 것을 눈치챈 레바나는 즉시 무릎을 구부려 깍듯이 절했다.

"송구하옵니다, 폐하." 레바나는 최대한 여린 목소리를 냈다. "여기 올라오면 안 되는데……. 저는 그저 남편의 근무가 끝나기를 기다리다가 장식을 한번 구경하고픈 마음에." 재봉사 치고는 이미 너무 많이 말을 했다고 생각하면서 레바나는 다시 한 번 절을 했다. "물러가도 되을는지요, 폐하."

"그래." 채너리는 아직도 헷갈리는 것 같았다. "다시는 내가 여기서 너를 보는 일이 없도록 해라. 여기는 심심한 사람들이 놀라고 만들어놓은 장소가 아니다." 채너리는 레바나의 배를 가리키며 말했다. "만약 네가 임신한 동안 소일거리를 찾는 거라면 내 시녀가 얼마든지 일거리를 찾아줄 게다. 내가 다스리는 나라에서 빈둥거림은 용납되지 않아. 너 같은 상태의 여자라고 하더라도 말이야."

"여부가 있겠습니까, 폐하." 고개를 숙인 채 레바나는 언니 옆을 돌아나와 계단 쪽으로 종종걸음을 쳤다.

"한 가지 더."

레바나는 그 자리에 얼어붙었다. 채너리보다 겨우 세 계단 아래였다. 감히 눈을 맞출 수 없었다.

"헤일 경의 아내, 맞지?"

"예, 폐하."

사뿐사뿐 채너리가 걸어오는 소리가 들렸다. 채너리는 레바나가

서 있는 바로 위칸까지 와서 섰다. 궁금한 마음에 위를 흘끗 올려다 본 레바나는 채너리의 얼굴에 뜬 비웃음을 보자마자 올려다본 것을 후회했다.

"남편한테 가서 전해라. 내가 장례식 끝난 뒤 함께 보낸 시간을 아주 즐거워했다고 말이다." 채너리는 조약돌 위를 흐르는 냇물처 럼 즐거운 목소리로 말했다. "네 남편은 정말 큰 위로가 되더구나. 조만간 다시 만나 좋은 시간을 보내야겠어." 채너리는 혀로 입술을 한번 핥고는 임신한 듯 불룩 나온 가짜 배를 보고 말했다. "헤일 부 인, 너는 정말로 운 좋은 여자로구나."

레바나는 입이 떡 벌어졌다. 경악과 함께 분노가 머리를 채우면 서 뜨거운 피가 얼굴로 솟구쳤다. "거짓말하지 마!"

빈정대던 채너리의 얼굴이 순식간에 거만함으로 바뀌었다.

"거짓말은 네가 했지!" 채너리는 재미있어 죽겠다는 듯 웃음을 터뜨렸다. "대체 너는 무슨 생각으로 근위병의 아내로 변신한 거니? 그것도 임신한 여자로!"

레바나는 주먹을 불끈 움켜쥐고 몸을 돌려 쿵쿵 계단을 내려갔 다. "그냥 연습이었어!" 레바나가 소리쳤다.

"마법 연습?" 채너리가 느릿느릿 뒤따라오며 말했다. "아니면 영 원히 외로운 인생을 사는 연습? 가난한 임신부가 되어 돌아다녀봤 자 궁정에서 너를 봐줄 사람은 아무도 없어. 아!" 채너리는 놀란 척 헉 하고 숨을 들이켜며 한 손으로 입을 가렸다. "혹시 네 이런 모습 을 헤일 경 그자가 봐주길 바란 거니? 그자가 너를 자기 여자로 착 각하는 상상을 한 거야? 두 팔에 너를 끌어안고 숨 막히게 키스해 주는 상상? 아니면…… 그런 상태로 만든 일을 너한테 해주길 바라는 거야?"

당황한 마음을 애써 수습하면서도 레바나는 솔스티스 헤일로 바뀐 모습을 놓치지 않으려고 애썼다. 그게 원칙이다. 채너리는 레바나를 실컷 조롱하면서 레바나를 쥐락펴락할 수 있다고 생각했다. 그렇게 둘 순 없다.

"집어치워." 레바나는 부글부글 끓어오르는 속을 억누르며 첫 번째 층계참에 도착했다. 조각이 새겨진 기둥을 끼고 돌아 다시 1층을 향해 내려가기 시작했다. 진짜 임신부처럼 한 손을 배 위에 올려놓은 채였다. "언니는 질투하는 거야. 왜냐하면 언니는 한 번도 뭔가 독창적으로……."

계단을 반쯤 내려가다가 말고 레바나는 그 자리에 얼어붙고 말았다. 아래쪽 층계참에 근위병 둘이 차렷 자세로 서 있었다. 그중에 에브렛 헤일이 있었다. 온몸에 전율이 쫙 훑고 지나갔다. 텅 비어 있는 자궁에서부터 가슴을 지나 장갑을 낀 손가락 끝까지 덜덜 떨렸다. 절제되고 무관심한 표정을 수없이 연습했을 에브렛도 레바나의 모습을 보고는 표정을 감추지 못했다. 레바나를, 그러니까 솔스티스를 본 에브렛은 입이 떡 벌어졌다. 에브렛은 근위병다운 모습을 유지하려고 기를 썼지만 지금 상황이 도저히 이해되지 않는 얼굴이었다.

"솔스티스?"

에브렛이 더듬거리며 말했다. 그는 미간에 깊은 주름을 만들며 배 쪽이 팽팽히 당겨진 아름다운 파란색 드레스를 바라보았다. 정성스럽게 수를 놓은 저 장갑은 분명 어젯밤 아내가 작업하던 그 물건이었다.

"쉬고 있어야 하잖아? 지금 여기서 뭐하는 거야?"

레바나는 마른침을 꿀꺽 삼키며 자신이 정말로 그의 여자이기를 바라고, 바라고, 또 바랐다.

그때 채너리가 말했다. "어머, 헤일 경이 여기 있다고 말해줬어야 하는 건데 완전히 깜박했네." 채너리는 하늘하늘 계단을 내려와 레바나 옆에 서더니 한 손을 레바나의 어깨에 올리고 말했다. "걱정마, 이 바보 같은 남자야. 얘는 내 동생이니까. 당신 아내인 척하고 있는 거야." 채너리는 목소리를 죽이더니 신나 죽겠다는 듯이 속삭였다. "우리끼리니까 말인데, 쟤가 당신한테 홀딱 빠진 것 같아. 정말 귀엽지 않아?"

레바나는 목 저 아래에서부터 울음이 터져 나오려고 발버둥치는 것을 느꼈다. 여기 조금만 더 서 있으면 터질 것이다. 레바나는 이 순간 뭐가 더 최악인지 생각해보았다. 에브렛의 아내로 변신한 것을 에브렛이 본 것? 아니면 채너리의 악담을 에브렛이 들었을지도 모른다는 것? 둘 다 굴욕적이기는 마찬가지였다. 죽고 싶을 만큼 괴로운 이 순간을 참고 있느니, 차라리 칼날에 심장을 열여섯 번 찔리는 게 나을 것 같았다.

레바나는 얼굴을 가린 채 채너리를 밀쳤다. 아름답고, 흠잡을 데 없고, 사랑스러운 얼굴을 가린 채 레바나는 대연회실 밖으로 뛰쳐나갔다. 있는 힘을 다해 빠르게 뛰었다. 경호원들이 허둥지둥 레바나를 쫓아왔다. 시종들은 레바나와 부딪히지 않으려고 후다닥 벽으로 붙어 섰다.

레바나는 방에 도착하자마자 장갑을 벗어 던졌다. 사슬 하나가 뚝 끊어졌다. 다른쪽 장갑은 단이 뜯겨 나갔다. 금실로 짠 목걸이의 걸쇠를 풀었다. 그리고 거의 목을 조를 듯 거칠게 잡아당겨 풀어버렸다. 다음은 드레스였다. 레바나는 드레스가 찢어지는 것도 개의치 않았다. 사실 갈기갈기 찢어버리고 싶었다. 레바나는 드레스와 장갑을 똘똘 뭉쳐 옷장 구석에 쑤셔 넣었다. 어차피 다시는 입지 않을 것이다.

자신이 바보였다. 이 바보 같은 것. 바보 같은 것. 누군가 나를 흠모해줄 거라고 생각하다니. 내가 아름다워질 수 있을 거라고 생각하다니. 사랑스러울 수 있을 거라고, 눈에 띌 수 있을 거라고 생각하다니. 내가 '뭐라도' 될 수 있을 거라고 생각하다니.

5장

대관식에 참석한 레바나는 머리부터 발끝까지 흰색으로 차려 입고 있었다. 단정한 머리 모양에 거의 투명할 만큼 창백한 피부를 가진 공주를 연출했다. 빛바랜 마법으로 가면 아래의 눈물 자국을 감춘 채였다.

레바나는 맨 앞줄에 앉아 그곳에 모인 다른 루나인들이 언니를 찬양하면 함께 찬양하고, 무릎을 꿇으면 함께 꿇고, 고개를 숙이면 함께 숙였다. 그러나 언니 쪽으로는 한사코 눈길을 주지 않았다. 언니의 머리에 왕관이 얹힐 때나 언니가 홀을 쥘 때나 새하얀 망토가 언니의 어깨에 걸쳐질 때조차.

채너리는 금으로 된 성배에 담긴 백성의 피를 마시고, 자기 손가락 끝을 칼로 살짝 그어 화려한 장식의 대리석 잔에 피를 떨어뜨린 뒤 서약을 읊었다. 채너리가 결코 그 서약을 진심으로 생각하지 않을 것임을 레바나는 알고 있었다.

레바나는 에브렛도 쳐다보지 않았다. 근무 중인 에브렛이 행사 내내 레바나가 한눈에 볼 수 있는 곳에 서 있었는데도 말이다. 레바나는 자신이 그냥 동상이라고 생각했다. 레골리스와 흙으로 빚어진 동상.

레바나는 이제는 여왕이 된 언니를 증오했다. 언니는 저 왕관을 쓸 자격이 없다. 언니는 훌륭한 통치자가 될 기회를 모두 날려버렸다. 루나의 경제적 잠재력을 증가시킬 기회. 조상들이 시작한 연구와 기술적 진보를 이어나갈 기회. 아르테미시아를 우주에서 가장 아름답고 탐나는 도시로 만들 기회.

언니는 저 홀을 손에 쥘 자격이 없다. 저 망토도. 저 왕관도, 언니는 아무것도 가질 자격이 없다. 그런데도 언니는 모든 것을 갖게 될 것이다. 언니와 솔스티스 헤일과 조정의 모든 가문이 원하는 모든 것을 갖게 될 것이다. 레바나만이, 어리고 못생긴 레바나만이 계속해서 언니의 그림자에 가려진 채 살다가 서서히 죽어갈 것이다. 애당초 레바나가 거기 있었다는 사실조차 누구도 기억하지 못하게 될 것이다.

6장

2주 후 레바나는 열여섯 살이 됐다. 온 나라가 축하 행사를 열었지만, 일주일이나 이어진 대관식 파티 바로 뒤라서 레바나의 생일은 그냥 왕실의 놀이가 하루 더 이어진 것처럼 보였다. 생일 파티에 마술사를 불러 공연을 시켰다. 마술사는 놀라운 마술을 잇달아 선보이며 궁정 사람들의 감탄을 자아냈다. 파티 손님들은 기꺼이 그의 가짜 묘기에 속아주었다.

레바나는 여전히 눈에 띄지 않는 소녀의 모습을 하고 자신의 생일 파티에 참석했다. 아름다운 언니와 함께 상석에 앉아 마술사가 어떻게 식탁보를 사자로 바꾸고 손수건을 토끼로 바꾸는지 모르는 척했다. 사람들은 탄성을 질러대며 즐거워했다. 사자가 토끼를 쫓아 테이블 아래를 뛰어다니며 사람들 발목 사이를 오갔다. 그러다가 가짜 토끼가 여왕의 무릎 위로 뛰어올랐다. 여왕은 킥킥거리며 토끼의 긴 귀를 쓰다듬었다. 그러자 토끼가 감쪽같이 사라졌다. 마술사의 손에 들린 냅킨은 여전히 그대로 냅킨이었다. 사자 역시 여왕에게 절을 하더니 그대로 사라졌다. 식탁보도 아까 그대로였다. 사람들은 정신없이 박수를 치고 웃음을 터뜨렸다. 모든 마술이 생일을 맞은 소녀가 아닌 여왕 중심인 것은 누구도 신경쓰지 않았다.

마술사는 과장된 몸짓으로 몇 번 절을 하더니 식탁 위의 기다란 초를 하나 집어 후 불어서 껐다. 그러자 다들 숨을 죽였다. 궁금해서 몸을 앞으로 숙이지 않은 사람은 오직 레바나뿐이었다. 마술사는 새까만 연기가 이리저리 휘날리게 잠시 내버려두었다가 연기로 사랑하는 연인이 뒤엉킨 모습을 만들어냈다. 벌거벗은 두 몸이 서로 뒤엉켜 몸부림쳤다. 그 음란한 모습에 귀족들은 배꼽을 잡고 웃었고, 여왕은 추파를 던지듯 미소를 지었다. 그날 밤 언니의 침대를 데워줄 사람이 누구인지 추측하는 것은 어렵지 않았다.

한편 레바나는 볼이 뜨겁게 달아오르는 것을 느꼈지만, 마법으로 꾸며낸 창백한 얼굴 밑으로 굴욕감을 숨겼다. 그 유흥이 충격적이어서가 아니라 마술이 계속되는 동안 그 방에 있는 에브렛의 존재가 중력처럼 뚜렷하게 느껴졌기 때문이었다. 에브렛이 저 외설적인 쇼를 똑같이 보고, 저 음탕한 웃음소리를 똑같이 듣고, 어쩌면 아내와의 관계를 생각할 수도 있다고 생각하니 레바나는 자신이 케이크에서 떨어진 빵 부스러기처럼 한심하고 하찮은 존재가 된 기분이었다.

레바나는 솔스티스로 변신한 것을 에브렛에게 들킨 이후 에브렛과 말을 나눈 적이 없었다. 이상한 일은 아니었다. 사실 두 사람이 장례식에서 나눈 대화가 레바나가 에브렛을 알고 난 후 나누었던 모든 대화보다 더 많았다. 하지만 자신 못지않게 에브렛도 자신을 피하고 있다는 의심을 레바나는 떨쳐버릴 수 없었다.

레바나는 에브렛이 아직 당황하고 있을 뿐이라고 생각했다. 자신의 마법과 채너리의 악담 둘 다 때문에. 하지만 어쩌면 에브렛도 기분이 좋았을 거라는 생각이 들기도 했다. 어쩌면 에브렛도 자신이 레바나를 보면 심장이 조금 더 빨리 뛴다는 사실을 눈치채기 시작했을지도 모른다. 어쩌면 결혼한 것을 후회하면서 많은 궁정 사람들이 생각하듯 결혼은 바보 같은 풍습이고 자신은 레바나를 사랑한다는 것을 깨달았을지도 모른다. 언제나 레바나를 사랑해왔다는 것을 깨닫고 이제는 그 감정을 어찌해야 할지 모르는 것일지도 모른다. 아주 복잡한 상상이었다. 레바나는 점점 더 우울해졌다.

왁자지껄한 환호 속에서 연기 공연이 끝나갈 때쯤, 마술사가 아직 인사도 다 마치지 않았는데 상석 테이블에 있던 촛불이 모두 폭발했다. 레바나가 비명을 지르며 급히 몸을 뒤로 젖히는 바람에 의자가 뒤로 벌렁 넘어가면서 넘어졌다. 불꽃은 계속해서 레바나의 머리 위에서 흔들거리며 밝게 이글거렸지만, 한순간 공포가 사그라들고 나자 레바나는 그 불꽃이 하나도 뜨겁지 않다는 것을 깨달았다. 위협적으로 전해지는 열기도, 살 타는 냄새도 없었다.

비명을 지른 사람은 레바나뿐이었다.

도망치려고 한 사람도 레바나뿐이었다.

다들 웃음을 터뜨렸다.

레바나는 덜덜덜 떨면서 근위병이 내미는 손을 붙잡았다. 재미있어 하지 않는 사람은 두 사람뿐이었다. 의자가 똑바로 세워지고 레바나는 정신을 추스른 뒤 다시 의자에 앉았다.

불꽃은 계속 타고 있었다. 촛불 하나가 사람 키만큼 커졌다. 두려움이 가시고 나니 레바나는 이것도 하나의 마술일 뿐이라는 것을 깨달았다. 테이블에 놓인 와인 잔과 반쯤 줄어든 음식들 위에 불꽃으로 된 무희들이 떠 있었다. 무희들이 촛대와 촛대 사이를 이리저리 뛰어다니며 빙글빙글 돌았다.

누구보다 크게 웃고 있는 사람은 채너리였다. "동생아, 대체 왜 그래?' '동생아, 이리 와봐.' '설마 별것도 아닌 속임수가 겁나는 건 아니지?' '보여줄 게 있어.'

레바나는 아무런 대답도 할 수 없었다. 심장이 아직도 거세게 쿵쿵거렸다. 불꽃 무희들에게 의심스러운 시선이 고정돼버린 듯, 눈길을 돌릴 수 없었다. 아무리 생체전기를 조작해 만들어낸 눈속임에 불과하더라도 무희들이 거기 있다는 것만으로도 레바나는 긴장의 끈을 놓을 수 없었다. 불꽃 무희들에게 신경을 쓰지 않을 수 없었다. 그것까지는 괜찮았다. 레바나는 주변 사람들의 조롱 섞인 표정을 보고 싶지 않았다. 웃음소리를 듣는 것만으로도 충분히 고역이었다. 그나마 그동안 눈에 띄지 않는 소녀로 변신하는 마법을 열심히 연습한 덕분에 마법이 흐트러지지 않은 것에 감사할 뿐이었다.

"공주님이 불을 무서워하시나요?" 마술사가 물었다. 마술사가 마술을 중단하지 않았지만 무희들은 더 이상 뛰어다니지 않고 초 심지 위에서 천천히 돌기만 했다. "송구하옵니다. 전하. 몰랐습니다."

"이 애는 걱정 말게." 채너리가 무희 중 하나를 향해 손을 뻗으며 말했다. "이 애의 어린애 같은 두려움 때문에 우리 재미를 망칠 순 없지 않나."

"아, 조심하십시오, 폐하. 그 밑에 있는 불은 진짜입니다." 마술사는 자신의 얘기를 증명하려는 듯 가장 가까이에 있는 무희를 촛불에서 내려오게 한 뒤 채너리의 손바닥에 올라가도록 했다. 뒤에 남겨진 진짜 불꽃이 천천히 흔들렸다. 다시 한 번 사람들이 탄성을 지르며 즐거워했고, 다시 한 번 레바나는 잊혔다.

'이 애는 걱정 말게.'

하지만 오늘은 레바나의 생일이고, 레바나의 파티였다.

무희들이 모두 구식 우주선으로 변해 위로 발사되면서 불꽃이 터지는 것으로 공연은 끝났다. 실컷 즐긴 사람들의 박수가 잦아들자 디저트가 나왔다. 레바나는 접시를 내려다보았다. 초콜릿 토르테 옆에 설탕으로 만든 조각이 놓여 있었는데, 높이가 거의 팔뚝만했다. 섬세하게 연결된 가느다란 문양과 꼬임들은 한 번만 손대면 산산이 부서져 내릴 것 같았다.

레바나는 포크를 들지 않았다. 배가 고프지 않았다. 불꽃 폭발의 여파로 여전히 속이 거북했다. 마법으로 가려진 손바닥에서 땀이 나는 게 느껴졌다. 사소하지만 무시할 수 없는 부분이다. 집중력이 약해질 수 있기 때문이다. 이미 창피를 당할 만큼 당했는데 사람들이 마법 아래 있는 것까지 보게 할 순 없었다.

"그만 자러 갈게요." 레바나는 누구에게라고 할 것 없이 그렇게 말했다. 누구라도 레바나에게 신경을 쓰고 있었다면, 누구라도 관심이 있었다면 그 말을 들었겠지만 그런 사람은 아무도 없었다.

레바나는 채너리를 힐끗 쳐다보았다. 채너리는 마술사를 테이블로 불러서 포크로 초콜릿을 한 조각 떠먹여주고 있었다. 레바나는 저 마법 아래 숨겨진 마술사가 과연 어떻게 생겼을까 궁금했다. 지금이야 잘생겨 보이지만 그 아래 있는 것은 누구라도 될 수 있었다. 아니, 여기 있는 모든 이가 누구라도 될 수 있었다. 나는 왜 아무나 될 수 없나? 나는 왜 내가 되고 싶은 그 한 사람이 될 수 없나? 어쩌면 문제는 그 사람이 누구인지 레바나가 결코 알아내지 못할 거라는 점일 것이다.

레바나는 의자를 밀어서 뒤로 뺐다. 딱딱한 바닥에 의자 다리 끌리는 소리가 끼익 났다. 그러나 아무도 돌아보지 않았다. 식당을 빠져나와 넓은 복도에 혼자 서 있는데 누군가 레바나를 불러 세웠다.

"전하?"

뒤돌아보니 근위병 하나가 레바나를 따라 복도까지 나와 있었다. 실은 근위병은 총 세 명 있었지만, 그중 둘은 적당한 거리에서 레바나를 따라가며 침실까지 안전하게 모시는 게 임무인 자들이었다. 세 번째 근위병은 낯익은 자였다. 그래 봤자 레바나가 아는 것이라고는 부모님이 계실 때 이자가 몇 년간 근무했다는 것 정도였지만.

"왜?"

근위병은 꾸벅 절하더니 말했다. "전하, 방해해서 죄송합니다. 제 친구 에브렛 헤일 경이 이것을 좀 전해드리라고 부탁했습니다. 즐거운 생일 되시라면서요."

그러면서 작은 상자를 내밀었다. 아무런 무늬도 없는 소박한 갈색 종이에 싸인 상자였다. 레바나는 심장이 뒤틀리는 것 같아 도무지 선물을 받으러 다가갈 엄두가 나지 않았다.

"에브렛 헤일이?"

근위병이 고개를 끄덕였다.

'이건 속임수야. 이건 속임수야. 이건 속임수야.' 머릿속에서는 계속 경고를 내보냈다. 이건 언니가 꾸민 계략이다. 언니의 잔인한 장난질. 그렇게 생각하는데도 가슴이 두근거리는 것을 어쩔 수 없었다. 맥박이 점점 빨라지고 더 세차게 뛰었다.

레바나는 용기를 내서 거대한 문틈 사이로 식당 안쪽을 흘끗 살폈다. 에브렛은 식당 저쪽 끝에서 근무를 서고 있다가 레바나를 보고는 다정하게 미소를 지었다. 레바나가 계속 쳐다보자 에브렛은 한 손으로 주먹을 쥐고 가슴 위에 올렸다. 그건 존경한다는 의미를 담은 경례로, 아무런 뜻이 아닐 수도 있다. 아니면 수많은 뜻이 담겨 있거나. 레바나는 그 정도면 충분했다.

"고마워." 레바나는 그렇게 말하고는 상자를 낚아챘다.

근위병은 절을 한 뒤 제자리로 돌아갔다.

레바나는 뛰어가고 싶은 마음이 굴뚝같았지만 있는 힘을 다해 꾹꾹 참으면서 침실까지 꼿꼿이 걸어갔다. 방에는 벌써 시녀 한 명이 대기하고 있었다. 옷을 벗고 씻는 것을 도와줄 시녀였다. 레바나는 드레스의 핀도 빼지 않은 채 휘이휘이 손을 내저어 시녀를 쫓아버렸다. 그러곤 거울 없는 화장대 앞에 앉아 가만히 심호흡을 했다. 그런 다음 심혈을 기울여 조심조심 갈색 종이를 벗기기 시작했다. 묶인 것을 풀고 쭈글쭈글한 모서리를 펼 때는 손끝이 달달 떨렸다.

상자 안에는 또 갈색 종이 뭉치가 들어 있고, 한가운데 조그만 펜던트가 놓여 있었다. 지구 행성이었다. 은으로 만든 것 같지만 색이 변하고 휘어진 것으로 보아 아주 오래된 물건 같았다. 그리고 카드가 들어 있었다. 지독한 악필의 손글씨였다.

전하,

공주님께 생일선물을 드리는 것이 주제넘은 짓처럼 보이지 않았으면 좋겠습니다. 하지만 이 펜던트를 보니 공주님이 좋아하실지도 모르겠다는 생각이 들었습니다. 열일곱 살이 되시는 올해는 행복만 가득하시기를 기원합니다.

공주님의 친구이자 가장 충성스러운 신하,

에브렛 헤일

나중에 생각나서 쓴 것처럼, 밑에 메모가 하나 더 있었다.

제 아내도 공주님께 따뜻한 안부를 전합니다.

레바나는 저도 모르는 사이에 에브렛의 아내가 언급된 카드의 아래 부분을 찢어내 갈기갈기 조각냈다. 그런 다음 펜던트를 들어 올려 가슴에 살짝 대보았다. 얼굴에 미소가 번졌다. 레바나는 에브렛의 글을 읽고 또 읽었다. 해석하고, 분석하고, 또 읽고, 또 읽고, 또 읽었다.

R
E
V
A
N
A

7장

"저희 생체공학 연구개발팀에서 지난 몇 달 사이 큰 진척이 있었음을 기쁜 마음으로 보고 드리는 바입니다." 수석 마법사 조슈아 해든이 말했다. 그의 앞에는 왕좌에 앉아 있는 여왕과 그 주변에 서 있는 넓은 옷소매에 손을 집어넣은 귀족들이 있었다. "다넬 박사의 말에 따르면 생체전기 파동 조작에 관한 최신 발전으로 앞으로 타고난 본능을 바꿀 수 있을 거라고 합니다. 폐하께서 재가하시면 연구팀은 향후 12개월간 루나인들을 상대로 실험을 시작하고자 합니다."

채너리는 호박 튀김을 입안에 던져 넣으며 마법사에게 손짓했다. 입안의 음식을 다 삼킨 채너리는 손가락에 남은 버터를 쪽쪽 빨며 말했다. "그래, 좋아. 그 사람들 생각이 그렇다면."

"그러면 그렇게 하겠습니다, 여왕 폐하." 해든 마법사는 보고서를 확인하며 다음 안건으로 넘어갔다. 섬유 분야의 생산성 향상에 관련된 문제였다.

레바나는 군대와 관련된 얘기를 더 듣고 싶었다. 생체공학 군인을 개발하고 있다는 얘기를 벌써 몇 년째 듣고 있었다. 10년쯤 전에 레바나의 아버지가 시작한 프로그램인데, 귀족들 중에는 말도 안 되는 생각이라고 무시하는 사람이 많았다. 루나인의 재능이 아니라 동물의 본능에 의존하는 군대를 만든다고? 터무니없는 소리. 사람들은 그렇게 말했다. 황당무계하다. 괴물 같은 생각이다…….

레바나의 기억에 아버지는 그런 표현들을 좋아했다. '괴물 같은 것'이야말로 아버지가 이루고 싶은 것이었다. 왕의 지시로 연구가 시작됐다. 비록 아버지는 자신의 노력이 결실을 볼 때까지 살지 못했지만 레바나는 아버지의 공상에 왠지 마음이 끌렸다.

반인반수로 이뤄진 군대. 인간의 지능을 가졌지만, 감각·지각 능력은 거친 포식동물의 그것을 지닌 병사들. 이들은 당연하고 예측 가능한 전투 수단이 아니라 사냥과 생존이라는 원초적인 본능에 의지해 적들을 공포에 몰아넣고 약탈하고 집어삼키고 싸울 것이다. 레바나는 생각만 해도 등골이 오싹해졌다. 하지만 기분 나쁜 오싹함은 아니었다. 그 병사들이 갖게 될 동물적 힘을 장악하고 싶은 마음 때문인지 입안에 침이 고였다. 자신이 그런 힘을 갖게 된다면 왕궁 복도를 지날 때마다 뒤통수에 따라붙는 조롱들을 영원히 잠재울 수 있을 것이다. 지금도 돌아다니는, 불쌍하고 못생긴 어린 공주에 관한 소문도.

"좋아, 좋아." 채너리는 하품을 하며 마법사의 말을 자르더니 이렇게 말했다. "그대가 최선이라고 생각한다면 뭐가 됐든. 이제 대충 끝났나?"

해든 마법사는 공공정책 및 국가 복지에 관해 여왕이 이렇게나 무관심한데도 전혀 개의치 않는 듯했다. 그러나 레바나는 눈이 돌아갈 지경이었다. 간간이 딴생각을 할 때도 있었지만 레바나는 외곽 지구가 어떻게 돌아가고 있는지 당연히 알고 싶었다. '자신'은 개선 방안에 관한 조정의 의견을 듣고 싶었다. 조신들이 채너리는 그냥 낮잠이나 주무시라고 내보내고 나머지는 레바나가 처리하게 해주면 좋으련만. 그러나 레바나가 그런 제안을 했다가는 다들 가루가 되도록 레바나를 비웃을 것이다.

"여왕 폐하, 한 가지만 더 논의하면 휴회할 수 있을 듯합니다."

채너리가 한숨을 내쉬었다.

"여왕 폐하, 이미 알고 계시리라 믿습니다만, 선대 통치자들께서는, 다들 부디 거룩한 곳에서 편히 쉬시기를, 생화학 무기를 개발하고 계셨습니다. 지구와의 협상에 상당히 효과적으로 사용할 수 있을 것으로 사료되는 무기들이옵니다. 특히나 지금처럼 지구와 적대적인 관계가 지속되고 있고, 향후 언젠가 폭력적으로 해결할 수밖에 없는 사태를 맞게 될 가능성을 생각하면 더욱더 그러합니다."

"아, 맙소사." 채너리는 고개를 뒤로 홱 젖히며 못 참겠다는 듯 신음소리를 냈다. "꼭 그렇게 구구절절 늘어놓아야겠소? 그냥 말해요, 조슈아. 대체 하고 싶은 말이 뭐요?"

조정 신료들이 조심스레 입을 가리고 킬킬거렸다.

해든 마법사는 몸을 똑바로 세우고 말했다. "저희 실험실 중 하나에서 전염병을 만들어냈습니다. 아직 실험할 순 없는 상태이지만,

지구인들에게 치명적일 것으로 생각됩니다. 지구와의 관계는 점점 더 적대적이 되고 있습니다. 앞으로 10년 내 자유무역협정을 재개하거나 동맹을 맺을 수 없다면 상황이 더욱 악화될지도 모릅니다. 마록 왕께서는 이 질병이 혹시라도 있을지 모를 지구의 반대를 약화시키는 수단이 될 수 있을 거라고 보셨습니다. 수적으로나 자원적으로나 말이지요.”

“아버지께서 어련히 잘 생각하셨을까. 그대는 그…… 연구를 진행하시오. 휴회!”

“여왕 폐하, 귀하신 시간을 아주 잠깐만 더 내주십시오.”

채너리는 씩씩거리며 다시 왕좌에 털썩 주저앉았다. “뭐요?”

“치료제 문제가 남아 있습니다.”

해든 마법사가 더 이상 설명하지 않자 채너리는 그를 향해 어깨를 으쓱해 보였다.

해든 마법사의 설명이 이어졌다. “뒤탈을 걱정할 필요없이 언젠가 이 질병을 지구에 퍼뜨린다는 것은 아주 매력적인 계획이긴 합니다. 하지만 저를 비롯한 몇몇 전략가들은 더 강력한 방법을 생각하고 있습니다. 지구인들이 이 질병을 운명의 작용이라고, 나아가 그들에게 내려진 벌이라고 믿게 만드는 겁니다. 그리고 나서 우리가 이 질병을 없앨 수 있는 치료제를 제공하는 거지요. 그렇게 되면 동맹에 관한 논의는 무조건 우리 쪽에 유리하게 될 겁니다.”

채너리가 지겹다는 듯 천천히 말했다. “저들을 아프게 만든 다음에 다시 낫게 해주자고요? 내가 들어본 전략 중 가장 바보 같은 소리로군.”

“아니, 그렇지 않아요.” 레바나가 말했다. 100명도 넘는 궁정 신료들의 눈길이 일제히 레바나를 향했다. 왕좌에 앉은 채너리도 갑자기 이글거리는 눈빛으로 아래쪽을 내려다보았다. 레바나는 주눅 들지 않으려고 어깨를 쭉 폈다. "지구인들은 그 병이 우리한테서 시작됐다는 것을 굳이 알 필요가 없어요. 최고의 전쟁이 될 거예요. 아무도 전쟁이라고 생각조차 못 할 테니 보복당할 염려 없이 지구를 약화시킬 수 있어요."

레바나는 해든 마법사에게서 시선을 거두고 채너리를 올려다보았다. 언니는 눈에서 독기가 철철 넘쳤다. 하지만 레바나는 개의치 않았다. 레바나에게는 채너리가 보지 못한 잠재력이 보였다.

"그런 다음 지구인들이 완전히 짓밟혀서 더 이상 우리에게 위협이 될 수 없을 때 평화 협상을 제안하는 거예요. 우리의 요구 사항을 말하고 저들이 그 무엇보다 원하는 한 가지를 내놓는 거죠. 저들을 불구로 만든 그 질병의 치료제 말이에요. 그러면 대단한 호의로 비쳐질 겁니다. 우리가 자체 자원을 이용해 치료제를 개발하고, 나아가 치료제를 제조해서 나눠주겠다고까지 제안하는 거니까요. 과거의 적에게 말이죠. 그러니 저들이 우리의 요구 사항을 감히 어떻게 거절하겠어요?"

"저희가 말씀드리는 전략이 바로 그것입니다." 해든 마법사가 말했다. "공주님께서 아주 정확히 말씀해주셨네요. 감사합니다."

마법사는 깍듯이 말했지만, 그 말투가 어쩐지 레바나를 꾸짖는 것처럼 느껴졌다. 이런 회의에 레바나가 참석한 것도 말이 안 되는데, 더구나 아무도 레바나에게 의견을 구하지 않았는데 먼저 입을 열다니 도저히 참기 힘들다는 듯이.

채너리가 머리카락을 만지작거리며 말했다. "앞으로 어떤 쓸모가 있을지는 알 것 같군. 그 치료제를 계속 개발하시오."

"그 부분이 바로 곤란한 지점입니다, 여왕 폐하."

채너리가 한쪽 눈썹을 쓱 치켜올렸다. "그래, 곤란한 지점이 당연히 있겠지, 왜 아니겠나?"

"저희는 이미 치료제를 개발하는 방법을 찾았습니다. 그리고 이미 여러 차례 실험을 통해 감염된 세균에 효과가 있다는 것도 입증됐습니다. 그런데 문제가 있습니다. 치료제가 재능을 타고나지 못한 루나인들의 혈구를 통해 만들어진다는 겁니다."

"껍데기들?"

"예, 폐하. 치료제를 생산하는 데 필요한 항체를 껍데기들이 갖고 있습니다. 게다가 안타깝게도 껍데기들에게서 혈액 샘플을 구하는 것은 시간도 비용도 너무 많이 드는 것으로 나타났습니다. 껍데기들은 외부에 너무 광범위하게 흩어져 살고 있거든요. 인공 배양은 아직까지 성공하지 못했고요."

"뭐, 그렇다면 껍데기들을 동물처럼 가둬두는 건 어떻소? 어차피 동물이나 마찬가지이니 말이오. 내 부모님을 암살한 데 대한 응징이라 하면 되겠군." 채너리의 두 눈이 갑자기 번득였다. "생각해보니 그것 참 기발한데. 사람들에게 껍데기가 얼마나 위험한지 알리도록 하시오. 여왕은 지난 세월 베풀었던 관용을 더 이상 용납하지 않을 것이라고. 필요하다면 새로운 법률을 제정해도 좋고."

해든 마법사가 고개를 끄덕였다. "현명한 처사이십니다, 폐하. 현재 시빌 미라 마법사가 생화학 연구팀 궁정 특사로 활동하고 있습니다. 혈액 샘플을 확보할 최선의 방법에 대한 절차를 세울 적임자가 아닌가 합니다."

늘어서 있는 마법사들 중에서 젊은 여자 하나가 한 발 앞으로 나섰다. 적갈색 재킷을 입고 있었고, 윤이 나는 까마귀 날개 같은 머리카락이 등까지 늘어져 있었다. 여왕의 수행원들이 다들 그렇듯, 이 여자도 매우 아름다웠지만 몸가짐이 심상치 않았다. 자신감이 엿보였다. 수석 마법사보다 지위가 낮지만, 서 있는 자세나 희미한 미소로 보아 자신이 세상 그 누구의 아래에 있다고는 생각하지 않는 듯했다. 레바나는 보자마자 그 여자가 마음에 들었다.

"좋네. 마법사⋯⋯."

"시빌 미라입니다, 폐하." 여자가 말했다.

"미라를 왕실 공식⋯⋯ 아, 어디라고 해야 하지?" 채너리는 한숨을 쉬었다. "재능부재자부 대표로 임명하네. 왕명으로 허락하노니⋯⋯ 모두의 이익을 위해 필요한 일을 하라."

단어를 억지로 짜맞추는 동안 채너리의 손가락들이 공중에서 왔다 갔다 춤을 췄다. 수백 명의, 아니 그 가족들까지 포함하면 수천 명의 백성들에게 영향을 주게 될 칙령을 내리는 사람이라기보다는 예쁜 말을 골라 시를 쓰는 사람 같았다. 그래도 채너리의 말이 끝나자 마법사들은 공손히 절을 했고 마침내 조정은 휴회했다. 여왕이 자리에서 일어서자, 모여 있던 사람들도 다들 일어섰다. 나가기 전에 채너리는 예의 그 달콤한 미소를 지으며 레바나를 보았다.

채너리는 다정한 목소리로 말했다. "사랑하는 동생아." 레바나는 움찔했지만 채너리에게 그런 모습을 보이지 않기 위해 곧 마음을 다잡았다. "오늘 오후에 재봉사를 불러 옷을 맞출 텐데 너도 같이 가는 게 어떠니? 너도 드레스를 좀 맞추면 도움이 될 거야. 너무⋯⋯ 슬프지 않은 드레스 말이야."

레바나는 누리끼리한 자신의 드레스나 별로 마법을 부리지 않아 칙칙한 피부를 보지 않아도 채너리가 무슨 말을 하는지 알 수 있었다. 레바나는 남들의 눈에 띄는데 흥미를 잃었다. 예쁘고 명랑한 역할은 채너리에게 넘겨주자. 레바나 공주는 영리하고 지략이 풍부한 것으로 조정의 존경을 얻을 것이다. 여왕이 수많은 구혼자들을 챙기느라 바쁜 동안 레바나는 나라에 필요한 일들을 할 것이다.

"새 드레스는 필요 없습니다. 감사합니다, 폐하."

"그래, 그러면 아무것도 입어보지 마. 그냥 내가 옷을 맞추는 동안 모자걸이나 하고 있어. 따라와."

레바나는 신음소리가 새어 나오려는 것을 참았다. 싫다고 말하는 것도 이제 지친다는 생각이 들었다.

채너리가 냉큼 앞서 갔다. 마법사와 귀족들이 일제히 절을 했다. 언니의 뒤를 따라 걸으며 레바나는 저들이 실제로는 나에게 절을 하는 것이라고 상상했다. 언니를 따라 궁전 복도로 나가는데 에브렛이 다가오는 게 보였다. 레바나는 자신의 심장이 두근대는 소리가 들릴 것만 같았다. 아쉽게도 에브렛은 레바나에게 눈길 한 번 주지 않았다. 그저 멈춰서서 여왕이 지나갈 때 주먹 쥔 한 손으로 가슴을 쳐 경례를 할 뿐이었다. 레바나는 에브렛과 눈을 마주쳐보려 했지만 에브렛은 레바나의 머리 위 벽만 바라보았다. 동상처럼 무표정한 얼굴로.

몇 발짝 지나 슬쩍 뒤를 훔쳐보았을 때에야 레바나는 에브렛이 교대하러 왔다는 것을 알 수 있었다. 근위병 교대는 마치 기름칠이 잘된 시계처럼 부드럽고 빠르게 이뤄졌다. 침을 꼴깍 삼키며 레바나는 다시 앞을 쳐다보았다. 하마터면 벽에 부딪힐 뻔했다. 그에게 고맙다고 말할 수 있는 기회였는데. 펜던트는 지금 이 순간에도 레바나의 목에 걸려 있었다. 비록 옷깃 아래 숨겨져 있지만.

등 뒤에서 철컥 하는 에브렛의 부츠 소리가 들렸다. 그가 저기에 있다고 생각하니 몸이 그쪽으로 당겨지는 기분이었다. 목 뒤가 찌릿찌릿했다. 레바나는 에브렛이 자신을 쳐다보고 있다고 상상해보았다. 그의 시선은 나의 목선에 감탄하다가…… 곧장 등으로 떨어진다.

궁전 중앙 복도에 도착해 꼭대기 층에 있는 여왕의 처소를 향해 올라가기 시작했을 때쯤 레바나의 감정도 지쳐서 잦아들었다. 채너리는 엘리베이터를 좋아하지 않았다. 언젠가 채너리는 치맛자락을 들고 계단을 오르내려야 여왕이 된 기분이 난다고 했다. 그때 레바나는 다른 때도 치맛자락을 들춰 올린 게 모두 그런 이유 때문이냐고 받아치고 싶은 것을 참느라 혼이 났다.

"폐하?"

채너리가 우뚝 멈춰 섰다. 그 바람에 뒤따라오던 레바나도 넘어질 뻔하며 멈춰 섰다. 돌아보니 레바나보다 한두 살 많을까 말까 한 소녀가 서 있었다. 입은 옷은 간소하고 실용적이었다. 소녀는 벌겋게 달아오른 얼굴로 가쁜 숨을 몰아쉬었다. 되는 대로 동여맨 머리카락이 삐죽삐죽 흘러내렸다.

"앞길을 막아 송구하옵니다, 폐하." 소녀는 숨을 가누며 한쪽 무릎을 꿇었다.

채너리는 역겹다는 듯 비웃었다. "네 감히 어느 안전이라고 예도 제대로 갖추지 않고 다가오는 것이냐? 불경죄로 매를 치게 할 것이다."

소녀는 진저리를 쳤다. "소, 송구하옵니다." 마치 여왕이 자신의 사과를 못 듣기라도 한 것처럼 소녀는 더듬거리며 말했다. "저는 AR-C 종합병원의 오코너 박사가 보내서 왔습니다. 급한 전갈을……."

채너리가 말했다. "누가 보냈는지 내가 묻더냐? 누가 너를 보냈는지, 전갈을 갖고 왔는지, 무슨 전갈인지, 내가 손톱만큼이라도 관심을 보였느냔 말이다. 천만에. 자기 말을 들어달라는 사람마다 그 말을 다 들어줄 시간이 나한테는 없다. 할 말이 있으면 절차를 따라라. 근위병, 이 여자를 내보내."

소녀의 눈이 휘둥그레졌다. "하지만……."

"오, 맙소사. 이 여자가 원하는 게 뭔지 내가 들어볼게." 레바나가 말했다. "언니는 옷이나 맞추러 가. 이 여자가 이 꼴이 되도록 뛰어와 전하려는 전갈이 무엇이든 간에 그게 더 중요한 일인 것 같으니."

채너리가 버럭 소리를 질렀다. "내 백성 앞에서 그렇게 불경스럽게 말할 테냐?"

레바나는 주먹을 불끈 쥐고 싶은 것을 참느라 양 손바닥을 치마에 대고 눌렀다. "송구하옵니다, 폐하. 그저 오늘은 폐하께서 일정이 많으신 듯하오니, 제가 미력이나마 도울 수 있도록 허락해주시옵소서." 레바나는 아직도 한쪽 무릎을 꿇고 있는 소녀에게 고갯짓을 했다. "네 전갈이 무엇이냐?"

소녀는 침을 꿀꺽 삼키고 말했다. "왕실 근위병의 일입니다. 전하. 에브렛 헤일 경의 아내가 출산했습니다. 안타깝게도…… 의사 선생님은…… 헤일 경이 즉시 아내를 보러 왔으면 합니다."

레바나는 가슴이 옥죄어오는 것을 느꼈다. 폐에서 공기가 모두 빠져나가는 듯한 기분이었다. 뒤를 흘끗 훔쳐보니 역시나 에브렛의 얼굴에도 공포가 덮쳐오고 있었다.

그런데 그 순간 느닷없이 채너리가 웃기 시작했다. "이런 어쩌지? 헤일 경은 방금 교대했는데. 그의 근무가 끝날 때까지 기다려야 할 거야. 가자, 레바나." 채너리는 치맛자락을 모아 쥐고 계단을 오르기 시작했다.

에브렛은 간호사인 듯한 소녀에게서 눈을 거둬 멀어지는 여왕의 뒤를 바라보았다. 복도 한가운데에서 발바닥이 땅바닥에 붙어버린 것 같았다. 자리를 뜨는 것은 여왕의 명령을 정면으로 거역하는 일이 될 것이다. 그런 행동을 했다가는 반역자로 낙인 찍혀 무슨 벌을 받게 될지 모른다. 그런데도 에브렛은 여전히 결정을 못 내리고 있었다. 감히 여왕을 거역할 생각을 하다니 그가 얼마나 필사적인지 알 수 있었다. 게다가 레바나도 궁금한 생각이 들었다. 출산은 흔한 일이고 합병증이 있는 경우는 아주 드물지만, 솔스티스는 워낙에 허약해 보였다……

레바나가 나섰다. "언니?"

채너리가 걸음을 멈췄다. 계단을 거의 다 오른 뒤였다.

"제가 시내에 나가야 하는데 경호원을 좀 붙여주세요. 에브렛 헤일을 데려갈게요."

채너리는 죽일 듯한 표정으로 뒤를 돌아보았다. 레바나는 고개를 들어 언니를 똑바로 쳐다보았다. 채너리 못지않게 이글거리는 눈빛이었다. 벌은 나중에 받으면 된다. 분명히 벌을 받을 것임은 알고 있었다. 하지만 채너리가 사람들 앞에서 두 번이나 도전 받는 위험을 감수할 것 같지는 않았다. 이러면 죄는 레바나 혼자 뒤집어쓸 수 있다. 에브렛은 그저 명령을 따른 셈이 되니까. '레바나'의 명령을.

불꽃 튀는 이 순간이 마치 몇백 년처럼 길게 느껴졌다. 레바나는 기다렸다. 여섯 걸음이나 떨어져 있었지만, 공포에 질린 에브렛의 심장 박동 소리가 자신에게까지 들리는 것 같았다.

"알았다." 마침내 허락이 떨어졌다. 둘 사이에 언제 긴장이 있었냐는 듯 태연한 목소리였다. 그러나 언니의 화가 풀린 게 아님을 레바나는 알고 있었다. "혹시 레이크 대로를 지나게 되면 풋사과 사탕을 좀 사다주렴."

머리카락을 찰랑 흔들며 여왕은 몸을 돌려 계단을 마저 올랐다. 이상하게도 어지러운 느낌이 든다 싶어 생각해보니, 레바나는 대답을 듣기 전까지 숨을 참고 있었다.

채너리가 더 이상 보이지 않게 되고서야 에브렛은 근무 자세를 풀었다. "내 아내에게 문제가 생겼다고?" 에브렛의 목소리와 양 어깨, 두 눈에 감정이 북받쳐 올랐다. 그는 레바나를 지나쳐 곧장 간호사에게 가더니 간호사의 양 팔꿈치를 잡고 일으켜 세웠다. 걱정과 초조한 낯빛이 마치 이런 순간을 예견한 사람 같았다.

"혹시……?"

여왕과 맞닥뜨려 아직도 얼굴이 새하얗게 질려 있는 간호사는 에브렛의 질문을 이해하는 데 시간이 좀 걸렸다. 이윽고 간호사는 안타까움에 양 미간을 찌푸리며 말했다. "서둘러야 해요."

R
E
V
A
N
A

8장

레바나는 대기실에 남아 있었다. 간호사는 에브렛을 데리고 살균 처리된 병원 복도를 걸어갔다. 두 사람은 어느 문 앞에 멈춰 섰다. 걱정으로 잔뜩 일그러진 에브렛의 얼굴을 보자니 레바나는 그를 두 팔로 꼭 끌어안고 그의 근심을 모두 덜어주고 싶었다. 간호사가 문을 열었다. 레바나가 있는 곳까지 새된 비명소리가 들려왔다. 에브렛이 안으로 사라지고 곧 문이 닫혔다.

그의 아내는 죽어가고 있었다. 간호사가 자세한 설명을 하지 않았지만, 레바나는 그렇다는 것을 알 수 있었다. 에브렛 역시 마지막 작별인사를 할 유일한 기회라는 것을 알았기 때문에 여기까지 황급히 달려온 것이다. 그에게는 이 일이 전혀 예상치 못한 일이 아님을 알 수 있었다. 아마도 솔스티스에게는 병이 있었을 것이다. 레바나가 봤을 때도 이미 임신 합병증을 한참 앓아온 듯했다. 레바나는 장례식에서 솔스티스를 보았던 일이 기억났다. 그때도 솔스티스는 도자기로 만든 병처럼 금방이라도 부서질 것 같아 보였다. 접견 줄을 따라 이동하면서도 에브렛의 얼굴에는 걱정이 서려 있었다.

레바나는 대기실 안을 왔다 갔다 했다. 벽에 붙어 있는 홀로그램 단말기에서는 무언극이 방송되고 있었다. 대기실 의자가 비어 있는 줄도 모르고 배우들은 모두 정교한 마스크와 코스튬을 차려입은 채 우아하게 춤을 추고 있었다.

레바나는 궁을 자주 떠나지 않았다. 하지만 이곳에 와보니 기분 전환이 되는 느낌이었다. 레바나가 대관식 때부터 줄곧 하고 있는 마법, 그러니까 눈에 띄지 않는 소녀, 이름 없는 공주를 알아볼 사람은 아무도 없었다. 의사와 간호사들 앞에서 레바나는 그 누구든 될 수 있었다. 병원은 크지 않았다. 아르테미시아에서 병에 걸리는 사람은 드물다. 병원이 주로 하는 일은 부러진 뼈를 맞추거나 죽어가는 노인들을 돌보거나 출산을 돕는 것 정도였다. 병원은 작지만 분주했다. 직원들이 끊임없이 복도를 오가고 수많은 문을 들락거렸다. 하지만 레바나의 생각은 오직 에브렛과 저 닫힌 문 뒤에서 벌어지는 일에만 머물렀다.

그의 아내가 죽어가고 있었다. 그는 혼자가 될 것이다. 레바나는 절대로 그렇게 생각하면 안 된다는 것을 알면서도, 가슴에 찌릿한 불꽃이 이는 것을 완전히 부인할 수 없었다. 이것은 운명이다. 원래 이렇게 되도록 되어 있었다. 장례식에서 그가 한 다정한 말들. 생일 파티에서 그가 보낸 수줍은 눈길. 깜찍한 지구 펜던트. '공주님의 친구이자 가장 충성스러운 신하.' 숨겨진 의미가 있는 말이었을까? 지금까지는 할 수 없었던 얘기? 레바나가 그를 원하는 것 못지않게 그도 혹시 레바나를 원하고 있었던 것은 아닐까? 에브렛은 절대로 결혼서약을 가볍게 생각할 부류의 사람이 아니다. 다른 사람을 아무리 갈망하더라도. 그런데 이제는 그럴 필요가 없어질 것이다. 그는 레바나의 것이 될 수 있었다.

이런 생각을 하고 있으려니 벅찬 마음에 온몸이 부르르 떨렸다. 얼마나 기다려야 그가 자신의 마음을 드러낼까? 아내를 잃은 슬픔을 얼마나 애도한 후에야 자신의 마음을 레바나에게, 자신의 공주에게 밝히는 것을 스스로 용납하게 될까?

기다림은 고통스러울 것이다. 슬퍼하는 동시에 사랑해도 괜찮다고 레바나가 그에게 알려주어야 할 것이다. 레바나는 결코 그를 비난하지 않을 것이다. 두 사람은 운명으로 묶인 것이 이토록 분명하니 말이다. 운명이 그의 아내를 데려가고 있었다. 별들이 두 사람의 결합을 축복하고 있었다.

그때 복도 저쪽 문이 열렸다. 누가 부르기도 전에 레바나는 벌써 앞으로 걸어갔다. 걱정 반, 궁금증 반으로 맥박이 혈관을 세차게 때렸다. 레바나가 문 앞에 도착할 때쯤 그 문으로 카트가 빠져나왔다. 레바나는 카트 모서리에 배를 부딪히지 않게 얼른 뒤로 물러섰다.

벽에 딱 붙어선 채 레바나가 본 것은 단순한 의료용 카트가 아니라 조그만 가사 상태 탱크를 운반하는 카트였다. 아기가 질퍽한 파란색 액체 속에 누워 자지러질 듯 울고 있었다. 조그만 손과 쪼글쪼글한 손가락이 머리 옆에서 퍼덕였다. 아직 눈도 뜨지 못한 채였다.

레바나는 불현듯 아이를 만져보고 싶은 충동에 사로잡혔다. 손가락으로 저 조그만 손마디를 한 번 훑어보고 싶었다. 저 보드라운 머리에 복슬복슬 자라난 검은 머리카락을 만져보고 싶었다. 하지만 카트는 복도를 따라 급히 옮겨졌다.

레바나는 다시 문 쪽을 돌아보았다. 닫히는 문 사이로 근위병 제복을 입은 에브렛이 아내를 향해 몸을 숙이고 있는 것이 보였다. 흰 천. 시트 위의 피. 흐느낌. 문이 닫혔다. 에브렛의 흐느끼는 소리가 레바나의 귀에서 떠나지 않았다. 레바나의 머릿속에서 이리 부딪히고 저리 부딪히며 계속해서 계속해서 돌아다녔다.

R
E
V
A
N
A

9장

한 시간이 지났다. 레바나가 대기실에서 기다린 지도 한 시간이 넘었다. 점점 지루해졌다. 에브렛과 자신을 갈라놓은 채 닫혀 있는 문 옆을 열두 번은 더 지나쳤지만 그는 나타나지 않았다. 레바나는 배가 고팠다. 아무나 한 사람한테만 자신이 누구인지 밝히고 먹을 것을 좀 가져오라고 하면 이 건물에 있는 그 누구라도 당장 뛰어가 명을 수행할 거라는 생각이 들었다. 그 점을 알기에 레바나는 더더욱 그러고 싶지 않았다. 레바나는 허기진 배를 무시하려고 애썼다.

레바나는 복도를 배회하기 시작했다. 바쁜 사람들이 정신없이 옆을 지나칠 때면 벽으로 바싹 붙어 서면서. 유아 면회실은 쉽게 찾을 수 있었다. 레바나는 슬그머니 안으로 들어가 유리창 너머에서 갓 난아기들을 빤히 쳐다보았다. 저쪽에서 간호사 한 명이 아기들에게

70

약을 먹이고 맥박이나 체온 등을 확인하고 있었다. 금세 에브렛의 아이를 찾아냈다. 탱크 옆에 작은 라벨이 하나 붙어 있었다.

헤일
제3시대력 109년 1월 3일. 우주협정시 12시 27분
성별 : 여
체중 : 3.1kg
키 : 48.7cm

에브렛에게 딸이 생겼구나. 깨끗이 닦아놓고 보니 아기는 피부가 아버지처럼 검고, 두 볼은 천사처럼 통통하고, 머리카락은 복슬복슬 길어서 후광처럼 머리를 덮고 있었다. 아기는 더 이상 소란을 떨지 않고 평온히 누워 있었다. 숨을 쉴 때마다 작은 가슴이 오르락내리락했다. 아기는 믿기지 않을 만큼 작고, 겁이 날 만큼 가냘팠다.

레바나는 아기를 많이 보지 않았지만, 이 아이야말로 지금까지 태어난 아기 중 가장 완벽한 아기라는 생각이 들었다. 면회실에 있는 아기들 중 유일하게 이 아기만 파란색 병원 담요에 싸여 있지 않았다. 포근한 면직물로 만들어진 아기 담요는 손으로 놓은 수로 꾸며져 있었다. 조금씩 색조가 다른 여러 가지 흰색과 금색이 만들어낸 풍경화가 아이의 조그만 몸집을 따라 은은하게 빛을 내고 있었다. 레바나는 처음에 그 그림이 생명유지 돔 밖에 있는 루나의 거칠고 황량한 들판을 나타낸 것인 줄 알았다. 그런데 가만히 보니 잎이 다 떨어진 시커먼 나무 둥치가 보였다. 또 아기의 발 언저리에는 눈밭에 버려진 선명한 붉은색 벙어리장갑이 수놓여 있었다. 레바나가

동화책에서 보았던 것과 똑같은 모습, 지구의 모습이었다. 레바나가 한 번도 경험해보지 못한 어둡고 추운 계절의 풍경이었다. 레바나는 솔스티스가 왜 이런 것을 수놓을 생각을 했을까 궁금했다. 담요에 놓인 수는 솔스티스 헤일의 솜씨가 분명했기 때문이다.

고개를 갸우뚱 기울인 레바나는 이 아기가 자신의 아기라고 상상해보았다. 사랑하는 마음으로 수많은 시간을 들여 저 담요에 수를 놓은 사람이 자신이라고. 기진맥진하면서도 뿌듯한 엄마가 된 심정은 어떤 것일까. 방금 내가 낳은 조그맣고 건강한 딸아이를 사랑스럽게 내려다보며 감탄하는 기분은.

레바나는 저도 모르게 솔스티스 헤일로 변신해 있었다. 사랑받는 아내. 행복한 엄마. 이번에는 배가 나오지 않고 호리호리한 몸매였다. 레바나는 한 손가락을 유리창에 대보았다. 그리고 손가락으로 유리창 너머 아이의 얼굴을 따라 그려보았다.

그 순간 그림자가 나타났다. 유리에 비친 자신의 그림자였다. 자신이 반사된 모습. 레바나는 움찔했다. 마법이 흩어졌다. 레바나는 돌아서며 두 손으로 얼굴을 가렸다. 레바나는 한참 후에야 그 이미지를 생각에서 떨쳐버릴 수 있었다. 그리고 다시 창백한 피부와 흐릿한 머리카락, 서리가 내린 푸른 눈으로 변신할 수 있었다.

"여기서 보시면 됩니다." 복도에서 목소리가 들렸다.

레바나가 고개를 홱 돌리니 에브렛이 간호사를 따라 면회실로 들어오고 있었다. 그는 이제 막 긴 꿈에서 깨어난 사람 같았다. 눈 주위가 빨간 에브렛이 레바나를 발견하더니 잠시 눈을 끔벅거렸다. 마치 레바나가 보이지 않거나 누구인지 못 알아보는 사람처럼.

레바나는 침을 꿀꺽 삼켰다. 그의 눈빛이 서서히 레바나를 알아보는 듯하더니 꾸벅 절을 했다. "공주 전하, 아직도 여기에 계신 줄 몰랐습니다……." 잠시 그의 턱이 씰룩거렸다. "당연히 경호원이 필요하시겠지요. 저는…… 기다리게 해드려 정말 죄송합니다."

레바나가 말했다. "아니에요. 다른 경호원을 부를 수도 있었어요……."

에브렛의 시선은 이미 레바나에게서 벗어나 있었다. 그의 관심은 유리창으로 옮겨가 딸에게 고정되어 있었다. 손가락을 창턱에 내려놓는 그의 시선에는 깊이를 알 수 없는 감정이 서려 있었다. 거기 가슴 찢어지는 마음과 외로움 사이에 사랑이 있었다. 너무나 노골적이고 강렬한 사랑에 레바나는 숨이 멎을 것 같았다. 저런 눈길로 나를 봐준다면 뭔들 내놓지 못할까.

"아기는 괜찮을 거라고 하더군요." 에브렛이 말했다.

레바나는 행여라도 유리창에 반사된 자신의 모습에 마법을 놓칠까 봐 창을 등지고 서 있었다. 에브렛이 자신의 진짜 모습을 보게 될까 봐, 더 이상 자신을 원하지 않게 될까 봐 두려웠다.

"아름다운 아기예요." 레바나가 말했다.

"완벽하죠." 에브렛이 중얼거렸다.

레바나는 감히 그의 옆모습을 응시했다. 두툼한 입술, 눈썹의 곡선. "당신을 닮았어요."

에브렛은 한참 동안 대답이 없었다. 에브렛은 그냥 딸을 바라보고, 레바나는 그런 에브렛을 바라보고 있었다. 마침내 그가 말했다. "더 자라면 엄마 모습이 나오겠지요." 그리고 잠시 말을 멈추었다. 레바나는 그의 목젖이 잠깐 긴장되는 것을 보았다. "저 애의 엄마는……." 에브렛은 말을 맺지 못했다. 그는 깍지 낀 두 손을 입까지

73

끌어올렸다. "내 모든 걸 바쳐서라도……." 그는 유리창에 이마를 갖다 댔다. "저 애는 엄마 없이 자랄 거예요. 이건 불공평해요."

레바나의 심장이 쭉 늘어나서 에브렛에게 가려고 하는 것 같았다. 필사적으로 그에게 닿으려고 했다. "그렇게 말하지 마세요." 레바나가 작게 말했다. 그리고 주뼛주뼛 한 손을 에브렛의 팔 위에 올렸다. 에브렛이 그 손을 뿌리치지 않아 기뻤다. "이런 일이 일어나는 데는 다 이유가 있지 않을까요? 아내분이 남기고 간 아이를 보세요. 아내분은 목적을 이룬 거예요."

에브렛이 흠칫 물러나는 것을 보고서야 레바나는 자신의 말이 너무 무정했다는 것을 깨달았다. 에브렛은 충격 받은 얼굴로 레바나를 마주 보았다. 레바나는 몸 둘 바를 모를 정도로 창피했다.

"그게 아니라…… 그런 말이 아니었어요. 나는 그냥…… 당신이나 이 아이는 아직도 앞날이 창창하다는 얘기였어요. 지금은 당연히 마음이 아프겠지만 장차 행복해질 거라는 희망까지 포기하지는 마세요. 앞으로도 수많은 좋은 일이 일어날 수 있어요."

에브렛은 마치 통증을 느끼는 것처럼 얼굴을 확 구겼다. 레바나는 자신이 잘못된 말만 골라 하고 있다는 생각이 들었다. 에브렛을 위로해주고 싶었지만, 누군가를 잃고 망연자실한 심정이 어떤 것인지 상상이 가지 않았다. 레바나는 한 번도 그런 기분을 느껴본 적이 없었다. 부모님이 돌아가셨을 때 조차도.

게다가 이제 레바나에게는 미래가 환히 보였다. 에브렛은 슬픔 때문에 보지 못하고 있지만, 그는 자신을, 레바나를 사랑하게 될 것이다. 일단 레바나가 그를 행복하게 만들 기회를 갖게 된다면.

"친구를 불렀습니다. 역시 근위병이에요. 개리슨 클레이라고. 그 친구와 그의 아내가 도와주러 지금 여기로 오고 있습니다." 에브렛은 떨리는 숨을 들이마셨다. "준비를 해야 하고…… 아이도……." 에브렛은 목청을 가다듬었다. "그 친구가 공주님을 궁궐까지 바래다드릴 겁니다. 지금 이런 상황에서 저는 공주님께 전혀 도움이 안 될 듯합니다, 전하."

레바나의 어깨가 툭 떨어졌다. 레바나는 에브렛이 자신을 경호해서 침실까지 데려다주고, 더 이상 한 여자에게만 진실할 필요가 없다는 걸 깨닫는 순간 무슨 일이 벌어질까 하는 공상에 부풀어 있었다. 슬퍼하는 그를 여기에 홀로 남겨두고 갈 거라는 생각은 미처 하지 못했다.

레바나가 말했다. "여기 남을게요. 위로해줄게요. 나는……."

"그건 공주님 일이 아닙니다, 전하. 물론 친절한 말씀은 감사드립니다. 하지만 이런 제 모습을 아예 보지 않으셨더라면 더 좋았을 거라는 생각이 드네요."

"아." 레바나는 이 고백이 듣기 좋으라고 한 말인지 곰곰이 생각했다.

"오늘 일에 대해 미처 감사드리지 못했습니다. 여왕님께 말이에요. 진심으로 감사드립니다. 쉽지 않은 일이었다는 것 압니다."

"당연한 거죠. 당신을 위해서라면 무슨 일이든 했을 거예요."

에브렛은 놀란 눈으로 레바나를 쳐다보았다. 어쩌면 경계하는 것 같기도 했다. 그는 잠시 망설이더니 다시 몸을 돌렸다. "공주님은 자비로운 분이세요. 하지만 저는 일개 근위병에 불과합니다. 공주님을 모시는 것이 제 일이지요."

"일개 근위병이 아니에요. 당신은…… 당신은 어쩌면 내 유일한 친구예요."

에브렛이 얼굴을 찡그렸다. 레바나는 이해할 수 없었다.

레바나는 작아진 목소리로 말했다. "나한테 생일 선물을 준 유일한 사람인 걸요."

고통스럽던 표정이 동정으로 바뀌고 그가 다시 슬픈 눈으로 자신을 응시하자 레바나는 드레스 속에 숨겨두었던 펜던트를 끄집어냈다. 그는 펜던트를 보자 오히려 더 슬퍼진 것 같았다.

"이걸 받은 날부터 매일 하고 다녔어요." 레바나는 목구멍까지 차오르는 갈망을 누르며 말했다. "내게는 여왕을 상징하는 그 어떤 보석보다 이게 더 소중해요. 달에 있는 그 어떤 보석보다……."

에브렛은 무겁게 한숨을 내쉬며 펜던트를 받아 레바나의 손에 쥐어주었다. 그리고 자신의 두 손으로 레바나의 손을 감쌌다. 레바나는 자신의 손에 쥐어진 것이 오래된 펜던트가 아니라 자신의 심장이라도 되는 것처럼 작고 연약해진 기분이었다.

에브렛이 말했다. "공주님은 사랑스러운 분이세요. 그 어느 공주가 했던 것보다 더 귀한 보석들을 할 자격이 있으세요. 저를 친구로 생각해주시니 영광입니다."

레바나는 에브렛이 키스해줄 줄 알았다. 그러나 그는 손을 놓고 유리창 쪽으로 돌아섰다.

심장이 두근거리고 피부가 달아오르는 것 같았다. 레바나는 그 색깔이 조금은 마법 너머로 비치도록 내버려두었다. "나는 언니와 달라요. 보석은 필요 없어요. 내가 원하는 건 그보다 훨씬 더 소중한 것이니까요." 레바나는 조금씩 그에게 다가갔다. 레바나의 어깨가 그의 팔에 스치자 에브렛은 아주 살짝 옆으로 물러섰다.

'그는 지금 슬픔에 잠겨 있어.' 레바나는 자신을 타일렀다. '그는 상황에 맞게 행동하려는 거야.'

그러나 상황이고 뭐고 레바나는 피가 끓었다. 레바나는 그가 자신을 안아주지 않으면 두근거리는 심장이 갈비뼈를 뚫고 튀어나와 버릴 것만 같았다.

레바나는 혀로 아랫입술을 축였다. 감각기관이 모두 바싹 긴장했다. 레바나는 다시 한 번 그에게 조금씩 다가갔다. "헤일 경…… 에브렛……." 상상 속에서 말고는 한 번도 이렇게 은근하게 불러본 적 없었다. 그의 이름이 자신의 입술로 나오자 레바나는 등골이 다 오싹했다.

그러나 에브렛은 다시 한 번 뒤로 물러섰다. 그의 목소리가 바뀌었다. 이번에는 더 단호한 목소리였다. "로비에서 기다리시는 것이 좋을 듯합니다, 전하."

갑작스러운 에브렛의 냉담함에 레바나는 멈칫했다. 그리고 주뼛주뼛 한 걸음 뒤로 물러섰다.

'슬픈 거야. 슬픔에 잠긴 거야.'

레바나는 침을 꿀꺽 삼켰다. 몽롱하게 꿈속에 잠겼다가 찬물을 뒤집어쓴 것 같았다. "미안해요. 나는…… 내 뜻은…… 당신이 얼마나 힘들지……."

그는 표정을 풀었지만 레바나를 쳐다보지는 않았다. "아닙니다. 괜찮아요. 그저 도와주려 하시는 것 압니다. 하지만 부디 전하, 지금은 혼자 있고 싶습니다."

"그럼요. 이해해요." 말은 그렇게 했지만 레바나는 도무지 이해할 수 없었다.

그래도 레바나는 자리를 떴다. 에브렛의 부탁이었기 때문이다. 그를 위해서라면 무슨 일이든 할 것이다. 그의 슬픔은 이해할 수 없지만, 레바나는 에브렛이 좋은 사람이고 솔스티스가 아주아주 운이 좋았다는 것만큼은 분명히 알 수 있었다.

잠시 후 레바나는 스스로에게 되뇌었다. 내 인생은 바뀌고 있다. 어쩌면 머지않아 나 역시 아주아주 운이 좋아질 것이다.

R
E
V
A
N
A

10장

꿈에 계속해서 그가 나타났다. 식당에서 언니가 새로 주문한 드레스에 관해 끝도 없이 조잘거리는 동안, 그는 레바나의 손을 잡고 있었다. 알현실에서 언니가 이해할 마음도, 개선할 마음도 없는 철지난 정책들을 마법사들이 주절주절 읊는 동안, 그는 건너편에서 레바나를 사랑스럽게 쳐다보고 있었다. 매일 밤 그는 레바나의 침대로 기어들어와 우람한 팔로 그녀를 감싸 안고 뜨거운 숨을 내쉬며 목덜미에 키스를 했다.

매일 아침 눈을 뜰 때마다 상상 속의 그가 옆에 있었다. 복도를 걸어갈 때마다 그의 그림자가 따라다녔다. 시야에 언뜻 근위병 제복이 보이기만 해도 레바나의 가슴은 쿵쾅거렸다. 혹시 그인가 싶어 저절로 고개가 확 돌아갔다. 하지만 대부분 멀찌감치에서 자신을 따르고 있는 경호원들이었다. 사흘이 지나 공식적인 경조 휴가가 끝났는데도 에브렛은 보이지 않았다.

일주일이 지났다. 아내의 사후 문제를 처리하고 갓난아기인 딸과 시간을 보내기 위해 잠시 휴가를 냈을지도 모른다는 생각이 들었다. 레바나는 인내심을 가지려고 애썼다. 그에게 혼자 있을 시간을 좀 주자. 그가 내게로 돌아올 때까지 기다리자. 분명히 돌아올 테니까. 내가 그를 그리워하는 것만큼 당연히 그도 나를 그리워하겠지.

레바나는 에브렛이 밤이면 침대에서 혼자 자신의 팔에 레바나를 안는 꿈을 꿀 것이라고 상상했다. 레바나는 그가 침실로 찾아와 무릎을 꿇고 자신이 레바나를 얼마나 흠모하는지 고백하는 상상을 했다. 레바나의 입술을 느껴보지 않고서는 한순간도 더 살 수 없다고 고백하는 모습을.

레바나는 자신과 에브렛, 그리고 아기가 단란한 가정을 이루어 왕궁 놀이방에서 함께 노는 모습을 상상했다. 포동포동한 아이가 자신의 무릎으로 기어와 자신의 팔에 안겨 잠드는 공상을 했다. 그러면 에브렛은 그윽하게 둘을 바라보며 더할 나위 없이 완벽한 가족이라고 생각하겠지. 우리를 천생연분이라 생각하겠지. 내가 그의 인생에 둘도 없는 사랑이라 생각하겠지.

또 한 주가 지났다. 아직도 그에게서는 소식이 없었다. 보이지도 않았다. 하루하루 레바나의 갈망은 커지기만 했다.

그러던 어느 날 정말 긴 하루가 지났을 때 레바나의 공상은 현실이 됐다. 침실 문에서 노크 소리가 나더니 에브렛 헤일 경이 왔다고 했다. 구석에서 루나 식민지 초기에 관한 다큐멘터리를 보고 있던 레바나는 자리에서 벌떡 일어났다. 얼른 홀로그램 단말기를 끄고 예의 그 창백하고 보잘것없는 소녀로 변신했다.

"에브렛!" 그가 방안으로 들어서자 레바나는 소리를 질렀다. 심장이 몸 밖으로 튀어나올 것만 같았다.

에브렛은 깜짝 놀라 뒤로 한 걸음 물러났다. 아마도 레바나가 너무 호들갑을 떨어서, 혹은 자신의 이름을 너무 익숙하게 불러서인 듯했다. 에브렛은 검정과 금색으로 된 천 뭉치를 팔에 안고 있었다.

에브렛의 좌우에는 레바나의 개인 경호원 둘이 무표정한 얼굴로 동상처럼 우뚝 서 있었다.

"전하." 에브렛이 고개를 숙여 절하며 말했다.

"들어와요. 그러니까…… 얼굴을 보니 정말 반갑네요. 당신 생각을 하고 있었어요. 여기 차 좀 내주세요."

에브렛은 경직된 표정이었다. 그는 문지방을 넘어서지 않았다.

"반갑게 맞아주셔서 감사합니다, 전하. 저는 그저 오늘 오후에 복귀했다고 보고 드리러 온 겁니다. 그리고…… 이걸 가져다드리고 싶었습니다."

레바나는 멈칫했다. 복귀라고? 그러면 휴가를 갔었다는 얘기군. 다행이라는 생각이 들었다. 어쩌면 그가 의도적으로 자신을 피하고 있는 건지도 모른다는 생각이 들었기 때문이다. 하지만 아내의 죽음을 슬퍼하고 딸을 보살피는 데 꼬박 2주가 걸렸다고 생각하니 지긋지긋하기도 했다.

"바보 같은 소리 마세요." 그렇게 말하며 레바나는 문을 더 활짝 열어젖혔다. "늦은 건 용서해줄게요. 잠깐만 들어와요, 제발. 내가 얼마나 보…… 걱정했다고요. 당신이 괜찮을까 싶어서요."

그래도 에브렛은 머뭇거리며 팔에 들고 있는 천만 내려다보았다.

"헤일 경, 내가 꼭 명령이라고 말해야겠어요?" 레바나가 웃어 보였다. 그러나 에브렛은 그저 턱을 꽉 앙다물 뿐이었다. 그래도 안으로 들어오기는 했다. 그는 마치 우리에 들어선 짐승처럼 재빨리 방을 한번 둘러보았다. 레바나는 방문을 닫았다.

레바나의 손바닥이 축축해졌다. 맥박이 요동쳤다. "들어와서 앉으세요. 휴가 중인 줄은 몰랐네요. 나는 또 혹시⋯⋯." 레바나는 소파 쪽으로 갔다. 푹신한 의자에 앉은 뒤에야 레바나는 자신의 다리가 후들거리고 있는 것을 알았다. 에브렛은 가까이 다가오지 않았다. 의자에 앉지도 않았다.

비록 모른 척하고는 있지만, 그가 긴장했다는 것을 알 수 있었다. 그러자 레바나도 긴장되는 기분이었다. 수천 가지 공상이 한번에 밀려들었다. 그 공상들의 시작은 모두 지금과 아주 흡사했다. 다만 지금은 공상이 아니라 현실이라는 것이 다를 뿐이었다. 그는 지금 '여기에' 와 있었다.

"말해봐요, 에브렛. 지난번에 마지막으로 본 후 어떻게 지냈는지."

에브렛은 곧 일격을 당할 사람처럼 몸가짐을 다잡았다. 표정은 딱딱하고 사무적이 됐고, 시선은 레바나의 어깨에 고정됐다.

"아시다시피 전하, 아내가 떠난 후 뒷일을 수습할 시간을 주셔서 감사했습니다. 아내가 하던 사업을 정리했습니다." 에브렛은 목소리가 갈라지기 시작했지만, 이내 아무렇지 않은 목소리로 되돌아왔다. "지난주에 아내의 자수 가게를 정리했습니다. 팔 수 있는 물건들은 경매에 부쳐서 팔았지요."

레바나는 놀라서 입이 절로 벌어졌다. 레바나는 사람이 죽으면 어떤 일들을 처리해야 하는지 생각해본 적이 없었다. 부모님이 돌아가셨을 때는 마법사와 시종들이 모든 일을 수습했다.

"아, 안타깝네요." 레바나는 말을 더듬거렸다. 왠지 그렇게 말해야 할 것 같았다. "정말 힘들었겠어요."

에브렛은 레바나의 연민을 받아들이듯 고개를 끄덕였다.

"아이는 좀 어떤가요?"

"잘 있습니다, 전하. 감사합니다." 에브렛은 심호흡을 한 번 하더니 팔에 든 뭉치를 내밀었다. "이걸 받아주셨으면 합니다."

"고마워요, 에브렛. 그게 뭔가요?"

레바나는 자신이 소파에서 꼼짝도 하지 않으면 어쩔 수 없이 에브렛이 가까이 다가오려니 생각했다. 그가 나란히 옆에 앉았으면 했다. 그가 자신과 눈을 맞춰주기를 바랐다.

그러나 에브렛은 그 자리에 그대로 서서, 가지고 온 천을 쫙 펼쳤다. 솔스티스가 공들여 만든 지구 퀼트가 아직도 반은 접힌 채 에브렛의 발밑으로 늘어뜨려졌다.

레바나는 숨이 턱 막혔다. 레바나가 기억하는 그대로 퀼트는 구석구석 충격적일 만큼 아름다웠다. 호화로운 공주의 방에 있으니 더욱더 잘 어울렸다.

"솔스티스가 만든 것입니다." 에브렛이 무거운 목소리로 말했다. "이미 알고 계시겠지요."

레바나는 조각조각 이어져 은은한 빛을 발하는 지구의 모습을 보고 또 보다가 다시 에브렛을 바라보았다. "근사한 작품이에요. 그런데 이걸 왜 나한테 주는 거죠?"

에브렛의 얼굴이 우그러지기 시작했다. 마음을 굳게 먹고 차오르는 감정을 겨우겨우 추스르고 있는 것 같았다. "전하께서 가게에 오섰었다고 솔스티스가 말했습니다. 이걸 마음에 들어 하셨다고요."
에브렛은 목이 메이는 것 같았다. "아마도 솔스티스는 전하께서 이
걸 갖길 바랐을 겁니다……. 전하는 솔스티스의 공주님이자 저의
공주님이시니까요. 저도…… 공주님께 감사를 표하고 싶었습니다.
아내가…… 그렇게 됐을 때 제가 갈 수 있게끔 여왕 폐하를 설득해
주셨으니까요. 그게 제게 얼마나 중요한 일인지 공주님은 절대 모
르실 겁니다. 죽을 때까지 감사할 거예요."

레바나는 퀼트에서 눈을 떼지 않은 채 목청을 가다듬었다. 레바
나는 하나부터 열까지 이 퀼트가 너무나 마음에 들었다. 디자인부
터 시작해 흠 잡을 데 없는 그 솜씨까지. 그리고 에브렛이 이것을
다른 누구도 아닌 자신에게 준다는 것도 좋았다. 하지만 그의 아내
가 만든 물건을 보면서 일말의 원망도 느끼지 않을 수는 없을 것임
을 레바나는 알고 있었다.

"정말 특별한 퀼트예요." 마침내 그렇게 말하며 레바나는 자리에
서 일어났다. "당신만 괜찮다면 이건 어딘가 안전한 곳에 보관해둘
게요. 당신 딸이 자랐을 때 우리가 이걸 전해줄 수 있도록 말이죠.
이 물건을 가져야 할 사람은 당신 딸이에요."

에브렛은 깜짝 놀라서 눈이 휘둥그레졌다가 이내 서서히 표정
이 풀어지며 멋쩍은 미소를 지었다. "저는…… 감사합니다, 전하. 정
말……." 에브렛은 고개를 돌리고 입을 꽉 다물며 격해진 감정을 다
스렸다. "너무나 친절한 말씀이십니다. 너무나 친절하세요. 감사합
니다."

레바나는 고개를 저었다. "나한테 감사할 것 없어요. 내가 원하는
건 당신의 감사가 아니에요, 에브렛."

에브렛의 팔에서 힘이 풀렸다. 들고 있던 퀼트가 축 늘어졌다. "그러면 저의 우정인가요?" 에브렛이 말했다. "아직도 원하신다면요. 물론 저는 한낱 근위병에 불과하고, 전하의 우정을 받을 자격이 없습니다만."

사람을 무장해제시키는 에브렛의 미소에 당황한 레바나는 고개를 돌렸다. 얼굴이 후끈 달아올랐다. 심장이 곧 화산이 되어 혈관 속으로 용암이 뿜어져 나오는 듯했다.

"아뇨, 에브렛. 나는 당신을…… 당신을 단순한 친구 이상으로 생각하고 있어요."

에브렛의 미소가 그대로 얼어붙었다. 에브렛은 심하게 당황해서 눈썹을 꿈틀거렸다. "전하 저는……." 그는 고개를 가로저었다. "제가 여기에 온 것 때문에……."

"온 것 때문에 뭐요?" 레바나가 한 걸음 다가서며 다그쳤다.

"오해하시지 않았으면 합니다." 에브렛은 다시 한 번 멋쩍은 미소를 지으며 부드럽게 말했다. "공주님은 매력적인 분이세요. 가끔은…… 혼란스러워 보이실 때도 있지만, 좋은 마음이시라는 것을 압니다. 외로우시다는 것도 알고요. 궁정 사람들과 어떻게 지내시는지 뻔히 보니까요."

레바나는 그가 목격했을 것들을 생각하니 모멸감에 온몸의 털이 곤두서는 것 같았다. 채너리의 조롱, 궁정 사람들의 웃음…….

"친구가 필요하시다는 것도 압니다. 제가 도울게요. 저는 항상 공주님 편입니다." 퀼트의 한쪽 모서리를 떨어뜨리며 그는 한 손으로 얼굴을 쓸었다. "죄송합니다. 말이 헛나왔습니다. 제가 뭐 그렇게……."

"대단한 사람이 아니다?"

에브렛이 움찔했다. "저는 공주님을 아낍니다. 그 말씀을 드리고 싶었습니다. 언제든 말할 사람이 필요하시거나 편하게 대할 사람이 필요하시면 저를 부르세요."

레바나는 입술을 깨물었다. 화가 나면서도 이 남자가 너무나 근사해 보여서 울고만 싶었다. 레바나는 눈으로 지구의 대륙들을 훑어보았다. 잘린 끝이 그대로 살아 있는 천 조각들과 은은한 빛을 내는 금실. 레바나는 숨을 깊이 들이마셨다. 그리고 말했다.

"알아요. 나를 아낀다는 거. 당신은 나를 아끼는 유일한 사람이죠." 수줍음에 미소를 지으면서도 레바나는 용기를 내어 다시 한 번 에브렛과 눈을 맞추었다. "그때는 펜던트, 지금은 이 퀼트. 나한테 온 세상을 주려는 것 같네요, 헤일 경."

에브렛은 고개를 가로저었다. "그저 작은 호의일 뿐입니다, 전하."

레바나는 점점 더 환하게 미소를 지으며 한 걸음 한 걸음 다가왔다. 호화로운 퀼트가 레바나의 맨발에 밟혔다. 남극을 지나, 대서양을 지나…….

"확실해요?" 레바나가 물었다. 레바나는 언니가 구혼자를 유혹할 때 눈을 내리깔며 올려다보던 모습을 흉내 냈다. "여기에 온 이유가 정말로 그것뿐인가요, 헤일 경?"

에브렛의 시선은 퀼트를 밟은 레바나의 발에 가 있었다. 에브렛이 미간에 주름을 잡으며 말했다. "전하?"

"나는 혼란스러운 게 아니에요, 에브렛. 나는 외롭지 않아요."

레바나는 퀼트 끝을 움켜쥐었다. 에브렛은 퀼트를 놓았다. 레바나는 퀼트를 그대로 바닥에 떨어뜨렸다. 에브렛은 다시 한 번 놀란 표정을 지었다. 에브렛이 한 걸음 뒤로 물러났다. 하지만 레바나는 자신이 무슨 짓을 하는지도 깨닫지 못한 채 마법을 써서 교묘히 그의 발을 붙들어놓았다.

"왜……?"

"에브렛, 나는 당신을 사랑해요."

"전하, 안 됩니다. 그건……."

"알아요, 알아요. 결혼생활이 행복했다는 거. 아내를 많이 사랑했지요. 알아요. 하지만 이제 그 여자는 없어요. 나는 여기 있고요. 모르겠나요? 이렇게 되게 되어 있었어요. 원래 이렇게 되어야 했던 거예요."

에브렛은 입을 떡 벌린 채 마치 당신은 누구냐는 듯한 표정으로 레바나를 쳐다보았다. 방금 전 그녀를 보며 그토록 사랑스러운 미소를 지은 적이 없는 사람처럼, 그렇게 애정 어린 말들을 한 적이 없는 사람처럼. 이미 진실을 털어놓지 않은 것처럼.

우정. '우정.'

천만에. 펜던트. 퀼트. 여기 침실에 단둘이 있는 것. 이 남자는 친구가 되고 싶은 사람이 아니다. 이 남자는 내 것이다. 내가 이 남자의 것인 것만큼이나.

레바나가 다가오자 에브렛은 두 손을 들어 그녀를 막았다.

"그만하세요." 에브렛이 나지막이 말했다. 혹시라도 문밖의 근위병들이 듣고 뛰어 들어오지는 않을까 걱정하는 듯했다. "이게 바로 제가 걱정했던 일이에요. 저도 알아요. 공주님이 저에게……." 에브렛은 딱 맞는 단어를 찾으려고 애썼다. "감정이 있으셨다는 것을요. 전하, 영광입니다만 저는……."

"내가 그녀가 되어줄 수도 있어요. 알잖아요." 레바나가 끼어들었다. "그 편이 당신한테 더 편하다면."

당황한 에브렛은 눈썹이 꿈틀했다. "뭐라고요?"

"아주 잘한다고요. 봤잖아요……. 내가 얼마나 감쪽같은지."

"무슨 말씀을……?"

이번에 솔스티스 헤일로 변신하는 것은 이전보다 훨씬 쉬웠다. 변신할 때마다 조금씩 더 쉬워졌다. 레바나는 솔스티스의 모습을 기억에 잘 담아두었다고 자신했다. 눈썹의 부드러운 곡선에서부터 길고 검은 머리칼이 끝에서 살짝 구부러지는 것까지.

에브렛이 뒤로 움찔 물러나려 했다. 하지만 그의 두 발은 붙박이처럼 바닥에 고정되어 있었다. "공주님, 그만하세요."

"하지만 이게 당신이 원하는 거잖아요. 아닌가요? 이렇게 하면 둘다 가질 수 있어요. 나는 당신의 아내가 될 거고, 당신 아이의 엄마가 될 거예요. 얼마 가지 않아 사람들은 죽은 사람에 대해서는 완전히 잊어버릴 거예요. 그러면 나와 당신과 완벽한 우리 가족만 남게되겠지요. 당신은 대공이 될 거예요, 에브렛. 근위병보다는 훨씬 더좋을 거예요. 그리고……."

"그만하세요!"

레바나는 얼어붙었다. 그의 목소리에 실린 노기에 레바나의 혈관을 흐르던 불길이 확 꺼졌다. 그의 호흡은 거칠어졌고, 몸은 레바나로부터 최대한 멀찍이 기울어져 넘어질까 봐 걱정될 정도였다. 레바나는 얼굴을 찡그리며 그의 발을 붙들고 있던 마법을 풀어주었다. 에브렛은 자빠지듯 뒤로 물러나 벽에 몸을 의지했다.

에브렛이 말했다. "제발, 제발 원래 공주님의 모습으로 되돌아가

주세요. 공주님은 모르세요. 제 마음이 얼마나 아픈지……."

레바나는 창피한 마음이 목구멍까지 타고 올라왔지만, 결심도 그만큼 확고해졌다. 레바나는 에브렛에게 몸이 닿을 만큼 가까이 다가섰다. 에브렛은 몸을 움츠렸지만 더 이상 갈 곳이 없었다.

"설마 나를 원하지 않는다고 말하진 않겠죠? 생일 선물에, 카드에, 나에게 보낸 그 많은 미소와……."

"제발, 공주님, 저는 그저 좋은 사람이 되고 싶었을 뿐이에요."

"나를 사랑하잖아요! 부정하지 마요."

"공주님은 어린애예요."

레바나는 이를 빠득 갈았다. 욕망으로 머리가 어질어질했다. "나는 여자예요. 솔스티스가 여자였던 것처럼요. 우리 엄마도 거의 내 나이 때 결혼하셨다고요."

"그만, 그만." 그의 눈에선 이제 불꽃이 튀었다. 아마도 분노겠지. 아니면 열정인가?

레바나는 꽉 쥔 그의 두 손을 내려다보며 그 손이 자신의 허리를 잡아당기는 것을 상상했다.

"내가 맞다는 것 알아요. 더 이상 부정할 필요 없어요."

"아뇨! 틀렸어요. 저는 제 아내를 사랑합니다. 지금 당장은 공주님이 제 아내처럼 보일지 몰라도 공주님은 제 아내가 아닙니다." 에브렛은 자기가 뱉은 말에 움찔하며 고개를 돌렸다. "지난번에는 이 궁전에서 감히 여왕 폐하를 거역했는데 이번에는 제대로 복귀하기도 전에 벌써 공주님을 모욕하다니 저는 도저히……." 그는 괴로운 표정을 지었다. "오늘 저녁에 사직서를 제출하고 여왕께 자비를 간청하겠습니다."

레바나는 눈에 물기가 차올랐지만 눈꺼풀을 깜박여 물기를 몰아냈다.

"아뇨, 사직서는 반려하겠어요. 언니에게도 반려하라고 말하겠어요."

에브렛은 신음소리를 냈다. "전하, 제발……."

"그렇게 두지 않을 거예요. 내 마음을 다 알고 있는 걸 부정하도록 내버려두지 않을 거예요."

레바나는 다른 사람의 감정을 조종하는 것보다는 자신의 모습을 바꾸는 데 훨씬 능했다. 그런 조종은 숙련된 마법사들이 하는 편이 나았다. 하지만 이번에는 억지로 에브렛의 생각을 뚫고 들어갔다. 마치 젖은 흙에 손가락을 찔러넣는 것만큼이나 쉬운 일이었다. 근위병들은 항상 조종하기가 쉬웠다. 보안상의 방편이었다. 에브렛이라고 다를 것 없었다. 그의 마음은 전혀 저항하지 않았다.

"당신은 날 사랑해요." 레바나가 말했다. '간청했다.' 그에게 몸을 밀착하고 갑자기 자신의 팔을 붙드는 그의 온기와 힘과 단호함을 느꼈다. "당신은 날 사랑해요."

에브렛이 고개를 돌렸다. 얼굴에 쓰인 고뇌를 읽을 수 있었다. 정신을 뺏기지 않으려고, 마음을 뺏기지 않으려고 기를 쓰고 저항하는 것이 느껴졌다. 하지만 부질없는 시도였다. 에브렛은 레바나에게 저항할 수 없었다. 레바나가 그렇게 놔두지 않았다. 적어도 지금만큼은. 그는 레바나의 것이 될 운명이었다. 그도 레바나만큼이나 이것을 원했다. 아직은 보지 못하고 있지만.

"당신은 날 사랑해요." 레바나가 속삭였다. 이번에는 더 부드러운 목소리였다. "우리는 함께예요. 당신과 나. 이건 운명이에요, 에브렛. 운명."

"공주님……."

레바나는 그의 마음에 욕망을 불어넣었다. 그의 몸에 갈망을 불어넣었다. 그의 머리에 자신이 느끼는 것과 똑같은 확신을 불어넣었다. 레바나는 자신의 모든 감정을 그에게 쏟아부었다. 그의 저항이 산산이 부서지는 것이 느껴졌다. 에브렛은 지금 레바나를 뒤덮고 있는 것과 똑같은 감정에 압도되어 몸서리쳤다.

"내가 맞다고 말해줘요. 날 사랑한다고 말해줘요."

"사…… 사랑해요." 겨우 알아들을 정도의 중얼거림이었다. 절박함으로 갈라진 목소리. 그 말을 내뱉는 동시에 그의 온몸이 축 늘어졌다. "솔스티스……."

그 이름을 듣자마자 한바탕 증오가 레바나를 훑고 지나갔지만, 에브렛 헤일이 그녀를 끌어안고 키스하는 순간 모두 잊고 말았다. 그와 입을 맞댄 레바나는 숨을 쉴 수 없었다. 에브렛이 다시 말했다. 훅 하며 레바나에게 그 단어를 불어넣었다.

"솔스티스……."

레바나는 가라앉고 있었다. 감각과 열기와 솟구치는 혈액과 동경과 갈망 속으로……. 그는 그녀를 사랑했다…….

그는 그녀를 사랑했다.

그는 그녀를 사랑했다.

…… 그는 그녀를 사랑했다…….

R
E
V
A
N
A

11장

"저 인간은 호락호락하지 않아." 채너리가 빠른 관현악곡에 맞춰 발을 까딱거리며 말했다. 빨갛고 반짝거리는 체리를 입안에 넣고 이 사이로 줄기만 톡 떼다냈다. 채너리는 난간에 기대선 채 줄기를 발코니 너머로 집어 던졌다. 던져진 줄기는 팔랑거리며 무도회장 바닥에 떨어져 현란한 드레스들과 공들인 헤어스타일들 사이로 사라졌다.

옆에 있는 레바나는 몸을 기대지도 발을 놀리지도 않았고, 언니가 말하는 사람이 누구인지 쳐다볼 생각도 하지 않았다. 레바나의 관심은 온통 에브렛에게 고정되어 있었다. 에브렛은 무도회장 계단 옆에 부동자세로 서서 근무하는 중이었다. 다른 근위병들과 똑같은 제복을 입고 있었지만, 어쩐지 직업군인이라기보다는 왕족처럼 보였다. 표정은 차분하고 근엄했다. 무도회가 시작된 이후 에브렛은 레바나에게 한 번도 눈길을 주지 않았다.

"아하, 그랬군." 채너리가 말했다. 채너리는 레바나를 보며 속눈썹을 깜박이더니 다시 에브렛을 보았다. "이제 너도 너만의 장난감이 생겨서 내 장난감 얘기는 귓등으로도 안 듣는 거였군."

"장난감 아냐."

"아냐? 그러면 꼭두각시인가?"

레바나는 두 주먹을 불끈 쥐었다. "꼭두각시도 아냐."

채너리는 히죽 웃었다. 그리고 난간에서 몸을 돌리더니 시종들 중 하나에게 손짓을 했다. 잠시 후 시종 한 명이 두 사람 곁에 와서 한쪽 무릎을 꿇고 쟁반을 머리 위로 쳐들었다. 채너리는 뭐가 있나 둘러보았다. 쟁반 위에는 10여 개의 잔이 빙 둘러 놓여 있었는데 각각 색깔이 다른 음료들이 들어 있었다. 채너리는 밝은 오렌지색의 시럽처럼 진한 음료를 골랐다.

"거기 있거라. 한 잔 더 하고 싶을 수도 있으니까." 이렇게 말한 채너리는 동생을 돌아보았다. "장난감도 아니고 꼭두각시도 아니면, 사이프러스 블랙번 가의 일원인 네가 한 달 동안 저 인간의 명청한 아내처럼 차려 입는 이유가 뭔데?"

레바나는 두 볼이 달아올랐지만 마법이 흔들리지는 않았다. 언제나 멋지고, 언제나 침착하고, 언제나 명랑하고 섬세하고 사랑스럽게. 잠깐이지만 기억 속의 솔스티스 헤일은 그런 사람이었다. 레바나는 이제부터 사람들에게 그런 모습만 보여줄 작정이었다.

"불쌍하게도 아이를 낳다가 죽은 여자야. 나는 조의를 표하는 중이고." 레바나가 말했다.

"너는 저 남자의 생각을 갖고 놀고 있잖아." 채너리의 얼굴에 능글맞은 미소가 떠올랐다. "네가 조금만 더 눈이 높았다면 차라리 자랑스러웠을 거야. 왕실 근위병이라니, 솔직히 좀 그렇지 않니? 저 남자랑 끝나면 다음에는 정원사랑 눈이 맞는 거니?"

레바나는 언니를 노려보았다. "위선 떨지 마. 그동안 언니가 데리고 논 근위병만 대체 몇 명이야?"

"음, 셀 수 없이 많지." 채너리는 손에 든 음료를 한 모금 마신 다음 교활한 미소를 띤 채 잔을 내려 양귀비색 내용물을 다시 살폈다. 그리고 냄새를 한번 맡아보았다. "하지만 그렇다고 해서 다른 재미를 포기한 적은 한 번도 없어. 이상적인 귀족 가문의 여자라면 한 번에 장난감이 세 개는 되어야지. 로맨틱한 장난감 하나, 침대에서 잘하는 장난감 하나, 비싼 보석으로 나를 치장해줄 장난감 하나."

레바나의 한쪽 눈이 씰룩했다. "언니는 에브렛을 한 번도 가져보지 못했지."

채너리는 죽겠다는 듯이 웃어젖히더니 거의 입도 대지 않은 잔을 다시 쟁반에 내려놓았다. 그리고 이번에는 위에 반짝이는 흰색 가루가 뿌려진 청록색 음료를 골랐다. 시종은 꼼짝도 하지 않았다.

"맞아. 에브렛이었다면 두브롭스키 무관보다는 훨씬 문제가 안 됐을 텐데 말이야." 채너리는 한숨을 내쉬었다. "여우 같은 것."

두브롭스키? 레바나는 눈을 가늘게 뜨고 춤추는 사람들을 내려다보았다. 시간이 좀 걸렸지만 결국 그 무관을 찾아낼 수 있었다. 함께 춤을 추고 있는 젊은 신사는 누구인지 이름이 기억나지 않았다. 상속자들 중 한 명인 것만은 분명했다.

"호락호락하지 않은 게 저 사람 취향인가 보지."

채너리는 손가락을 튕기며 말했다. "저 사람도 특별할 게 없다는 걸 알았어. 물론 여왕에게 관심이 없다는 점만 빼고 말이야. 이해가 안 돼. 지난번 일몰 때부터 줄곧 신호를 보냈는데."

레바나는 흘긋 아래를 내려다 봤다. 시종의 팔이 떨리기 시작했다. 그가 들고 있는 잔 속의 음료들이 조금씩 파문을 일으켰다. 레바나는 녹인 초콜릿처럼 보이는 음료를 하나 고르고는 말했다. "가 보거라."

채너리는 시종이 도망가기 전에 얼른 담황색 음료가 담긴 술잔을 하나 낚아챘다. 그러고는 한 손에 잔 두 개를 들고 발코니 난간에 몸을 기댔다. 채너리는 다시 그 무관에게 관심을 집중했다. 멋지다 거나 반해서가 아니라 마치 전쟁에서 전략을 분석하는 것 같은 모습이었다.

레바나가 말했다. "그렇게 그 사람을 갖고 싶으면 왜 그냥 언니를 원하게끔 세뇌시키지 않는 거야? 그게 훨씬 더 간단할 텐데."

"꼭 겪어본 사람처럼 말하는구나."

레바나는 속이 꽉 조이는 것 같았다. 또 다시 에브렛에게로 눈길을 돌릴 수밖에 없었다. 조각처럼 무감한 에브렛. 내 시선이 그를 따라다니는 것처럼 그의 시선도 나를 따라 방 안을 돌아다닐까? 내가 보지 않고 있을 때 나를 훔쳐본 적이 한 번이라도 있을까? 레바나는 그런 그의 모습을 한 번도 발견한 적 없었다. 레바나의 방에서 있었던 둘의 첫 키스 이후 단 한 번도.

"마법으로 먹잇감을 조종하는 건 뻔한 속임수로 게임에서 이기는 거나 마찬가지야." 채너리가 말했다. 채너리는 파란색 잔 속에 혀를 담가 은색 가루로 잔을 뒤덮더니 쭉 들이켰다. 채너리는 신기할 만큼 만족스러운 표정이 됐다. "난 그런 식으로 이기고 싶지 않아. 루나 역사상 이 궁전을 걸어간 여왕들 중에서 가장 매력적인 여왕이 되는 게 곧 내가 이기는 거야."

"가장 분별없는 여왕이기는 하지. 아무튼 언니는 혹시 그냥…… 사랑에 빠지고 싶었던 적은 전혀 없어?"

"사랑. 완전히 어린애로군." 일부러 그런 것 같지는 않았지만 채너리는 꿀떡꿀떡 두 번 만에 손에 든 음료 두 잔을 다 비워버렸다. 채너리는 섞인 맛이 이상한지 잠깐 멈칫하더니 웃음을 터뜨렸다. "사랑!" 채너리는 무도회장을 향해 소리를 질렀다. 그 소리가 어찌나 큰지 연주자 몇 명이 소스라치게 놀라서 음악 소리가 잠시 이상해졌다가 이내 제 음조를 찾았다. "사랑은 정복이야! 사랑은 전쟁이라고!" 저 밑에서 춤추던 사람 몇몇이 동작을 멈추고 제 정신이 아닌 것 같은 여왕을 넋 놓고 바라봤다. 레바나는 언니에게서 슬그머니 물러섰다. "이게 내가 생각하는 사랑이야!"

채너리는 빈 잔을 저 아래 사람들을 향해 있는 힘껏 집어 던졌다. 잔 하나는 반짝반짝 윤이 나는 무도회장 바닥에 부딪혀 산산조각 났고, 다른 하나는 두브롭스키 무관과 함께 춤을 추던 사람의 한쪽 눈에 가서 맞았다. 그녀가 악 비명을 지르며 두 손을 들어 올렸지만 이미 늦었다.

채너리는 고소해서 속에서부터 올라오는 웃음을 흘리다가 얼른 웃음을 참으며 그 앙증맞은 손으로 입을 가렸다. "어머!" 그러고는 본격적으로 마구 웃으며 난간에서 멀리 떨어졌다. 레바나도 아연실색한 채 언니를 따라갔다. 두 사람은 허리를 숙이고 무릎을 굽히며 절을 하는 손님들을 그냥 무시하며 지나쳤다. 깔깔거리는 여왕의 모습은 '곱게 미친' 사람 같았다.

"그렇게 하면 그 무관이 언니를 좋아할 거라고 생각하는 거야?" 레바나는 입도 대지 않은 자신의 음료를 옆의 카트에 내려놓으며 말했다. "함께 춤추는 파트너를 폭행하면?"

"네 작전보다 더 바보 같기야 하겠니?" 채너리는 레바나에게 버럭 화를 내며 무도회장을 빙빙 돌아 본층과 1층 발코니를 연결하는 나선형 오르막 앞에서 우뚝 멈춰 섰다. "마법으로 그 사람의 죽은 아내처럼 변신해서 하루에 두 번씩 그를 조종하면 정말로 그가 너를 사랑하게 될 거라고 믿는 거니?"

레바나는 온몸의 털이 곤두서는 것 같았다. "나는 아무것도 할 필요 없어. 그는 이미 날 사랑하니까. 나도 그를 사랑하고. 물론 언니는 이해하지 못하겠지."

채너리는 한쪽 입꼬리를 쓱 올리며 레바나 쪽으로 고개를 숙이더니 목소리를 죽이고 말했다. "정말로 그 사람이 널 사랑한다고 믿는다면 애초에 왜 조종을 하는 건데? 간섭하지 말고 그 사람의 감정 그대로 두면 되지. 그리고 네 진짜 모습은 왜 못 보여주는 건데?" 채너리는 코웃음을 쳤다. "그랬다가는 그 사람이 비명을 지르면서 방을 뛰쳐나가 버릴까 봐 겁나는 건 아니고?"

레바나의 머릿속에서 분노가 폭발했다. 갑자기 몸이 부들부들 떨렸다. 심지어 마법으로 꾸민 모습에도 노기가 드러났다. 레바나가 이렇게까지 자제력을 잃은 것은 정말 오랜만이었다. 천천히 숨을 내쉬면서 레바나는 마음을 진정시켰다. 언니는 상대적으로 자신보다 더 올라갈까 봐 남들을 모욕한다. 얼마나 한심한 짓거리인가.

"그는 아직 슬픔에 빠져 있어." 레바나가 느릿느릿 말했다. "나는 그를 사랑해서 그가 이 과도기를 최대한 쉽게 넘길 수 있게 해주려는 거야."

채너리는 두 눈을 빛내며 고개를 옆으로 갸우뚱 기울였다. "아, 그래. 네가 그 과도기를 얼마나 '쉽게' 만들고 있는지 우리 모두 잘 알지."

레바나는 턱을 쳐들었다. "언니가 뭐라고 생각하든 상관 안 해. 나는 그 사람이랑 결혼할 거야. 그 사람만 준비되면 난 그 사람이랑 결혼할 거야."

채너리는 한 손을 들어 레바나의 뺨을 쓰다듬었다. 그냥 쓰다듬는 것일 뿐인데도 레바나는 온몸이 움츠러들었다. "넌 내 생각보다 훨씬 더 바보로구나, 동생아." 손을 내린 채너리는 전략적으로 드레스 끈을 살짝 내리더니 레바나 앞을 유유히 지나 무도회장으로 향했다.

레바나는 두 눈을 질끈 감았다. 온몸을 쾅쾅 때리며 울려대는 음악을 몰아내보려고 했다. 손님들의 조롱 섞인 웃음. 언니의 비웃는 말들. 채너리는 이해하지 못한다. 레바나는 단순히 에브렛의 죽은 아내를 대신하려는 것이 아니라, 처음부터 자신이 더 나은 선택이었다는 것을 보여주려는 것이다. 더 많이 사랑하고, 더 많이 헌신하고, 더 많이 신비로운 사람이 될 것이다. 그가 언젠가 다른 사람을 사랑했다는 사실조차 잊게 만들 것이다.

그러나 속은 여전히 조여드는 것 같았다. 레바나는 눈을 뜨고 무도회장을 바라보았다. 아름다운 여자와 남자들이 아름다운 옷을 입고 마법으로 아름답게 꾸미고 있었다. 어쩌면 에브렛의 아내로 변신하는 것만으로는 충분치 않을지도 모른다. 모든 면에서 그 여자보다 더 뛰어나지 못하다면.

레바나는 슬금슬금 뒷걸음질쳤다. 뱅글뱅글 돌며 춤을 추는 사람들로부터 멀어졌다. 등이 벽이 부딪혔다. 어깨에 태피스트리가 부딪혀 흔들렸다. 머리 위의 둥근 전구가 오르막길을 어슬렁거리는 몇몇 커플 주위로 희미하게 후광을 만들어주고 있었다.

레바나는 솔스티스를 떠올렸다. 그가 그토록 사랑했던 여자.

레바나는 머리카락을 살짝만 더 윤이 나게 만들기로 했다. 즉흥적으로 약간의 붉은 기를 더했다. 더 눈에 띄고 더 매혹적으로. 더 큰 눈에 눈동자는 더 깊은 색깔로. 속눈썹은 더 진하고 얼굴은 잡티하나 없이 은은하게 빛을 내게. 가슴도 좀 더 키우고 허리는 좀 더 깎아내고 입술은 조금만…… 아니, 조금이 아니라 충격적으로 선명한 붉은색으로.

에브렛이 이쪽을 본다면 완벽한 여자라 생각하겠지. 그 어느 남자라도 나를 본다면 완벽한 여자라 생각하겠지. 어쩌면 언니가 맞을지도 모른다. 정말로 나는 흉측한지도. 하지만 모두를 속일 수만 있다면 그게 무슨 문제가 될까. 원하기만 하면 나는 저 무관도 나를 원하게 만들 수 있다.

레바나는 마법으로 만든 모습들이 서로 결합되어 완전히 조화를 이룰 때까지 기다렸다. 이런 시각 효과야말로 레바나의 특기였다. 마법으로 만든 모습이 너무나 진짜 같았기 때문에 실제 피부가 더 이상 필요 없을 정도였다.

다시 한 번 자신감으로 무장한 레바나는 미끄러지듯 오르막이 시작되는 곳으로 갔다. 춤추는 사람들 사이로 레바나가 하늘하늘 걸어가자 몇몇 사람이 이쪽을 돌아보았다. 레바나는 에브렛을 향해 곧장 걸어가지 않고, 호기심에 찬 시선을 던지는 귀족들에게 미소를 짓고 인사를 하며 천천히, 하지만 꾸준하게 무도회장을 가로질러 나아갔다.

그렇게 이제 손을 내밀면 닿을 만큼 에브렛에게 가까이 다가갔을 때 그의 텅 빈 시선이 레바나의 눈과 마주쳤다. 잠깐 동안 그는 레바나를 뚫어질 듯 쳐다보았다. 그리고 잠시 어리둥절한 표정을 지었다. 그의 검은 눈동자가 레바나의 몸을 쭉 한번 훑더니 다시 레바나의 얼굴로 돌아와 머물렀다. 그다음은 기묘한 결합이었다. '욕망'은 확실했다. 하지만 다른 하나는 '공포'? 레바나는 이 상황을 어떻게 이해해야 할지 알 수 없었다.

"헤일 경." 순간 레바나는 목소리도 좀 더 포장하기로 번개처럼 결정을 내렸다. '자장가처럼.' 레바나는 속으로 생각했다. '나는 조잘거리며 노래하는 새처럼 말할 거야.' "호숫가에서 산책을 좀 하려고 하는데, 같이 가주시겠어요?"

에브렛은 심장박동이 요구하는 것과 씨름하다가 이내 말없이 고개를 끄덕였다.

에브렛은 근무 규칙에 따라 적당한 거리를 두고 레바나의 뒤를 따랐다. 두 사람은 여러 복도를 지나 궁전과 정원 및 호숫가를 나누는 돌기둥으로 된 지붕 앞에 도착했다. 어둠 속에서 반짝이는 아르테미시아 호수는 태평양만큼 많은 별들과 함께 궁전에서 나오는 빛까지 반사시켜 하늘로 되돌려 보내고 있었다. 레바나는 저 물에 뛰어들면 우주 속을 둥둥 떠다닐 수 있지 않을까 상상하곤 했다.

"어릴 때는 저도 크면 언젠가 이런 파티를 즐기게 되리라 생각했어요." 레바나는 에브렛이 몇 걸음 떨어져 걷고 있어도 자신의 말에 귀를 기울일 거라 믿으며 말했다. "하지만 파티는 언제나 똑같이 지겹다는 걸 이제는 알겠어요. 다들 순수하게 즐거운 척하지만 실은 정치 놀음에 불과하죠."

레바나는 자신이 이토록 현명하고 어른스러운 말을 하는 것이 흐뭇해 혼자 미소를 지었다. 스스로 더 멋진 모습으로 꾸미고 나니 지난 몇 달간, 아니 어쩌면 평생 살아오는 동안 그 어떤 순간보다 더 자신감이 생기는 기분이었다.

"저라면 차라리 이렇게 여기 나와서 자연 속의 저녁을 즐길 거예요." 레바나가 돌아섰다. 에브렛은 열두 걸음쯤 떨어진 곳을 서성이고 있었다. 어둠 속에서 그의 얼굴이 보였다. "당신이라면 그러지 않겠어요?"

"공주님." 그 말에 레바나의 등골에 전율이 흘렀다. 무도회장에서 그의 눈에서 보았던 모든 것이 그 말 한마디에 다 들어 있었기 때문이다. 당황과 욕망과 공포.

"헤일 경, 왜 그렇게 멀리 서 있는 거예요?"

"여기서도 충분히 보호해드릴 수 있습니다, 전하."

"그래요? 저 창문들 중 하나에서 암살범이 내 심장을 향해 총을 쏜다면요? 늦지 않게 내게 올 수 있어요?"

"제가 보호해드려야 한다고 생각하는 위험은 암살이 아닙니다."

레바나는 목에 걸린 줄에 손을 가져다댔다. "그러면 당신이 보호해야 할 위험은 어떤 위험인데요?" 레바나는 망설이다가 에브렛 쪽으로 한 걸음을 옮겼다.

"공주님 자신요." 에브렛이 단호히 말했다. 그리고 한 발 뒤로 물러서더니, 이번에는 훨씬 더 자신감 없는 목소리로 말했다. "아니면 저 자신요. 조금이라도 더 가까이 오시면 위험하실지도 모릅니다.."

레바나는 그 자리에 멈춰 섰다. 오늘밤 에브렛은 뭔가 달랐다. 자신의 말과 행동에 이상하게 반응하고 있었다. 레바나는 그게 자신이 바라던 것인지 아닌지 알 수 없었다. 그가 레바나의 방에 왔던 날 이후, 두 사람에게는 수많은 은밀한 순간들이 있었다. 식당 밖에서 살짝 스쳤던 피부. 레바나가 자려고 침실로 들어가기 전, 그녀의 허리에 올렸던 욕망 어린 손. 근위병들이 교대하기 전 시종들이 다니는 복도에서 다급히 나누었던 절박한 키스.

하지만 그 모든 순간, 자신의 정신적 압박이 필요하지 않았던 척할 만큼 레바나는 순진하지 않았다. 자신의 생각과 일치하도록 그의 생각을 바꿔놓고, 자신의 욕망을 그에게 강요하고, 그는 자신을 사랑한다고 계속해서 일깨워줬다.

'그는 나를 사랑한다.'

그리고 여섯 번……. 그는 '여섯 번' 근위병의 행동 규칙을 어겼다. 더 높은 사람이 명령하기 전에는 입을 열면 안 된다는 규칙이었다. 에브렛은 레바나에게 그만두자는 말을 하려고 그 규칙들을 어겼다. 그는 혼란스럽고 가슴이 찢어질 것 같다고 했다. 자신에게 무슨 일이 있었는지 상상도 할 수 없지만 레바나를 이용할 마음은 없었다고 했다. 레바나를 탓하는 것은 전혀 아니지만 우리는 그만둬야 한다고 했다. 우리는 그만둬야 한다고……. 그러다가 결국 다시 레바나에게 키스를 했다.

하지만 오늘은 아직까지 레바나가 그의 감정을 조종할 필요가 없었다. 아직까지 그를 자극하는 것은 오로지 레바나가 꾸며낸 마법이었다.

"당신으로부터 보호해야 한다니 무슨 뜻이에요?"

"전하." 공포는 서서히 사라졌다. 이제 그는 그저 지쳐 보일 뿐이었다. "저를 왜 이렇게 고문하십니까?"

레바나가 뒤로 물러섰다. "고문한다고요?"

"제가 공주님으로부터 멀리 떨어져 있을 때, 그러니까 비번이거나 딸아이를 돌보고 있을 때 제 생각은 언제나 확고합니다. 저는 저 자신을 알아요. 제 마음을 압니다. 아내가 죽었다는 것을 알지만 아내는 떠나기 전에 제게 아름다운 선물을 주었고, 그래서 저는 아내에게 감사합니다." 에브렛은 침을 꿀꺽 삼켰다. "저는 왕실에 충성하고 있고, 할 수 있는 한 오랫동안 충실히 봉직할 것임을 압니다. 그리고 저는 제가 공주님을 아낀다는 것도 압니다. 근위병이라면…… 자신의 공주를 아껴야 하니까요. 친구로서도 마찬가지겠지요."

"당신은 나의……."

"하지만 공주님 가까이에 있을 때면……." 에브렛은 말을 계속 이어갔다. 에브렛이 자신의 말을 가로막은 것이 레바나에게는 이날 밤 있었던 그 어떤 일보다 충격적이었다. 근위병이 귀족의 말을, 더구나 왕실의 일원이 말하는 도중에 가로막는다는 것은 있을 수 없는 일이다. "제 생각은 온통 뒤죽박죽이 됩니다. 공주님이 솔스티스처럼 보이고……, 저는 혼란스럽습니다. 공주님 곁에 있으면 제 심장은 미친 듯이 뛰지만, 행복하다거나 사랑한다거나 하는 기분은 아닙니다. 그건 마치 제 몸이 제 것이 아닌 다른 누군가의 것이 된 같은 느낌입니다. 저는 공주님에게서 손을 뗄 수 없습니다. 그게 얼마나 잘못된 일인지 알면서도 말이죠. 맙소사, 저는 이 일로 처형당

할 수도 있습니다!"

"아뇨! 아뇨, 절대로 그런 일이 벌어지게 두지 않을 거예요."

"하지만 저를 이렇게 만든 것은 공주님이십니다."

레바나는 얼어붙었다.

"아닌가요?" 에브렛이 작게 말했다. "이건 모두 마법의 조종입니다. 불쌍하고 마음 약한 근위병을 갖고 노는 장난질이라고요."

레바나는 고개를 가로저었다. 그리고 얼른 그에게 다가가 그의 두 손을 감싸 쥐었다. "나는 당신을 전혀 그런 식으로 생각하지 않아요."

"그러면 왜 이러시는 겁니까?"

"내가 당신을 사랑하니까! 그리고 당신은 나를 사랑하니까. 하지만 당신은 너무나 의로운 사람이라……."

"저는 공주님을 사랑하지 않아요!" 에브렛이 소리쳤다. 레바나는 천 개의 얼음 조각이 날아와 박히는 것 같았다. "적어도…… 제 생각에는 그렇습니다. 하지만 공주님이 제 마음을 워낙에 많이 돌려놓으셔서 이제는 더 이상 뭐가 진짜인지도 잘 모르겠습니다."

레바나는 부드럽게 미소를 지어보려고 했다. "모르겠나요? 사랑이라는 감정이 원래 그런 거예요. 도무지 통제되지 않는 모순되는 감정과 휘몰아치는 격정. 늘 속이 뒤틀리면서 그 사람에게서 도망가야 할지…… 아니면 그 사람과 '함께' 도망쳐야 할지도 결정할 수 없는 그런 기분."

그는 긴장한 얼굴이었다. 다시 고함을 지르기 전에 할 말을 곱씹는 사람 같았다.

"틀렸어요, 공주님. 공주님이 설명하는 게 뭔지 모르지만, 그건 사랑이 아니에요."

레바나는 눈물이 찔끔 났다. "당신으로부터 나를 보호해줘야 한다고 했을 때, 그게 내 마음을 찢어놓겠다는 뜻은 아닐 거라고 생각했어요…… 에브렛, 나는 당신을 위해서라면 못 할 일이 없어요."

에브렛은 레바나로부터 멀찍이 떨어지며 자신의 두꺼운 곱슬머리에 손가락을 파묻었다. "공주님, 저는 그럴 생각이 없어요. 제 생각에 공주님은 자신이 무슨 짓을 하고 있는지, 그게 얼마나 잘못된 일인지 모르시는 것 같아요. 하지만 계속 이런 식일 수는 없어요. 결국에는 공주님도 이 가짜 놀음이 지겨워지실 테고, 저는 공주님을 이용한 죄로 처벌 받게 될 거예요. 모르시겠어요?"

"말했잖아요. 그런 일은 없을 거라고."

에브렛이 두 손을 떨어뜨렸다. "여왕께서 공주님 말씀을 들을 것 같나요?"

"그럴 수밖에 없을 걸요. 언니도 근위병들과 수많은 스캔들이 있었으니까요."

"하지만 여왕 폐하는 열여섯 살이 아니에요!"

레바나는 방패처럼 두 팔로 자신의 몸을 감싸 안았다. "당신은 내가 그냥 순진한 어린애라고 생각하는군요."

"네. 순진하고, 혼란스럽고, 외로우시죠."

레바나는 억지로 그의 시선을 붙잡아두었다. "아름답지는 않아요?"

에브렛은 움찔하며 고개를 돌렸다.

"내가 아름답다는 생각도 하는 거죠? 맞죠? 거부할 수 없을 정도로?"

"공주님……."

"대답해요."

"대답 못 합니다."

"내 말이 맞으니까."

에브렛은 아무 말도 하지 않았다.

레바나는 침을 꿀꺽 삼키고 말했다. "나랑 결혼해요, 에브렛."

에브렛의 눈길이 레바나를 향해 홱 돌아갔다. 경악한 표정이었다. 그러나 레바나는 아랑곳하지 않았다. "나랑 결혼해요. 그러면 당신은 대공이 될 거예요. 언니도 당신을 건드리지 못할 거예요."

"아뇨, 아뇨. 솔스티스……, 그리고 사랑하는 윈터……."

레바나의 심장이 거칠게 뛰었다. 이렇게 빨리 질투심이 되돌아올 줄은 레바나도 몰랐다. 이렇게 아플 줄도. "윈터? 윈터가 누구예요?"

에브렛은 웃음을 터뜨렸다. 재미있어서 그런 것 같지는 않았다. 에브렛은 양손으로 얼굴을 쓸어내리며 말했다. "제 딸요. 공주님은 저를 사랑하신다면서 태어난 지 한 달 된 제 딸의 이름을 어떻게 정했는지도 물어보지 않으셨어요. 그게 얼마나 말도 안 되는 일인지 모르시겠어요?"

레바나는 침을 꿀꺽 삼켰다. 윈터. 솔스티스. 루나에는 계절이 없지만 레바나는 두 단어가 합쳐서서 무슨 뜻이 되는지 정도는 알 정도로 지구의 계절에 관해 잘 알고 있었다(겨울이라는 뜻의 '윈터'와 지점이라는 뜻의 '솔스티스'를 합하면 '윈터 솔스티스'(winter solstice), 즉 '동지'(冬至)가 된다. ─ 옮긴이). 레바나도 기억했다. 눈 쌓인 풍경이 수놓아져 있던 그 작은 아기 담요를.

아이의 이름에는 결코 아내를 잊지 않겠다는 뜻이 담겨 있었다.

그가 살아 있는 한은.

"윈터." 레바나는 입술을 축이고 말했다. "당신 딸은 공주가 될 거예요. 공주의 지위에 주어지는 그 모든 부와 특권을 누리게 될 거예요. 딸에게 그렇게 해주고 싶지 않나요?"

"저는 딸아이가 사랑과 존경을 받으며 살기를 바랍니다. 그런…… 무도회장에 있는 사람들이 재미로 만들어내는 그런 게임 말고요. 뭐가 됐든 공주님이 제게 시도하는 그런 것도 말고요."

레바나는 두 주먹을 불끈 쥐고 성큼성큼 앞으로 걸어갔다. 그리고 고개를 뒤로 젖혀 에브렛을 똑바로 쳐다보았다. "윈터는 엄마가 생길 거예요. 당신은 아내가 생길 거고요. 그리고 나는 두 사람을 그 여자보다 더 많이 사랑할 거예요."

레바나는 분노와 결의에 차서 몸을 부들부들 떨었다. 그리고 씩씩하게 에브렛 옆으로 돌아서서 궁전으로 향했다. 에브렛은 한참 후에야 공주를 무방비로 두어서는 안 된다는 것을 깨닫고 뒤를 따랐다.

R
E
V
A
N
A

12장

이후 에브렛의 저항은 조금씩 줄어들기 시작했다. 레바나는 그가 아내를 잊기 시작한 것이기를 바랐다. 혹은 잊을 수 없다면, 아내와 레바나가 서로 다른 여자라는 사실 자체를 잊어버리길 바랐다.

레바나 곁에 있을 때 에브렛은 어딘가를 멍하니 쳐다보는 일이 많았다. 다른 궁정 사람들이 근처에 있을 때면 그는 마치 사라져버린 제1시대의 알파벳처럼 도저히 읽어낼 수 없었다. 아무 감정도 드러내지 않았다. 처음 보는 사람이라고 해도 믿을 정도였다.

에브렛으로서는 그렇게 하는 것이 현명한 처신이라는 것을 레바나도 알고 있었다. 전에 에브렛이 한 말은 맞았다. 공주를 이용했다는 명목으로 채너리가 에브렛을 처벌하려고 든다면 얼마든지 그렇게 할 수 있었다. 하지만 레바나는 걱정하지 않았다. 채너리는 자신이 정복해야 할 사랑놀음만으로도 충분히 바빴다. 게다가 채너리는 지금의 레바나보다 더 어릴 때부터 나이 많은 남자들에게 추파를 던지곤 했다.

천만에. 레바나는 걱정하지 않았다. 특히나 가까스로 단둘이 있을 수 있는 시간이 왔을 때는 더더욱. 그가 그녀의 것이 되는, 온전히 그녀의 것이 되는 시간은 정말 드물었다. 레바나는 조금씩 조금씩 에브렛에 대한 정신적 조종의 끈을 느슨히 풀기 시작했다. 천만다행으로 레바나에 대한 그의 반응은 오히려 더 용감해졌다. 더욱더 자기 것처럼 레바나를 만졌고, 애무도 더 대담해졌다.

두 사람이 처음으로 밤을 함께 보낸 날, 그가 레바나의 머리카락에 대고 속삭인 말은 단 한마디였다. "솔스티스……."

고통과 쾌락, 즐거움과 분노가 동시에 차오르면서 레바나는 이를 앙다물고 그를 더 꼭 끌어안았다.

다음 날 아침, 돔이 백색의 도시를 밝게 비출 때, 레바나는 시종이 아침식사를 가지고 올 때까지 그가 자도록 내버려두었다. 당황한 에브렛이 어쩔 줄 몰라 꼼짝도 하지 못하고 침대에 누워 있는 동안, 레바나는 시종에게 빵을 자르고 버터를 바르게 시켰다. 과일을 잘라라. 차를 준비해라. 차를 마실 생각이 없으면서 말이다.

시종이 가버리자 에브렛은 허겁지겁 침대에서 일어났다. 그 순간, 그가 새하얀 천 위의 핏자국을 알아보는 것을 레바나는 보았다. 그리고 얼마나 빨리 시선을 돌려버리는지도. 그는 허겁지겁 옷을 꿰어 입고 조용히 욕설을 지껄였다.

깃털 베개에 기대앉은 레바나는 아침식사가 담긴 베드 트레이를 무릎에 걸쳐놓은 채 딸기를 하나 입안에 떨어뜨렸다. 시큼했다. 평소 같으면 시종을 불러 도로 가져가라고 했을 것이다. 그런 생각을 하지 않은 것은 아니지만 레바나는 그만두었다. 자신은 언니가 아니니까.

에브렛은 레바나의 얼굴을 보지도 않고 말했다. "이건 아니에요. 이렇게까지 하실 줄은 몰랐어요. 저는……." 그는 주먹으로 자신의 머리를 때리며 다시 욕설을 내뱉었다. "정말 죄송합니다, 공주님."

레바나는 화가 나서 온몸의 털이 곤두서는 것 같았다. 하지만 농담으로 받아넘기려고 애썼다. "아침도 안 먹고 가는 거예요?" 레바나가 달콤하게 말했다. "아침식사를 보내라고 시킬게요, 혹시 시장하다면……."

"아뇨. 제 딸이…… 밤새 보모와 함께 있었을 거예요. 이렇게 될 줄 모르고……."

에브렛이 머리 위로 셔츠를 뒤집어쓰는 동안 레바나는 그의 등 근육이 꿈틀대는 모습을 지켜보았다.

"보모한테는 내가 추가 수당을 줄게요. 에브렛, 그냥 있어요." 레바나는 손으로 자기 옆의 담요를 쓸었다.

에브렛은 침대 모서리에 걸터앉아 신발을 신으며 고개를 저었다. 그런 다음 머뭇거리더니 먼저 신던 신발 한 짝을 도로 바닥에 떨어뜨렸다. 패배감에 어깨가 축 늘어졌다. 레바나는 손가락에 묻은 딸기 즙을 쪽쪽 빨며 씩 웃었다. 그리고 옆으로 옮겨 앉으려고 했다. 그가 침대에 나란히 기대앉을 수 있게 말이다. 그 순간, 에브렛이 입을 열었다. 무거운 목소리에서 비참함이 드러났다.

"떠나려고 했어요. 일주일 전에."

레바나는 멈칫하며 손가락을 입에서 뺐다. "떠나려고 했다고요?"

"짐도 다 싸뒀죠. 윈터를 데리고 벌목 지구로 가서 새로운 일을 배울 작정이었어요."

레바나는 눈을 가늘게 뜨고 에브렛의 뒤통수를 노려보았다. "새로운 일, 어떤 거요? 나무 베는 일?"

"그것도 있고, 목재소나 목공예도 있고. 모르겠어요. 그냥 여기만 아니면 어디든 괜찮을 거라고 생각했어요."

레바나는 아연실색하며 베드 트레이를 옆으로 치웠다. "그런데 왜 안 떠났어요? 그렇게 도망치고 싶어서 안달이었다면……."

"여왕 폐하께서 허락하지 않으셨어요."

레바나는 그대로 얼어붙고 말았다.

"사직서를 드렸는데 웃으시더군요. 공주님이 바보짓 하는 걸 지켜보는 게 너무 재미나다고, 이제 와서 저를 보내줄 순 없다고 하셨어요. 심지어 허락 없이 떠나면 근위병들을 시켜 저와 윈터를 추격하겠다고 협박하시더군요."

레바나는 몸서리쳤다. "언니가 어떻게 생각하든 난 상관없어요."

"저는 상관있어요. 제가 모시는 여왕님이시니까요. 여왕 폐하도 공주님 못지않게 저를 조종할 수 있으시니."

"나는 당신을 '조종'하지 않아요."

에브렛은 그제야 레바나를 쳐다보았다. 황당하다는 표정이었다. "그러면 이게 뭐라고 생각하세요?"

"나는…… 거의……!" 레바나는 손톱이 살을 파고들 만큼 주먹을 꽉 쥐었다. "내가 당신을 원하는 만큼이나 당신도 날 원하잖아요. 당신이 날 만질 때 당신의 눈을 보면 알 수 있어요."

에브렛은 웃음을 터뜨렸다. 잔인한 웃음이었다. 레바나가 기억하는 따뜻하고 친절한 웃음과는 너무도 달랐다. 레바나의 얼굴을 가리키며 에브렛이 고함을 질렀다. "공주님이 제 아내의 얼굴을 하고 있잖아요! 아내가 떠난 지 2주밖에 안 된 때였어요. 저는 더없이 슬펐고요. 그런 때 아내가 돌아온 거예요. 그래서 전……. 물론 아내가 돌아온 건 아니었지요. 그건 공주님이었어요. 그냥 공주님이었어요. 그게 조종이 아니라고 생각하세요?"

레바나는 이불을 옆으로 밀쳐버리고 빈 의자에 걸쳐두었던 가운을 후다닥 꿰어 입었다. "지금은 '내 얼굴'이에요. 이게 나라고요. 어젯밤 있었던 일을 실수라고 하지는 못하겠죠. 당신도 원하지 않았다고는."

"저는 이런 걸 바란 적이 한 번도 없어요." 에브렛은 이마를 문질렀다. "궁정 사람들이 수군거려요. 다른 근위병들도. 우리에 관한 소문이……."

"그게 뭐가 중요해요?" 레바나는 가까스로 호흡을 가다듬으며 말했다. "사랑해요, 에브렛."

"공주님은 그 말의 뜻조차 몰라요. 제가 그 말의 뜻을 알려드릴 수 있다면 좋겠네요." 에브렛은 둘 사이의 빈 공간을 가리켰다. "공주님이 머릿속에 만들어놓은 이 환상이 대체 무엇이든, 그중에 진짜는 하나도 없어요. 공주님은 제 아내가 아니고, 저는…… 저는 딸아이에게 가봐야 합니다. 아내의 남은 부분이라고는 딸아이밖에 없으니까요."

레바나는 가운의 허리끈을 꽉 졸라매고 자리에서 일어났다. 분노로 온몸을 부들부들 떨면서 그가 신발을 신는 모습을 지켜보았다.

"당신은 나랑 결혼할 거예요."

에브렛은 잠깐 멈칫했지만 이내 부츠의 마지막 버클을 채우고 말했다. "공주님, 제발요. 다시는 또 그러지 마세요."

"오늘 밤."

에브렛은 땅바닥을 한참 바라보았다. 고통스럽도록 길고 긴 시간이었다.

레바나는 저러다가 그가 결국 고개를 들면 대체 어떤 얼굴을 보게 될지 알 수 없었다. 하지만 고개를 든 그의 표정에는 놀랄 만큼 아무런 감정도 없었다. 두 사람은 한동안 멍하니 고통스럽게 서로를 바라보았다. 그러다 문득 레바나는 그가 싫다는 말을 하지 않았다는 생각이 들었다. 레바나는 마음을 단단히 먹고 더 밀어붙여보기로 했다.

"주례는 내가 구하겠어요. 해 질 녘 태양교회에서 만나요."

그의 시선이 다시 땅바닥으로 떨어졌다.

"원한다면 딸을 데려와요. 내 생각에는 그 애도 그 자리에 있는 게 좋을 것 같군요. 아이를 봐줄 보모도 같이요."

레바나는 머리카락을 한쪽으로 쓸어 넘겼다. 벌써 말싸움을 한 것이 오히려 다행이라는 생각이 들었다. 이렇게 하면 그가 지적하는 짜증스러운 문제들이 얼마나 많이 해결될까?

레바나는 그의 아내가 될 것이다. 그러니 이제 그는 레바나를 아내가 아니라고 말하지 못할 것이다. 레바나는 그의 아이의 어머니가 될 것이다. 소문도 잦아들 것이다. 감히 누가 공주의 남편, 여왕의 제부에 대해 험담을 하겠는가.

"어쩔 건가요?"

레바나는 거절할 테면 해보라는 듯이 말했다. 레바나는 에브렛을 둘러싼 에너지를 느끼고 있었다. 만약 그가 거절하면 자신의 뜻에 따라 그를 굴복시킬 작정이었다. 그게 에브렛 자신에게도 좋을 것이다. 이게 그들의 가족을, 그들의 행복을 단단하게 만들 유일한 방법이다.

에브렛은 부츠에서 손을 떼며 천천히 일어났다. 아무것도 없던 그의 표정이 슬픔으로 바뀌어 있었다.

슬픔?

아니, 동정이었다. 그는 레바나를 동정하고 있었다. 레바나는 얼굴을 찡그리며 자신의 마음에 장벽을 둘러쳤다.

"공주님, 공주님에게는 사랑을 찾아낼 기회가 있어요. 진짜 사랑 말이에요. 저 때문에 그 기회를 놓쳐버리지 마세요. 제발 부탁입니다."

레바나는 팔짱을 끼고 말했다. "나는 이미 사랑을 찾았어요. 그 사람과 함께 밤을 보냈죠. 그리고 오늘 밤 그 사람은 내 남편이 될 거예요." 레바나는 미소를 지어보려고 했지만 자신감이 바닥까지 떨어져 좀처럼 미소를 지을 수 없었다. 에브렛은 레바나의 자신감에 너무 많은 상처를 남겼다. 지금은 거절당하고 싶지 않았다. 그가 억지로 승낙하게 만들고 싶지 않았다. 하지만 그렇게 생각하고 있는 동안에도 레바나는 자신이 그렇게 할 것임을 알고 있었다. 만약 그 방법밖에 없다면.

에브렛은 머리 위로 무기 벨트를 찼다. 한쪽 엉덩이에는 칼이, 다른 쪽에는 권총이 매달려 있었다. 근위병. 그녀의 근위병.

"어쩔 건가요?" 레바나가 채근했다.

"저한테 선택권이 있습니까?"

레바나는 비꼬듯 말했다. "당연히 선택권이 있죠. 좋다, 싫다. 둘 중 하나예요." 속이 뒤틀리면서 거짓말을 하고 있다고 신호를 보내 왔지만 레바나는 무시했다. 그는 싫다고 하지 않을 것이다. 그리고 거절하더라도 상관없었다.

하지만 그럼에도 불구하고 1초 1초 시간이 지날 때마다 레바나 는 자신이 이토록 약자의 입장이 될 수 있다는 데 놀랐다. 그는 싫 다고 하지 않을 거야. 아니, 싫다고 할까? 레바나는 숨을 멈추고 그 의 생각을 아주 약간만 말랑말랑하게 만들 수 있는 신호를 보냈다. 그저 둘은 천생연분이라는 사실을 따뜻하게 일깨워주는 신호였다.

에브렛은 진저리를 쳤다. 레바나는 자신이 이렇게 하고 있는 것 을 에브렛이 알까 싶었다. 레바나는 보내던 신호를 멈추고 그의 어 깨가 편안하게 누그러지는 것을 지켜보았다.

"에브렛?" 레바나는 자신의 목소리가 간절해지는 것이 싫었다. "나랑 결혼해요, 에브렛."

에브렛은 레바나와 다시 눈을 맞추지 않고 그대로 문가로 걸어갔 다. "뜻대로 하십시오, 전하."

13장

　주례는 레바나의 손목에 금색 리본을 감아주며 두 사람의 결합이 얼마나 중요한지, 결혼이 얼마나 대단한 일인지 설명했다. 그리고 매듭을 묶었다. 다음으로 에브렛 앞으로 간 주례는 제단 접시 위에 놓인 두 번째 리본을 들어 에브렛의 손목에 묶었다. 레바나는 은은한 빛을 내고 있는 리본이 에브렛의 까만 피부에 감기는 모습을 찬찬히 지켜보았다. 그의 팔은 레바나보다 훨씬 굵었다. 그에 비하면 레바나의 팔은 마치 새의 것처럼 얇아 보였다.

　주례는 두 리본을 손가락으로 잡고 한 번, 두 번 묶으며 말했다. "두 개의 리본을 서로 묶는 것은 신부와 신랑이 하나의 존재, 하나의 영혼이 됨을 상징합니다. 제3시대 109년 4월 2일."

　주례가 리본을 손에서 놓자 매듭이 두 사람의 팔 사이에 대롱대

롱 매달렸다.

레바나는 그 리본을 바라보며 서로 연결된 기분을 느껴보려고 했다. 방금 자신의 영혼이 에브렛의 영혼과 합쳐진 것처럼 하나가 된 느낌을. 그러나 레바나가 느낄 수 있는 것은 두 사람 사이의 아득한 거리감뿐이었다. 침묵의 블랙홀. 에브렛은 교회에 도착한 이래 좀처럼 입을 떼지 않았다.

신도석 둘째 줄에서 아기가 가냘프게 울기 시작했다. 에브렛이 그쪽을 돌아보았다. 집중을 깨는 소리에 짜증이 난 레바나도 그쪽을 보았다. 보모가 무릎 위의 아이를 얼러 조용히 시켰다. 레바나는 아이를 단단히 감싸고 있는 수놓인 담요를 알아보았다. 흰 눈밭의 새빨간 벙어리장갑. 솔스티스의 솜씨였다. 레바나는 이가 바득 갈렸다.

"반지를 교환하시겠습니까?" 주례가 물었다.

레바나가 돌아보니 주례도 에브렛도 더 이상 시끄러운 아이를 보고 있지 않았다. 에브렛이 짧게 고개를 끄덕였다. 레바나는 놀라서 에브렛을 흘끗 훔쳐보았다. 레바나는 반지를 가져오지 않았던 것이다.

에브렛은 몸을 돌려 보모와 윈터 외에 유일한 하객들이 있는 쪽으로 손바닥을 내밀었다. 에브렛의 근위병 친구 개리슨 클레이가 아내, 아이와 함께 참석해 있었다. 그의 아내는 딸기빛이 감도는 금발의 평범한 여자였고, 외아들은 담황색 머리카락에 이제 겨우 걸음마를 뗀 꼬마였다. 아이는 예식이 진행되는 내내 교회 복도를 통통거리며 뛰어다녔고, 아이 엄마는 조용히 돌아오라고 소리쳤다가 포기했다가 다시 아이를 쫓아갔다가 했다.

이들 가족이 참석한 것을 보면 에브렛은 이 예식을 좀 가볍게 생각한 듯했다. 레바나는 이들 가족이 처음부터 끝까지 하나도 마음에 들지 않았다. 개리슨은 교회에 도착하자마자 에브렛을 한쪽으로 불렀다. 두 사람은 뭔가를 두고 티격태격했다. 레바나는 개리슨이 에브렛에게 이 결혼을 하지 말라고 설득하는 것이 틀림없다고 확신했다. 그러니 이 근위병이 레바나의 눈에 곱게 보일 리 없었다.

하지만 지금 그는 망설임 없이 한 걸음 앞으로 나와 주머니에서 한 손을 꺼냈다. 그의 손바닥에는 두 개의 결혼반지가 놓여 있었다. 검은 레골리스를 깎아 곱게 윤을 낸 반지였다. 레바나가 끼게 될 거라고는 꿈에서조차 상상해보지 못한, 그 어떤 반지보다 심플한 반지였다. 왕족을 위해 만들어진 결혼반지가 아니라 근위병의 아내를 위해 만들어진 결혼반지였다. 레바나는 가슴이 뭉클했다. 눈에 눈물이 차올랐다. 그것은 정말 완벽한 반지였다.

개리슨은 레바나를 쳐다보지도 않고 두 개의 반지를 에브렛의 손에 건네주었다. 그리고 다시 신도석으로 돌아가 가족들 옆에 섰다.

"서로 손을 잡고 얼굴을 마주하시기 바랍니다. 반지를 교환하겠습니다."

두 사람은 거의 로봇처럼 몸을 돌렸다. 레바나는 에브렛의 얼굴을 찬찬히 바라보았다. 잘생긴 그의 얼굴을 보고 있으니 오싹함이 어느 정도 누그러지는 것 같았다. 레바나는 반지가 정말 마음에 든다고 조용히 말하고 싶었다. 이게 자신이 원하는 전부라고, '그가' 바로 자신이 원하는 전부라고 말하고 싶었다.

에브렛의 검은 눈동자가 레바나를 바라보았다. 레바나는 조금은 수줍게 미소를 지었다. 그가 숨을 한 번 깊이 들이마셨다. 그리고 뭔가 말을 하려는 듯 입을 떼더니 머뭇거리다가 다시 닫아버렸다.

에브렛은 레바나의 손가락에 반지를 끼워주고 주례의 말을 따라 했다. "이 반지로 나는 그대 루나의 레바나 블랙번 공주를 아내로 맞습니다. 오늘부터 당신은 낮에는 나의 태양이고, 밤에는 나의 별이 될 것입니다. 우리가 함께하는 모든 날 동안 당신을 아끼고 사랑할 것을 맹세합니다."

레바나는 속이 덜덜 떨렸다. 아찔한 기운이 온몸을 훑고 갔다. 손가락에 낀 반지와 두 사람을 함께 묶은 금색 리본을 내려다보니 미소를 짓기가 한결 수월했다.

아침에만 해도 실감이 나지 않았다. 하루 종일 그랬다. 그가 과연 오기는 할지 기다리는 것밖에 할 수 있는 일이 없었다. 그런데 이제 모든 게 현실이 됐다. 오늘은 그녀의 결혼식이다. 레바나는 에브렛 헤일과 결혼하고 있었다. 에브렛에게서 나머지 결혼반지를 건네받아 그의 손가락에 끼워줄 때 속에서부터 차오르는 환희를 내 몸이 과연 감당할 수 있을까.

순간, 레바나는 동작을 멈추었다. 거기 이미 다른 반지가 있었다. 거의 똑같은 반지. 너무 까매서 그의 피부와 거의 분간되지 않았지만. 레바나는 에브렛을 올려다보았다. 그의 턱이 굳어 있었다.

"이건 빼지 않을 겁니다." 에브렛이 작게 말했다. 그리고 레바나가 미처 생각을 정리하기도 전에 이렇게 말했다. "둘 다 끼고 다닐 겁니다."

레바나는 반지를 다시 쳐다보았다. 아주 잠깐, 강제로 그가 옛날 반지를 빼버리게 만들까 하는 생각을 해보았다. 하지만 아니었다. 이게 그가 바라는 것이다. 반지를 뺏지 않을 것이다.

"물론이죠." 레바나도 작은 소리로 말했다. 그의 손가락에 반지를 밀어 넣자 조각된 돌 두 개가 챙 하고 부딪히는 소리가 조용히 들렸다.

"이 반지로 나는 그대 루나의 에브렛 헤일 경을 남편으로 맞습니다. 오늘부터 당신은 낮에는 나의 태양이고, 밤에는 나의 별이 될 것입니다. 우리가 함께 하는 모든 날 동안 당신을 아끼고 사랑할 것을 맹세합니다."

주례가 혼인을 선언하자 아기 윈터가 본격적으로 울어대기 시작했다. 뒤를 돌아보니 통통거리며 다니던 꼬마가 보모의 팔에 매달려 포대기 속을 보려고 버둥거리고 있었다.

에브렛은 양손으로 레바나의 손을 감싸 쥐어 다시 자신을 보게 했다. 그리고 깜짝 키스를 했다. 레바나는 주례가 키스하라고 말하는 것을 듣지 못했다. 부드러운 키스였다. 에브렛이 지금까지 레바나에게 했던 키스 중 가장 부드러운 키스였다. 레바나는 발끝까지 따뜻해지는 것 같았다.

그것을 끝으로 주례는 리본의 매듭을 풀어주었다. 에브렛은 그녀의 것이 됐다.

R
E
V
A
N
A

14장

"사실이 아니라고 해!"

다음 날 채너리는 레바나의 옷방으로 쳐들어와 소리를 질렀다. 겨우 리본 몇 조각으로 만든, 신체의 주요 부위를 가릴까 말까 한 옷을 입은 채너리는 샹들리에 아래서 보니 마치 발랄한 정령 같았다. 외설스럽고 발랄한 정령.

재봉사가 허리 솔기를 안으로 집어넣으며 바느질하고 있었기 때문에 레바나는 감히 움직일 생각을 하지 못했다. 아까 재봉사는 레바나가 잘 못 먹고 있는 것이 분명하다며 예쁜 몸매를 유지하려면 언니처럼 살을 조금 더 찌워야 한다고 했다. 그때부터 레바나는 재봉사가 입을 열지 못하게 만들어버렸다. 재봉사는 당황해서 얼굴이 시뻘게지더니 조용히 자신의 일에만 전념했다. 그게 벌써 두 시간

전이었다.

레바나는 씩씩거리는 언니를 흘끗 쳐다보았다.

"뭐가 사실이 아니라고?"

"멍청아, 그놈이랑 결혼한 거야?"

"응, 그럴 거라고 했잖아."

채너리는 화를 삭이지 못해 목 뒤로 갈갈거리는 소리를 냈다.

"그러면 얼른 취소해. 온 도시가 다 알기 전에."

"안 해."

"그러면 그를 처형할 테다."

레바나는 언니를 매섭게 노려보며 말했다. "아니, 언니는 그렇게 못 해. 대체 언니가 왜 신경을 쓰는 건데? 나는 그 사람을 사랑해. 내가 그 사람을 골랐다고. 벌써 끝난 일이야."

"누가 사랑하지 말래? 좋으면 침대로 불러. 그렇지만 근위병이랑 결혼은 못 해." 채너리는 벽을 가리켰다. 벽 너머에는 백색의 도시 아르테미시아가 있었다. "내가 너랑 결혼시켜주겠다고 약속한 가문이 얼마나 많은지 알아? 그전에 아버지는 또 어떻고? 전략이라는 게 있어. 우리는 저들의 지지가 필요해. 저들이 통치자로서 우리한테 투자했다고 느끼게 만들어야 한다고. 그러려면 동맹을 맺어야 해. 그게 권력의 법칙이야, 레바나. 이 왕실의 일원으로서 네가 할 수 있는 '유일한' 역할이 그거야. 네가 그걸 망치게 두지는 않을 거야."

"너무 늦었어. 나는 이 결혼을 취소하지 않을 거야. 언니가 정말로 그 사람을 죽이더라도 언니 좋으라고 결혼하는 일은 없어. 차라리 나도 따라 죽고 말지."

122

"그것도 준비해줄 수 있어, 동생아."

재봉사는 레바나의 발목 옆에 무릎을 꿇고 앉아서 실을 더 풀어 냈다. 재봉사는 현명하게도 계속 딴 곳을 보며 아무것도 들리지 않 는 척했다.

"그렇게 되면 언니는 협상 카드가 하나도 없어지겠지. 그런데 그 런 수고를 왜 해?" 레바나는 고개를 쳐들며 억지로 미소를 지었다. "게다가 나는 나를 대신할 다른 공주를 하나 데려왔다고. 그 애는 언니 입맛대로 결혼시켜도 돼. 다시 또 16년을 기다려야 되긴 하겠 지만."

"다른 공주?" 채너리가 너털웃음을 웃었다. "그 애 말이야? 근위 병이랑 재봉사가 낳은 아기? 이 나라 가문들이 그런 애를 원할 것 같아?"

"당연하지. 이제 그 애는 내 자식이니까 공주가 될 거야. 내가 직 접 낳은 아이랑 똑같이 말이야. 그 애가 결혼할 만큼 자랐을 때는 아무도 그 애한테 다른 엄마가 있었다는 것을 기억조차 못 할 거야. 에브렛한테 다른 아내가 있었다는 것도."

"줄곧 그런 기발한 생각을 해왔다 이거지?"

레바나는 벽을 쳐다보며 아무 말도 하지 않았다.

"그 조그만 것을 어떻게 할지 생각은 해봤니?"

"무슨 뜻이야? 그 애를 어떻게 하다니?"

"설마 정말로 그 애를 '키울' 건 아니지?"

벽에서 천천히 시선을 옮긴 레바나는 코끝으로 언니를 내려다보 았다. "그 애는 왕족으로 자랄 거야, 우리처럼."

"보모에, 개인교사에, 부모한테 무시당하면서?"

"원하는 건 뭐든 다 해줄 거야. 온갖 호사에 온갖 장난감까지." 레바나는 양손을 위로 들어 올려 재봉사가 팔 아래 솔기를 바느질하도록 해주었다. "에브렛이 그 애를 무척 사랑해. 나도 그렇고."

거짓말이었다. 레바나도 그게 거짓말이라는 것을 알고 있었다. 하지만 언젠가는 진실이 될 수 있다고 생각하는 것도 사실이었다. 무엇보다 그 애는 이제 레바나의 딸이고, 에브렛의 일부였다. 그러니 어떻게 레바나가 그 애를 사랑하지 않을 수 있겠는가? 하지만 레바나가 그렇게 말한 것은 그냥 언니가 짜증내는 얼굴을 보고 싶었던 이유가 더 컸다.

재봉사의 바느질이 끝난 뒤 손을 내린 레바나는 드레스 몸통의 곱게 수놓인 부분을 손가락으로 더듬어보았다. 오늘은 특히나 행복한 기분이다. 이틀 연속 에브렛을 끌어안고 자서 그런가? 이제 레바나는 누군가의 아내였다. 비록 언니의 드레스에 비하면 자신의 드레스는 피부를 반밖에 노출하지 않았지만 레바나는 자신이 훨씬 더 여성스럽다고 느꼈다. 나는 언니가 갖지 못한 것을 갖고 있다. 가족. 나를 사랑해줄 사람.

레바나는 계속 말을 이었다. 이제는 거의 자기 자신에게 하는 말에 가까웠다. "그 어린 윈터 공주에게는 곧 남동생이나 여동생이 생길 거야."

채너리가 홱 돌아보며 말했다. "벌써 임신한 거야?"

"아직은 아냐. 하지만 오래 걸릴 이유가 없지."

실제로 레바나는 그런 생각을 아주 많이 했다. 혼자 있을 때면 종종 만삭의 솔스티스로 다시 변신해서 팽팽한 배를 손가락으로 만져보기도 했다. 레바나가 아이를 갖고 싶다는 생각을 하게 된 것은 에브렛이 딸을 안은 모습과 그 그윽한 눈빛을 보았기 때문이었다. 자신도 에브렛에게 그런 것을 선물할 수 있다. 솔스티스와의 공통점이 생기는 것이다. 아니, 레바나의 아이는 솔스티스의 아이보다 더 뛰어날 것이다. 왕실의 피를 이어받을 테니.

채너리는 얼굴을 찡그리며 팔짱을 끼었다. "만약에 그렇다면 지금 이 상황에서 유일한 좋은 일이 되겠지. 네가 '진짜' 네 아이를 갖게 되면, 그때는 그 아이를 누구와 결혼시키는 게 제일 좋을지 의논해보자."

"그런 대화를 나눌 날이 정말로 기다려져, 언니."

채너리가 말했다. "그때까지 나는 최소한 망신스러운 결혼으로 우리 혈통에 오점을 남기지 않으면서 우리 혈통을 확장시키도록 내 의무를 다해볼게."

"무슨 뜻이야?"

채너리는 머리카락을 어깨 뒤로 홱 넘기면서 놀리듯 말했다. "어린 윈터 공주한테 곧 사촌이 생길 거야."

레바나의 입이 쩍 벌어졌다. 레바나는 재봉사를 밀쳐버리고 부풀어오른 스커트를 모아 쥔 뒤 단에서 내려왔다. "언니가?" 레바나는 채너리의 배를 힐끗 쳐다보았다. 배는 그 어느 때보다 납작했다. "얼마나 됐는데?"

"글쎄. 오늘 오후에 엘리엇 박사한테 진찰을 받기로 했어." 번쩍번쩍 빛을 내며 채너리는 몸을 돌려 다시 옷방 출구 쪽을 향했다. "사내아이면 좋겠어. 바보 같은 공주들은 이제 정말 지긋지긋해."

"언니, 기다려!" 레바나는 언니를 쫓아가기 시작했다. 머릿속에 수천 가지 의문이 떠올랐다. 하지만 막상 언니가 찡그린 얼굴로 뒤

돌아보자 아무 생각도 나지 않았다. "애 아빠가 누구야? 그 무관?"

채너리는 오만상을 찌푸렸다. "그건 또 무슨 소리니?"

"두브롭스키 무관 말이야. 그 사람이 애 아버지야?"

채너리의 표정이 도도하게 변했다. 채너리는 한 손을 뻗어 반쯤 바느질된 레바나의 드레스 앞면을 잡고 확 뜯어냈다. 레바나가 미처 마법으로 가릴 생각을 하기도 전에 갈비뼈 부분의 흉터가 드러났다. 레바나는 헉 숨을 들이켜며 얼른 몸을 피했다. 그리고 정신없이 옷감으로 몸을 가렸다.

"아버지가 누군지는 나도 몰라." 채너리가 다시 돌아서며 쏘아붙였다. "모르겠니, 레바나? 그게 '핵심'이라고."

R
E
V
A
N
A

15장

　레바나는 임신이 되지 않았다. 거의 매일 밤 에브렛의 침실로 찾아갔는데도. 에브렛과 윈터는 궁전 한쪽에 있는 왕실 가족의 처소로 이사한 상태였다. 겨우 일주일 만에 레바나는 에브렛을 방문한 다음에는 자기 방으로 돌아오는 게 더 안전하겠다고 결론을 내렸다. 어느 날 아침 레바나보다 먼저 일어난 에브렛이 마법을 쓰지 않은 레바나의 모습을 보았다가 무슨 일이 벌어질지 두려웠던 것이다. 그리고 밤마다 마법을 써서 에브렛을 깊은 무의식 상태에 빠뜨리는 것도 지치는 일이었다. 레바나가 꿈꿨던 그대로의 결혼생활이라고 할 수는 없지만, 레바나는 점점 더 나아질 거라고 스스로를 타일렀다. 다만 시간이 필요할 뿐이다.

　레바나가 윈터 공주를 사랑하게 되는 일은 일어나지 않았다. 윈터는 레바나가 안을 때마다 울어 젖혔다. 또한 에브렛은 그 누구도 자신을 대공이라고 부르지 못하게 했다. 왕실 근위병으로서의 일도 계속하겠다고 선언했다. 레바나가 그럴 필요없다고 아무리 말해봐도 소용없었다. 이제 에브렛은 왕족이고, 다시는 일할 필요가 없었다. 하지만 그 점은 오히려 에브렛을 화나게 만들 뿐이었다. 레바나는 그 문제를 더 이상 밀어붙이지 않기로 했다. 에브렛이 원한다면 권총이랑 병사 놀이는 얼마든지 하라지.

채너리는 점점 배가 불러왔다. 곧 사내아이가 아니라는 것을 알게 됐다. 하지만 그때쯤에는 채너리도 이미 더 이상 신경 쓰지 않는 눈치였다. 채너리는 여느 임신부처럼 얼굴에서 빛이 나기 시작했다. 레바나는 언니도 똑같이 그렇게 될 거라고는 상상도 하지 못했다. 채너리는 누구에게나, 심지어 시종들에게까지 불룩한 자신의 배를 만져볼 수 있게 했다. 심지어 만져보라고 열심히 권하기까지 했다. 그리고 사람들이 정말 아름다운 어머니가 될 거라는 둥, 태어날 아이가 자라면 어머니와 똑같이 아름다울 거라는 둥 온갖 찬사를 늘어놓지 않으면 고함을 질렀다.

한 달 한 달 시간이 지나면서 레바나는 자신에 대한 음모가 펼쳐지고 있다는 생각에 사로잡혔다. 궁정에 있는 여자란 여자는 죄다 임신했다는 소문이 퍼졌다. 도시 전체가 갑자기 아기 울음소리로 요동치는 것 같았다. 레바나는 자신이 뭔가 더 할 수 있는 일은 없는지 물어보려고 조용히 엘리엇 박사를 만나러 갔다가, 심지어 왕실 과학자 부부가 임신했다는 소식을 듣게 됐다. 다넬 박사와 그의 아내였는데, 두 사람 모두 유전공학팀 전문가들이었다. 그 여자는 레바나보다 나이가 세 배는 더 많았다.

엘리엇 박사는 별 도움이 되지 않았다. 박사는 임신하는 데 시간이 걸릴 수도 있다고 설명하며 레바나가 좀 더 나이가 들었을 때까지도 임신이 안 되면 그때는 다른 치료법을 찾아보자고 했다. 박사는 심지어 뻔뻔하게도 레바나에게 그렇게 걱정하지 말고 마음을 편하게 먹으라는 말까지 했다. 때가 되면 일어날 일은 저절로 일어날 거라면서 말이다.

레바나는 화가 치밀어서 그 여자의 눈에 메스를 찔러 넣고 싶은 심정이었다. 언니. 그 늙은 박사. 솔스티스. 에브렛에게는 이상이 있을 리 없다. 그렇다면 '나'한테 무슨 이상이 있는 걸까?

레바나의 유일한 위안이라면 채너리의 상태가 상태이다 보니 그녀의 응석을 다 받아줄 수밖에 없어서 여왕이 왕권자로서의 책임을 게을리하는 일이 점점 더 잦아지고 있다는 것이었다. 채너리는 며칠씩 조정에 코빼기도 비치지 않았다. 대신에 레바나를 보내서 수많은 회의에 참석하게 했다. 레바나는 언니에게 계속 불평을 했지만 사실 전혀 싫지 않았다. 레바나는 정치나 왕정 시스템의 작동 원리가 너무 재미있었다. 하나도 남김없이 알고 싶었고, 쓸 수 있는 권력은 모조리 쓰고 싶었다. 언니가 자리를 비운 것은 레바나가 그렇게 할 수 있는 완벽한 기회였다.

그렇게 제3시대 109년 12월 21일 채너리 여왕은 아기를 출산했다. 여자 아이였다. 채너리는 딸의 공식 이름을 루나의 셀린 채너리 자날리 블랙번 공주라고 정했다. 역사책을 제외하면 다들 셀린 다음에 오는 이름은 그 즉시 잊어버렸다. 도시 전체, 나아가 외곽 지구에서까지 축하 행사가 거나하게 일주일이나 이어졌다.

왕실의 혈통은 이어질 것이다. 루나 왕좌의 후계자가 생겼다.

16장

"나는 은색 이파리가 나은데. 그렇지 않니, 동생아?"

레바나는 그제야 아기에게서 시선을 뗐다. 아기는 방 한가운데 있는 수놓인 퀼트 위에 뉘어 있었다. 아기 덕분에 이곳은 다가오는 기념일을 논의하기 위한 왕실 미팅 자리가 아니라 평범한 놀이방처럼 보였다. 방의 뒤쪽 벽에는 수많은 디자이너와 플로리스트, 장식가, 제빵사, 음식 담당자, 공예가들이 이쪽을 향해 죽 늘어서서 각자 자신의 전문 분야에 대한 의견을 설명하려고 대기하고 있었다. 언니가 지금 거대한 부케 두 개에 관해 의견을 묻고 있다는 것을 깨닫는 데는 시간이 좀 걸렸다. 두 부케는 거의 똑같이 생겼는데 하나에는 은색 이파리가 여기저기 꽂혀 있고, 다른 하나에는 좀 더 생기있어 보이는 에메랄드 녹색 이파리가 꽂혀 있었다.

"은색." 레바나가 대답했다. "응, 은색이 아주 좋은데."

"흠, 더 추가해요." 채너리는 그렇게 말하며 손가락으로 입술을 톡톡 쳤다. "나는 방 전체가 반짝반짝 빛났으면 해요. 다들 듣고 있나요?" 채너리의 목소리가 높아졌다. "불꽃. 반짝이. 표면이란 표면은 다 빛나게 만드세요. 손님들이 다들 눈이 부셔서 정신을 못 차릴 정도로 말이에요. 이 도시에서 열린 가장 근사한 축하연이라는 소리를 들어야겠어요. 대대손손 두고두고 얘깃거리가 되도록 말이에요. 무슨 말인지 알겠어요?"

다들 고개를 끄덕였지만 채너리는 그들을 보지 않고 눈앞에 놓인 시안들을 훑고 있었다. 접시에는 앙증맞은 디저트들이 놓여 있었다. 칵테일에 들어 있는 얼음 조각에는 여왕의 왕관이 새겨져 있었다.

"안 돼, 안 돼. 죄다 이 정도로는 안 돼." 채너리는 전채요리 접시를 하나 집더니 벽에다 던져버렸다. 다들 움찔했다. "반짝이게 만들라고 했잖아. 그 말이 그렇게 이해하기 어려워? 다들 장님이야?"

그런 이야기는 오늘 처음 하셨다고 지적하는 사람은 아무도 없었다. 오늘 미팅에 오기 전부터 그런 것쯤은 알고 있어야 하는 게 당연하지 않은가.

레바나는 언니의 등 뒤에서 고개를 절레절레 저었다. 아기가 울기 시작했다.

채너리는 홱 돌아서더니 레바나에게 손짓을 했다. "애 좀 봐줘."

레바나는 눈을 끔벅였다. "내가? 왜? 보모는 어디 가고?"

"맙소사, 그냥 안아달라는 거야." 채너리가 기침을 하기 시작했다. 채너리는 급히 몸을 돌리더니 최대한 숙녀답게 고개를 숙이고 기침을 했다. 최근에 언니는 기침을 많이 했다. 벌써 몇 주, 아니 몇 달째인 것 같다. 채너리는 그냥 일시적인 감기라고 했지만, 기침은 도무지 그칠 기미가 보이지 않았다.

시종이 얼른 물 잔을 들고 달려왔다. 하지만 채너리는 물 잔도 잡아채서 벽에다 던져버렸다. 유리는 산산조각나고 채너리는 쿵쾅거리며 방을 나갔다. 여전히 기침을 하고 있었다. 아기의 비명이 더 격렬해졌다. 레바나는 머뭇거리며 아기에게 다가갔다.

누군가 박수를 쳤다. "오늘은 여기까지 합시다." 행사 기획자 중 한 명이 그렇게 말하며 전문가들을 밖으로 안내했다. "내일 다시 와요. 좀 더…… 개선해서."

레바나는 두려움에 잠겨 잠시 아이 옆에 가만히 서 있었다. 아이는 얼굴이 시뻘게졌다가 일그러지기도 하고, 통통한 팔로 담요를 밀치며 몸부림치기도 했다. 짙은 갈색 머리는 수세미처럼 헝클어져 있었다.

아이는 이제 7개월로 하루가 다르게 커서 이제 곧 기어 다닐 것 같았지만, 레바나가 조카를 품에 안아본 것은 손을 꼽을 정도였다. 언제나 아기를 돌볼 사람이 옆에 있기도 했고, 윈터처럼 이 아기도 레바나에게 전혀 호감을 느끼지 않는 것 같았다.

씩씩거리며 어깨를 쭉 편 레바나는 몸을 수그려 최대한 부드럽게 아기를 안아 올렸다. 서서 한쪽 팔을 동그랗게 구부려 아이를 최대한 아늑하게 해준 다음 레바나는 최선을 다해서 아이를 달랠 수 있는 말을 해보려고 했다. 하지만 아이는 울음을 그치지 않았고, 그 작은 두 주먹을 공중에 휘둘러 레바나의 가슴팍을 때렸다.

레바나는 짜증이 나서 한숨을 팍 내쉬었다. 방 안을 이리저리 거닐던 레바나는 아르테미시아 호수가 내려다보이는 발코니로 나갔다. 궁정 사람들이 삼삼오오 모여 풀이 새파랗게 자란 궁전 정원을 돌아다니고 있었다. 몇몇 귀족들은 호수에 배를 띄워 놓고 있었다. 하늘에는 지구가 둥근 모습을 거의 온전히 갖춰가고 있었다. 저 많은 별들 가운데 가장 거대하고 희고 푸르고 눈부시게 아름다운 자태로.

한번은 에브렛을 설득해 함께 보트를 타고 나간 적이 있다. 에브렛은 보트를 타는 내내 차라리 윈터와 집에 있을 걸 그랬다고 후회했다. 그리고 윈터가 너무 빨리 자라는 것 같다는 얘기를 계속 하면서 윈터가 처음으로 말하게 될 단어가 뭘까 추측하는 말만 늘어놓았다. 그게 아주 오래전 일처럼 느껴졌다. 사실 둘이서 함께 무언가를 해본 지도 오래된 것 같았다.

셀린을 최대한 부드럽게 어르면서 레바나는 미래의 여왕은 어떻게 생겼나 얼굴을 찬찬히 뜯어보았다. 레바나는 이 아이도 자라면 자신의 어머니만큼 버릇없고 무식해질까 생각했다. 언니는 정치나 정책보다 꽃 장식에 더 신경 쓰는 사람이다.

"내가 여왕이 된다면 네 엄마보다 더 훌륭한 여왕이 될 거야." 레바나가 속삭였다. "내가 여왕이 된다면 너보다 더 훌륭한 여왕이 될 거야."

아기는 계속 울어 젖히고 떼를 쓰고 바보같이 굴었다.

그런 생각을 해봤자 아무런 의미도 없었다. 채너리가 여왕이다. 셀린이 후계자다. 레바나는 그저 공주에 불과했다. 근위병 남편과 왕족의 피가 흐르지 않는 딸을 가진 공주.

"나는 너를 이 발코니 너머로 떨어뜨려버릴 수도 있단다." 레바나가 아기를 부드럽게 어르며 말했다. "넌 꼼짝도 못 해."

협박을 해도 아기는 아무런 반응이 없었다.

"나는 네가 억지로 울음을 그치게 만들 수도 있어. 그러면 좋겠니?"

레바나는 그러고 싶은 마음이 굴뚝같았지만 겨우겨우 참아내고 있었다. 어린아이는 조종하면 안 된다고 했다. 연구에 따르면 너무 작고 예민한 어린아이를 자주 조종할 경우 두뇌 형성에 지장이 생길 수도 있다고 했다. 아주 잠깐 좀 조용히 시킨다고 해서 뭐 얼마나 뇌가 손상될까 하는 생각이 드는 순간, 회의실 바닥에 언니의 구두 굽 부딪히는 소리가 또각또각 들려왔다.

돌아보니 기침 발작이 얼마나 심한지, 그리고 그걸 숨기려고 채너리가 얼마나 안간힘을 쓰고 있는지 알 수 있었다. 언니는 허리를 꼿꼿이 세우고 당당한 걸음걸이로 들어오고 있었다. 눈에는 불길이 이글거리고 어깨에선 갈색 머리카락이 찰랑찰랑 부딪쳤다. 하지만 얼굴은 얼룩덜룩했고 인중에는 땀이 얇게 층을 이루며 방울방울 맺혀 있었다. 채너리는 아무런 사전 신호도 없이, 심지어 고맙다는 말 한마디 없이 레바나의 팔에서 아기를 뺏어갔다.

"괜찮아?" 레바나가 물었다. "언니, 죽을병은 아니지, 그렇지?"

레바나를 한 차례 쏘아본 채너리는 잠깐 경치 구경조차 하지 않고 그대로 돌아섰다. 채너리가 다시 회의실로 들어가자 아이의 울음이 잦아들기 시작하더니 이내 오동통한 손가락으로 엄마의 얼굴을 만졌다. 순간 레바나는 그런 생각이 들었다. 어쩌면 아기들은 마법의 영향을 받지 않는지도 모른다. 마법 아래 있는 레바나의 얼굴을 볼 수 있기 때문에 아기들은 죄다 레바나를 싫어하는 것이다.

"언니, 그렇게 기침한 지 꽤 됐어. 엘리엇 박사 좀 만나봐."

"말도 안 되는 소리. 나는 여왕이야." 채너리는 마치 여왕이라는 사실만으로 질병으로부터 보호되는 것처럼 말했다. "박사 얘기가 나왔으니 말인데 그 생명공학팀 부부 얘기 들었니?" 채너리가 가방에서 병을 하나 꺼내 아기 입에 물렸다. 레바나는 언니에게서 이런 모정을 목격할 때마다 매번 믿기지 않았다. 레바나가 아는 언니는 잔인하고 이기적인 여자일 뿐이었다. 두 사람의 어머니는 한 번도 자신들에게 뭔가를 먹여준 적이 없었다. 레바나는 대체 뭐가 채너리를 저렇게 만들었을까 싶었다. 지척에 시종들이 널려 있는데 말이다.

"무슨 박사?"

"아기를 가졌던 박사들 있잖아. 다넬인가……. 남자가…… 왜 파파할아버지였잖아. 예순인가 그랬지?"

레바나는 이를 악물었다. "응, 곧 출산한다는 얘기는 들었어."

"흠, 벌써 낳았어. 아기가 껍데기야."

레바나는 눈이 휘둥그레지며 한 손으로 입을 틀어막았다. 끔찍해하는 척했지만, 실은 터져 나오려는 기쁨의 탄성을 숨기기 위해서였다.

"껍데기라고?"

"응, 여자애인가 봐. 그 마법사가 어제 그 아이를 데리러 갔어. 저기……." 채너리는 한숨을 내쉬었다. 이렇게 시시콜콜한 것까지 자세히 기억해야 한다는 게 피곤하다는 투였다. "과학자들이 껍데기를 어디다가 쓴다나 뭐라나."

"혈소판. 질병 치료제를 만들려고."

"그래, 그거. 넌 어떻게 그런 것까지 다 기억하니?"

레바나는 얼굴을 찌푸리며 아기를 내려다보았다. 아기는 이제 완전히 무아지경이 되어 정신없이 젖병의 젖꼭지를 빨고 있었다. 레바나는 다시 경치로 눈을 돌렸다. 지구, 호수, 그리고 수많은 행복한 커플들.

"껍데기라…." 레바나가 중얼거렸다. "얼마나 창피할까."

"너는 몸이 불어나는 것 같지 않더라." 채너리가 발코니로 나와 레바나 곁에 서며 말했다. "네가 마법으로 숨기고 있는 게 아니라면 말이야."

레바나는 입을 꽉 다물며 대답하지 않았다.

"말해봐. 요새 신혼 재미는 어떠니? 네가 남편을 얼마나 사랑하는지 자랑하는 소리를 들은 지도 꽤 된 것 같구나. 그때가 그리운걸."

"우리는 잘 지내. 고마워." 레바나는 그렇게 말해놓고는 그게 얼마나 잘 못 지내는 것처럼 들리는지 깨닫고 이렇게 덧붙였다. "나는 아직도 그 사람을 많이 사랑해. 함께 있으면 정말 행복해."

채너리는 코웃음을 치며 난간에 등을 기댔다. "거짓말. 거짓말이야. 나한테 하는 거짓말인지 너 자신한테 하는 거짓말인지는 모르겠다만."

"거짓말 아냐. 그 사람은 내가 살면서 갖고 싶었던 전부야."

"참 기묘해. 정말이지 나는 네가 눈을 좀 더…… 높은 곳에 맞출 줄 알았는데."

채너리는 위를 올려다보았다. 푸르고 하얀 공이 하늘에 매달려 있었다.

"무슨 소리야?"

136

"아, 요즘 지구의 정치에 관한 생각이 좀 많아졌거든. 뭐 솔직히 본의 아니게 말이야. 온 가문들이 지금 계획 중인 생물학전에 대한 이야기를 끝도 없이 해서 어디 생각을 안 할 수 있어야지. 정말 피곤해."

"언니가 참 잘 참지." 레바나는 시치미를 뚝 떼고 말했다.

"동방연방 황실 사람들의 사진을 좀 봤는데…… 꽤 끌리더라고." 채너리는 아이의 젖병을 떼려고 했지만, 아기 셀린이 울먹이며 손을 내밀어 젖병을 다시 입안에 집어넣었다.

"황실 사람들? 동방연방 왕자라면 아직 어린애 아냐?"

"응, 이제 겨우 걷기 시작했지." 채너리는 딸을 굽어보며 아기의 머리카락에 코를 비벼댔다. "처음에는 그 꼬마 왕자가 완벽한 내 딸의 완벽한 배필이 되겠구나 생각했어." 채너리는 다시 시선을 들었다. "그런데 그런 생각이 드는 거야. 아니, 나라고 결혼 못 할 것도 없지. 그리고 그 황제가 꽤 잘생겼거든. 어깨도 넓고, 옷도 깔끔하게 입고. 뭐 다소 지루해 보이기는 하지만, 지구인들이 원래 그렇잖니."

"안됐지만 그 사람은 이미 결혼했잖아."

채너리는 코웃음을 쳤다. 아기 셀린이 마침내 젖병을 놓았다. 다 먹은 것이다. "동생아, 너는 항상 비관적이구나. 그 사람이 '언제나' 결혼한 상태일 거라는 법은 없잖아." 채너리는 아기를 어깨 위로 안아 올리더니 트림을 시켰다. 그 고운 드레스를 망칠 수도 있을 텐데. "그냥 그런 생각을 했다고. 암살 시도를 계획하고 있다거나 그런 건 전혀 아냐. 다만…… 뭐. 이맘때 지구가 예쁘다고 하더라."

"지구는 1년 내내 예쁠걸. 남반구, 북반부가 있으니까."

채너리는 한쪽 눈썹을 치켜 올리며 물었다. "남반구, 북반구가 뭔데?"

레바나는 한숨을 내쉬며 고개를 설레설레 흔들었다. "아무것도 아냐. 그러다가 애가 언니 드레스에 잔뜩 토할 수도 있어, 알지?"

"그럼, 알지. 이 옷은 지긋지긋해. 실은 죄다 지긋지긋해. 옷장에 있는 옷 중에 맞는 게 하나도 없어. 또 임신하면 더 심해지겠지. 재봉사가 쉴 틈이 없을 거야. 재봉사의 발을 없애버릴까 봐. 다른 일은 아예 할 생각도 못 하게 말이야." 채너리는 농담이라는 듯이 눈을 번득였다.

하지만 레바나는 그런 번득임을 전에도 본 적 있었다. 레바나는 채너리가 정말로 농담을 하는 걸까 궁금했다.

R
E
V
A
N
A

17장

　루나의 채너리 블랙번 여왕은 지구의 황후가 암살되는 것을 보지 못했다. 라이칸 황제와 결혼하지도, 딸이 자라서 왕자와 결혼하는 것을 보지도 못했다.

　두 사람의 대화가 있고 5개월 후 채너리는 정말로 재봉사의 발을 외과 수술로 없애버렸는데, 재봉사가 다시 일할 만큼 제대로 회복되기도 전에 그 모든 것은 부질없는 일이 되고 말았다. 스물다섯 나이에 채너리 여왕은 폐에 생긴 레골리스 중독으로 사망했다.

　레골리스 중독은 평생 루나 동굴의 먼지를 마시고 사는 외곽 지구 사람들에게는 흔한 질병이지만, 귀족들에게는 들어본 적이 없는 일이었다. 하물며 왕족은 말할 것도 없었다. 상태가 많이 나빠졌을 무렵 채너리는 엘리엇 박사에게 기침이 그치지 않는다고 털어놓았으나, 의사들은 레골리스 중독은 가능성조차 생각해보지 않았다. 이 미스터리는 끝까지 풀리지 않았다. 다만 레바나는 언니가 몰래 궁전을 빠져나가 도시 아래 있는 레골리스 동굴에 가서 밀회를 즐긴 것은 아닐까 추측해볼 뿐이었다.

언니의 장례식은 부모님의 장례식과 비슷했다. 레바나가 느끼는 감정도 거의 비슷했다. 윈터 공주와 셀린 공주는 각자 지위에 걸맞은 왕실 예복을 입고 장례식에 참석했다. 이제 한 살이 된 셀린은 수많은 낯선 이들에게 키스를 받았다. 군이 비교하자면 둘 중에서 찬사를 더 많이 받은 쪽은 윈터였다. 윈터는 정말로 예쁜 아이였다. 에브렛의 말대로, 윈터는 매일매일 조금씩 더 엄마를 닮아갔다.

여왕의 관을 돔 밖에 있는 크레이터에 묻기 위해 거리를 행진할 때 에브렛은 자청해서 관을 호위했다. 레바나는 에브렛에게 그러지 말라고 부탁했다. 레바나는 에브렛이 자신의 옆에 있어주기를 바랐다. 남편으로서. 하지만 소용없었다. 에브렛에게는 의무가 먼저였다.

클레이 경의 아들도 장례식에 참석했다. 이제 거의 네 살이 됐지만 머리카락은 여전히 밝은 금발이었다. 아이는 이제 겨우 걸음마를 뗀 공주들에게 신도석에서 숨바꼭질을 가르쳐보려고 했지만 숨바꼭질을 이해하기에는 공주들이 아직 너무 어렸다.

레바나는 우는 척했다. 레바나에게는 조카가 열세 살이 되어 왕좌에 오를 때까지 섭정의 임무가 주어졌다.

12년이다. 레바나는 12년간 여왕이 될 것이다.

레바나는 장례식이 끝날 때까지 미소를 짓지 않으려고 기를 쓰고 노력했다.

18장

"해든 수석 마법사가 이달 말 은퇴합니다." 안노텔 부주교가 레바나 옆에서 보조를 맞춰 걸으며 말했다. 두 사람은 조정 회의에 참석하러 가는 길이었다. "후임으로 누구를 지명할지 생각해보셨습니까?"

"시빌 미라를 추천할까 생각 중입니다."

안노텔은 레바나를 곁눈질하며 말했다. "흥미로운 선택이시군요. 대단히 젊고…… 여러 가문들이 생각하기로는 여왕께서 마법사파……."

"지금까지 시빌은 껍데기 아이들을 모으는 책임을 맡아서 아주 훌륭하게 수행해냈어요."

"아, 여부가 있겠습니까? 아주 유능한 친구입니다. 다만 경험이······.”

“그리고 제가 알기로 시빌은 겨우 열아홉 살 때 자기 힘으로 2등급 마법사 자리에 올랐다고 하던데요. 사상 최연소로 말이죠. 아닌가요?”

“저는······ 솔직히 잘 모릅니다.”

“흠, 저는 시빌의 야망을 높이 생각합니다. 동기가 확실한 점도 좋고요. 시빌을 보고 있으면 꼭 저를 보는 것 같거든요.”

안노텔의 입이 뾰로통하게 나왔다. 레바나가 저렇게까지 말하면 별 수 없다. “시빌 미라는 현명한 선택이 되실 겁니다.” 안노텔이 말했다. “최종 결정이시라면 여러 가문들도 승인할 겁니다.”

“두고 보죠. 아직 한 달이나 생각할 시간이 있으니······.”

레바나가 미소를 지었다. 그때 복도 저쪽에서 에브렛이 보였다. 근위병 근무를 서느라 에브렛은 회의실 밖에서 대기하고 있었다. 그를 보니 레바나는 힘이 쭉 빠지는 기분이었다. 섭정 여왕으로서 아무리 자신감을 갖게 됐어도 레바나는 남편에게 눈길이 닿을 때마다 다시 또 사랑에 꼼짝 못하는 열여섯 살 소녀가 된 기분이었다. 레바나는 남편에게 미소를 보내고 싶었지만 에브렛은 동료와 함께 회의실 문을 열면서도 레바나를 쳐다보지 않았다. 레바나는 입술을 축이며 안으로 들어섰다.

문이 닫히고 각 가문의 대표들이 일어섰다. 레바나는 왕좌가 놓여 있는 상단으로 갔다. 여왕의 왕좌. 이 방은 궁전에서 레바나가 가장 좋아하는 곳이었다. 특히나 이 장엄한 의자에 처음으로 직접 앉은 순간, 이 방에 대한 애착은 극적으로 커졌다. 방은 온통 유리와 흰색 암석으로 꾸며져 환하게 번쩍번쩍 빛났다. 왕좌에 앉으면 복잡한 타일이 깔린 바닥에 빙 둘러앉아 있는 궁정의 구성원들을 모두 한눈에 볼 수 있었다. 정면에는 아르테미시아 호수와 백색 도시의 장엄한 경관이 한눈에 들어왔다. 이곳에 앉으면 정말로 루나의 통치자가 된 기분이었다.

"앉으세요."

의자 끌리는 소리가 여기저기서 났다. 척추를 곧게 세운 레바나는 해든 수석 마법사에게 유유히 손짓을 했다.

"진행하세요."

"감사합니다, 전하. 전하께서 지시하신 외곽지구 업무 시간 준수 실험이 잘 진행되고 있다는 보고를 올리게 되어 기쁩니다."

"아?" 놀랍지도 않았지만 레바나는 놀란 척했다.

몇 달 전 레바나는 지구에서 나온 연구 결과를 읽었다. 그 연구에 따르면 규칙적으로 휴식 시간을 배치하지 않으면 효율성과 생산성이 떨어진다고 했다. 그래서 레바나는 제조 돔에서 규칙적인 간격으로 차임벨을 울리자고 제안했다. 노동자들에게 의무적으로 쉬어야 할 시간을 알려주고, 그렇게 손실된 시간만큼 근무 시간을 연장하는 내용이었다. 처음에 조정은 이 전략에 대해 반신반의했다. 강제로 근무 시간을 그렇게 극적으로 늘리는 것이 너무 어렵지 않을까 우려한 것이다. 그렇지 않아도 외곽 지구에서는 일을 너무 많이 시킨다는 불평이 있었다. 하지만 레바나는 이렇게 새로운 시간표대로 움직이면 실제로 하루가 '더 빨리' 지나갈 것이고, 모든 사람, 특히 노동자들에게 도움이 될 것이라고 주장했다.

"바뀐 방식을 적용한 세 구역에서 생산성이 8퍼센트 올랐습니다." 해든은 말을 이었다. "눈에 띄는 품질 저하는 없었고요."

"그 말을 들으니 기쁘군요."

해든은 보고서를 죽 읽어나갔다. 구역들 간의 교역이 성공적으로 증가했다는 소식과 레바나가 아르테미시아에 새로운 고급 음식점들을 열어서 아르테미시아의 가문들이 매우 기뻐하고 있다는 얘기를 전했다. 게다가 유전자 조작 군대와 생화학 질병 연구팀 모두 좋은 성과를 내고 있다며, 앞으로 18개월 후면 지구에 풀어놓을 준비가 될 거라고 했다.

아무도 앞으로 나서서 말하는 사람은 없었지만, 레바나가 나서서 언니의 빈 자리를 채우고 채너리나 심지어 부모님보다도 모든 일을 훨씬 더 잘해내고 있기 때문에 조정이 만족하고 있다는 것을 분명히 알 수 있었다. 레바나는 루나가 기다려온 여왕이었다. 그녀가 권력을 잡은 이후 아르테미시아는 융성하고 있었으며, 외곽 지구들도 번창하고 있었다. 모든 게 정확히 레바나가 바란 그대로였다.

"저희는 앞으로 나머지 일반 제조 구역에서도 이 프로그램을 실시할 계획입니다." 해든이 말을 이었다. "진척이 있는 대로 현황을 자주 보고 드리겠습니다. 그래서 말인데, 일부…… 잠재적인 문제 요소가 좀 드러났습니다."

레바나가 고개를 갸우뚱했다. "뭐지요, 그 문제 요소라는 것이?"

"근무 시간 중에 휴식 시간이 자주 있다 보니, 시민들이 서로 교류할 기회가 늘어났습니다. 그리고 이런 교류가 근무 시간 이후까지 이어지는 것으로 드러났습니다."

"그런데 그게 문제입니까?"

"글쎄요……. 아닐 수도 있겠지요, 전하."

안노텔이 나서서 말했다. "과거에는 사람들이 너무 많은 시간을 빈둥거리거나…… '생각'을 갖게 되면 시민들이 동요할지도 모른다고 걱정들을 했습니다."

레바나는 웃음을 터뜨렸다. "동요라고요? 내 백성들이 불행하다고 생각할 이유가 있나요?"

"물론 없습니다, 전하." 해든이 말했다. "다만 저희는 전하의 부모님 시해 사건에서 이제 겨우 회복되지 않았습니까? 언제나 몇 몇…… 나쁜 종자들이 있을 수도 있지요. 외곽 지구에 말입니다. 그 자들이 다른 이들을 감염시킬 수 있는 시간을 너무 많이 주고 싶지 않은 것입니다."

레바나는 무릎 위에 두 손을 다소곳이 포갰다. "백성들이 우리의 통치에 불만을 갖는 상황은 상상이 안 됩니다만, 무슨 얘기인지는 알겠습니다. 근무 시간 이후에 강제 통금을 실시하는 것은 어떨까요? 사람들이 집으로 돌아간 뒤 집에 머물도록 하세요. 어차피 가족과 보내야 할 시간이잖아요."

"통금을 강제할 수 있는 인력이 있나요?" 귀족 중 한 명이 물었다.

"그렇지는 않습니다." 해든이 말했다. "아마도 지구별로 경비병을 40퍼센트는 늘려야 하지 않을까 추측됩니다."

"그러면 경비병을 더 고용하세요."

알현실 여기저기에서 사람들이 서로 얼굴을 쳐다보았지만, 이게 가장 간단한 해결책이라는 데 반박하는 사람은 없었다.

"물론입니다, 여왕 폐하. 그렇게 하겠습니다."

"좋습니다. 또 다른 문제가 있다고 하셨죠?"

"당면한 문제는 아닙니다만, 저희가 가진 예측 보고서를 종합해 볼 때 장기적으로는 이 정도 생산량을 유지할 수 없을 듯합니다. 계속 이런 추세로 간다면 자원이 씨가 마를 겁니다. 현재 달 육지에서 저희가 이용 가능한 땅은 이미 거의 최대치로 가동되고 있습니다."

"자원이라……." 레바나가 천천히 말했다. "그러니까 지금 우리가 '암석' 위에서 살고 있기 때문에 경제를 계속해서 성장시킬 수 없다는 말씀입니까?"

"마음이 아픕니다만 사실입니다. 이런 생산량을 계속 유지할 수 있는 유일한 방법은 지구와 무역협정을 재개하는 것뿐입니다."

"지구는 우리와 교역하지 않을 겁니다. 우리가 회의 때마다 논의하는 그 질병과 치료제를 개발하는 이유가 바로 그거라는 걸 모르시나요? 그것들을 손에 쥐기 전에는 지구인들에게 없는, 우리가 제안할 수 있는 게 아무것도 없어요."

"땅이 있습니다, 전하."

레바나는 온몸의 털이 곤두서는 것 같았다. 해든의 목소리에는 동요가 없었으나 목소리에선 망설임을 읽어낼 수 있었다. 당연히 그럴 만했다.

"땅." 레바나가 다시 말했다.

"우리 지구들을 모두 합해봐야 그 면적은 달 전체로 보면 아주 적은 일부에 불과합니다. 하지만 지구인들에게 꽤 쓸모 있을 만한 저중력 부동산이 많습니다. 지구인들은 거기에 우주공항을 지을 수 있겠죠. 그러면 여행이나 탐사에 필요한 연료나 에너지가 줄어들 겁니다. 그걸 제안하는 겁니다. 루나 식민지가 처음 형성됐던 때와 같은 협정이지요."

"절대로 안 됩니다. 다시 정치적으로 한낱 식민지에 불과한 상태로 돌아갈 수는 없어요. 저는 지구연합에 의존하지 않겠습니다."

"전하……."

"더 이상 논하지 않겠습니다. 우리가 자원 부족이라는 딜레마에서 어떻게 빠져나올 수 있을지 다른 제안이 있다면 그때는 기꺼이 듣겠어요. 다음은 뭐죠?"

이후로도 회의는 그런대로 화기애애하게 지속됐지만 회의실에는 완전히 해소되지 않은 긴장감이 남아 있었다. 레바나는 이를 무시하려고 노력했다. 그녀는 루나가 기다려온 여왕이었다. 이 문제 역시 자신이 해결할 것이다. 자신의 백성들을 위해, 자신의 나라를 위해, 자신의 왕좌를 위해.

R
E
V
A
N
A

19장

"정말이에요, 나는 소질이 있다니까요." 레바나가 침실을 정신없이 왔다 갔다 하며 말했다.

"분명 그럴 거요." 에브렛이 말했다. 그는 윈터가 옷장에서 레바나의 구두를 집어 오는 것을 보며 웃고 있었다. "고마워, 윈터." 에브렛은 그렇게 말하고 구두를 한쪽에 치워두었다. 윈터는 신이 나서 다시 옷장으로 뛰어갔다. 에브렛이 환하게 웃었다.

"정말 오랜만에 당신이 이렇게 행복한 걸 보네요." 레바나가 '느끼기에도' 정말 오랜만에 아주 행복했다. "나는 아무것도 잘해본 적이 없어요. 언니가 춤도 더 잘 추고, 노래도 더 잘하고, 마법도 더 잘 쓰고, 뭐든 더 잘했죠. 그치만 흥! 내가 더 훌륭한 여왕이라고요. 모르는 사람이 없죠."

에브렛의 미소가 주저로 바뀌었다. 레바나는 그가 죽은 사람에 대해 나쁘게 말하는 것을 불편해한다는 것을 알고 있었다. 하지만 개의치 않았다. 채너리가 죽은 지도 거의 1년이 지났다. 채너리의 죽음을 슬퍼하기에는 하루도 너무 길다는 게 레바나의 생각이었다. 레바나는 다시는 걷지 못할 그 불쌍한 재봉사도 자신과 같은 생각일 거라고 생각했다.

윈터가 종종거리며 지나가더니 아빠에게 또 신발 한 켤레를 건넸다. 에브렛은 윈터의 머리를 쓰다듬었다. 길게 자란 윈터의 꼬불꼬불한 머리카락이 둥근 얼굴을 마치 후광처럼 감싸고 있었다.

"고마워."

윈터가 또 뛰어갔다.

"그리고 백성들요. 내 생각에는 백성들도 이제 나를 사랑하기 시작한 것 같아요."

"'사랑'한다고요?"

레바나의 걸음이 뚝 멈추었다. 에브렛의 말투에 담긴 조롱기에 무방비 상태에 있던 레바나는 당황했다.

에브렛의 얼굴에서 미소가 싹 사라졌다. 레바나가 뒤늦게 자신의 조롱을 눈치챘음을 알아차린 것이다. "여보." 에브렛이 말했다. 결혼하고 나서 얼마 후부터 에브렛은 레바나를 그렇게 부르기 시작했다. 레바나는 그 단어를 들으면 가슴이 두근거렸지만, 한편으론 그가 실수로 자신을 '솔스티스'라고 부르지 않기 위해 그렇게 부르는 것인가 하는 의심도 들었다. "당신이 좋은 여왕인 것에는 의문의 여지가 없소. 아르테미시아를 위해 훌륭한 일들을 하고 있는 것도 사실이지요. 하지만 '백성'들은 당신이 누구인지 몰라요. 외곽 지구에

나가본 적 있소?"

"당연히 없죠. 나는 여왕이에요. 나갔다 와서 보고하는 사람들이 있다고요."

"당신은 섭정 여왕이지요." 에브렛이 바로잡았다. 레바나는 움찔했다. 그렇지 않아도 레바나는 '섭정'이라는 단어를 점점 우습게 생각하고 있었다. "당신이 받는 보고들이 분명 아주 정확할 거라고 생각하지만, 그래도 그렇게만 하면 백성들은 당신을 알 기회가 없어요. 자신의 통치자를 말이죠. 모르는 사람을 어떻게 사랑하겠소. 고마워, 윈터. 게다가 뉴스 방송을 할 때면 당신은 언제나……."

레바나는 눈을 가늘게 뜨고 그의 말을 기다렸다.

"그냥…… 당신은 얼굴은 보여주지 않잖아요. 녹화할 때 말이오. 소문이 돌고 있어요. 백성들은 당신이 뭔가 숨기고 있다고 생각해요. 사랑은 신뢰와 함께 시작되는데, 당신이 뭔가를 숨기고 있다고 생각하면 신뢰가 형성될 수 없지요."

"영상으로는 마법을 쓸 수 없단 말이에요. 당신도 알잖아요. 다들 아는 사실이에요."

"그러면 마법을 보여주지 마요." 에브렛은 레바나의 얼굴을 가리켰다. "그냥 당신 모습이면 어때요? 그렇게 해도 사람들은 찬사를 보낼 거요."

"당신이 어떻게 알아요? 나를 본 적도 없으면서!"

에브렛은 순간적으로 깜짝 놀라는 것 같았다. 그는 검은 눈동자로 레바나를 올려다보며 눈을 끔벅였다. 반짝거리는 구두를 가져오고 있던 윈터도 문 앞에서 뚝 멈춰 섰다.

에브렛은 일어나 목청을 가다듬었다. "맞소. 하지만 그게 누구 탓이지?"

"아빠?" 윈터가 올려다보며 말했다. "어머니가 왜 소리 지르는 거예요?"

레바나는 어이없다는 표정을 지었다. 말을 하기 시작하면서부터 윈터는 늘 이런 식이었다. 윈터는 제 아버지에게만 말을 걸었다. 레바나는 그냥 구경꾼이었다. 이름만 '어머니'인.

"아무 이유도 없어, 윈터. 가서 인형들이랑 놀아주겠니?" 에브렛은 윈터를 놀이방으로 밀어 넣으며 사이드 테이블 위의 쟁반에 놓여 있던 술을 벌컥벌컥 들이켰다. "이제 내 아내가 된 지도 3년이 넘었다는 거 알고 있소?" 에브렛은 얼음 조각 위에 황토색 액체가 콸콸 쏟아지는 것을 보며 말했다. "나는 당신이랑 싸운 적도 없고, 당신 곁을 떠나지도 않았소. 하지만 이제는 나도 궁금해요. 이게 정말 언젠가는 진짜 결혼이 될 수 있는 건지, 아니면 당신은 우리 둘 중 하나가 죽을 때까지 이런 거짓 생활을 계속할 계획인지."

갑자기 횡격막이 떨리는 게 느껴졌다. 울음이 터질지도 모른다는 신호였다. 그의 말들은 레바나가 겉으로 인정하는 것보다 더 상처가 됐다.

"우리 결혼생활이 거짓이라고 생각하는 거예요?"

"방금 당신이 말한 것처럼, 나 역시 당신의 실제 모습을 한 번도 본 적 없소."

"그리고 당신한테는 그게 중요하고요? 내가 그 여자처럼 아름다운지……?"

"맙소사, 레바나." 에브렛은 술을 마시지도 않고 잔을 다시 테이블에 내려놓았다. "그녀를 흉내 낸 건 당신이오. 숨기는 건 당신이라고. 나는 한 번도 그걸 원한 적이 없어. 대체 뭐가 그렇게 두려운 거요?"

"당신이 다시는 나를 보지 않는 거요! 정말이에요, 에브렛. 다시는 나를 예전처럼 보지 않을 거야."

"내가 그렇게 얄팍한 사람이라고 생각하는 거요? 마법 아래 있는 당신 모습에 신경 쓸 거라고?"

레바나는 고개를 돌렸다. "당신은 당신이 뭘 요구하고 있는지 몰라요."

"나는 안다고 생각해요. 알아요. 흉터가 있다는 거. 무슨 화상 자국 같은 것. 소문은 나도 들었어요."

레바나의 얼굴이 일그러졌다.

"그리고 당신이 아주 어렸을 때부터 언니가 당신을 못생겼다고 말한 것도 알아요. 그게 사람을 얼마나 망가뜨릴 수 있는지는 상상조차 안 가지만……. 하지만 레바나……." 한숨을 내쉬며 레바나의 뒤로 다가온 에브렛은 자신의 따뜻한 두 손을 레바나의 어깨에 올려놓았다. "한때 나는 뭐든 얘기할 수 있는 아내가 있었소. 내가 절대적으로 신뢰했던. 내 생각에 당신과 내가 이 결혼을 제대로 만들려면, 우리도 그럴 수 있게 최소한 노력이라도 해봐야 하는 것 아닐까? 하지만 당신이 항상 나에게 숨기기에 바쁘다면 그런 일은 가능할 수 없어요."

"그런 일은 절대 가능하지 않을 거예요." 레바나가 낮게 말했다. "당신이 계속해서 나를 그 여자와 비교한다면."

에브렛은 레바나를 돌려 자신과 얼굴을 마주보게 했다. "당신이 당신을 그녀와 비교하는 거요." 에브렛은 두 손으로 레바나의 얼굴을 감싸 쥐었다. "나한테 당신을 보여줘요. 내가 뭘 감당할 수 있고 뭘 감당할 수 없는지 나 스스로 판단하게 해줘요." 에브렛은 창문을 가리켰다. "백성들 '스스로' 판단하게 해줘요."

레바나는 자신이 정말로 그렇게 해볼까 하는 생각이 스쳐가는 것을 깨닫고 두려움에 침을 꿀꺽 삼켰다.

그의 말이 맞을까? 내가 마법으로 만들어낸 이 아름다움과 완벽함 뒤에 숨어 있으면, 그는 나를 결코 알 수 없고, 신뢰할 수 없고, '사랑'할 수 없는 걸까?

"아뇨, 못 해요." 레바나가 에브렛의 손에서 빠져나오며 작게 말했다. 에브렛의 얼굴이 축 처졌다. 잠시 후 그의 손도 툭 떨어졌다. "백성들에 대해서는 당신이 옳을지도 몰라요. 아니, 당신이 옳아요. 외곽 지구를 시찰할 계획을 세우겠어요. 백성들한테 나를 보여주겠어요."

"당신의 마법을 보여주겠단 말이겠죠."

레바나는 이를 빠득 갈았다. "'나'를 말이에요. 그게 중요한 거죠. 그러니 제발 다시는 내게 그렇게 묻지 마요."

에브렛은 고개를 설레설레 흔들며 돌아서서 다시 술잔을 집었다.

"정말이에요." 레바나는 눈앞이 흐려지면서도 단호한 말투로 말했다. "이 편이 나아요. 나는 이 편이 나아요."

"그게 바로 문제라는 거요." 에브렛이 차마 레바나를 보지 못하고 술을 한 모금 들이켜며 말했다. "나는 당신을 신뢰하지 않아요. 어디서부터 시작해야 하는지조차 모르겠소."

R
E
V
A
N
A

20장

갑작스럽게 그런 생각을 한 것은 아니다. 처음에는 그저 끔찍하고 죄의식이 느껴지는 공상에 불과했다. 셀린이 없었으면. 채너리가 자식을 낳지 않고 혼자 살다가 죽었으면. 자신이 진짜 여왕이었으면. 그러던 어느 날 윈터와 셀린이 놀이방에서 자기네들만 겨우 알아들을 수 있는 소리를 재잘거리며 블록을 갖고 노는 것을 지켜보다가 레바나는 문득 셀린이 죽는 상상을 했다. 저 블록 중 하나를 입에 넣어 숨이 막혀서 죽는다. 욕조에서 미끄러졌는데 보모가 한눈을 팔고 있어서 보지 못한다. 서툰 걸음걸이에 제 발에 걸려 넘어져 궁전의 딱딱한 계단에서 굴러 떨어진다.

처음에는 레바나도 이런 공상이 혐오스러웠다. 아무 죄 없는 아이를 대상으로, 커다란 갈색 눈에 빗지도 않아서 갈색 머리칼이 맨

날 엉망으로 헝클어져 있는 아이를 대상으로 그런 끔찍한 상상을 하다니. 하지만 레바나는 이런 공상이 말 그대로 공상일 뿐이라고 스스로를 타일렀다. 상상 자체는 해가 되지 않는다. 누군가의 순전한 실수로 아이가 죽고, 온 나라는 슬픔에 빠지고, 레바나는 여왕의 자리에 앉는다. 지금도, 앞으로도, 영원히.

시간이 지나면서 공상의 내용은 점점 폭력적이 됐다. 보모가 짜증이 폭발해 셀린을 발코니 밖으로 던져버린다. 혹은 제 발에 걸려서 넘어지는 게 아니라, 질투 많은 어느 귀족 가문의 아이가 셀린을 계단 아래로 밀어버린다. 혹은 환멸을 느낀 어느 껍데기가 궁전에 몰래 숨어들어 셀린의 가슴을 칼로 열여섯 번 찌른다.

이런 생각을 한다는 것 자체가 두려우면서도 한편으로는 그런 생각을 정당화하는 소리가 마음속에서 들렸다. 자신은 훌륭한 여왕이다. 루나는 무지한 어린애보다는 자신이 다스리는 편이 더 낫다. 어차피 왕좌에 오를 때쯤 저 애는 버릇없고 자아도취에 빠진 망나니가 되어 있을 것이다. 셀린이 열세 살이 된 뒤 왕위를 이양하려면 과정도 복잡하고 백성들에게도 혼란을 줄 것이다. 다시 제 궤도를 찾는 데만 몇 년이 걸릴 수도 있다. 채너리는 형편없는 통치자였다. 채너리의 딸도 분명히 그럴 것이다. 그 누구도 레바나만큼 이 나라를 사랑하지 않는다. '그 누구도.'

그 아이를 정말로 미워하는 것은 아니었기에 레바나는 자신이 현실적으로 판단하는 것이라고 스스로를 합리화했다. 자신은 질투나 원망에서 그런 생각을 하는 게 아니다. 이것은 루나를 위한 것이다. 모든 사람에게 더 나은 일이다.

시간은 똑딱똑딱 어느새 몇 달이 지났다. 레바나는 자신이 조카

155

와 보내는 몇 안 되는 순간조차 허점을 찾고 있다는 사실을 깨달았다. 기회가 오면 어떻게 실행할지 궁리하며. 어떻게 하면 들키지 않을지 고민하며.

레바나는 계획이 반쯤 완성되고 나서야 자신이 계획을 세우고 있다는 것을 깨달았다. 그것은 옳은 일이다. 나라를 걱정하는 여왕이 내릴 수 있는 유일한 결정이다. 다른 누구에게도 미룰 수 없는, 자신이 감내해야 할 희생이자 짊어져야 할 짐이다. 레바나는 미처 자신이 날짜를 고르는 줄도 모르고 날짜를 골라놓았다.

기회는 아주 분명하게 스스로 모습을 드러냈다. 레바나의 상상력이 불꽃을 튀겼다. 마치 눈에 보이지 않는 유령이 레바나의 귀에 대고 그렇게 하라고 속삭여주는 것 같았다. 다시는 오지 않을지도 모를 기회를 이용하라고 달콤하게 꾀는 것 같았다.

그날 윈터는 엘리엇 박사에게 예약이 되어 있었다. 레바나는 놀이방에 있는 윈터를 자신이 직접 박사에게 데려가도록 조치해두었다. 에브렛은 다른 심부름을 보내둘 것이고, 보모는 거기 있을 것이다. 완전히 믿을 수 있는 사람인지 어떤지, 사람들이 아직 잘 모르는 새로 온 보모가 놀이방에 있기로 되어 있었다. 레바나는 새 보모에게 마법을 써서 실수처럼 보이게 꾸밀 예정이었다. 보모는……뭘 어떻게 해야 하지?

이 부분이 레바나가 아직 해결하지 못한 부분이었다. 아이를 어떻게 죽일 것인가? 방법은 너무나 많았다. 하지만 그 어느 방법도 생각하는 것만으로도 레바나 자신이 괴물이 된 기분이었다. 처음에 레바나는 어떻게든 아이가 괴롭지 않을 방법을 생각해보려고 애썼다. 그래서 가능한 한 아이에게 고통을 주고 싶지 않았다. 그냥 죽어주기만 하면 됐다. 빠르게 끝날 수 있는 방법을 고민했다.

그러다가 셀린의 세 번째 생일이 다가왔고 파티를 열기로 했다. 아주 친한 사람들만 초대한 오붓한 파티. 아이디어를 낸 것은 에브렛이었다. 레바나는 에브렛이 가족으로서 뭔가를 계획한다는 것 자체가 너무 기뻐서 한마디도 군소리를 하지 않았다. 오직 두 사람과 어린 윈터, 그리고 물론 언제나처럼 클레이네 가족이 왔다. 다 함께 왕실 놀이방에 모여서 평범한 사람들처럼 와인을 마시고 웃고 떠들었다. 마치 이렇게 왕족과 근위병이 한데 어울리는 것이 하나도 이상하지 않은 일인 것처럼. 아이들은 놀이를 했고 개리슨의 아내는 셀린에게 직접 만든 봉제 인형을 선물로 주었다. 궁전 제빵사가 왕관 모양의 작은 케이크를 내왔다. 뾰족한 부분마다 은으로 된 앙증맞은 초를 꽂아놓은 케이크였다.

촛농이 뚝뚝 떨어지고 있는데 에브렛은 셀린에게 촛불 끄는 법을 알려주려고 했다. 옆에 있던 윈터도 이 생일 축하 의식에 끼고 싶어 했다. 결국 예쁜 케이크는 온통 아기들의 침으로 범벅되고 말았다. 그러자 화가 난 어린 제이슨 클레이가 나서서 촛불을 다 꺼버렸다. 모두들 웃음을 터뜨리며 박수를 쳤다. 까만 연기가 구불구불 위로 올라가는 것을 보고 있던 레바나는 자신이 그 일을 어떻게 감행할 것인지 결정했다. 레바나는 채너리가 자신에게 했던 것을 고스란히 그 아이에게 할 것이다. '동생아, 이리 와봐. 보여줄 게 있어.' 다만 채너리와 달리 '자신'은 자비를 베풀 것이다. 자신은 그러고도 아이가 억지로 계속 살아가게 하지는 않을 것이다.

157

R
E
V
A
N
A

21장

레바나는 놀이방 문 앞에 서 있었다. 아이들이 장난감 집 안에서 킥킥거리는 소리가 들렸다. 아이들은 공간을 더 비밀스럽게 만들려고 에브렛의 침대에서 담요들을 가져와 장난감 집 지붕에 씌워놓았다. 멀리서도 담요 끝에 정교하게 수놓인 사과꽃이 보였다. 레바나는 자신이 그렇게 많이 에브렛의 침대에 들어갔으면서도 저 담요를 한 번도 본 적 없다는 게 놀라웠다. 저 담요는 왕실에서 주문한 제품이 아니었다. 그렇다면 에브렛이 먼젓번 결혼에서 쓰던 것을 가져왔다는 얘기다. 몇 년 동안이나 솔스티스의 일부를 비밀스럽게 감춰온 것이다. 레바나는 자신이 검정색 결혼반지를 만지작거리고 있다는 것을 깨닫고는 두 손을 옆으로 내렸다. 장난감 집 안에서 윈터가 탑 안에 갇힌 공주에 관한 이야기를 하고 있었다. 이야기는 곧

158

말도 안 되는 어린애다운 발상과 웃음소리로 이어져 레바나로선 따라갈 수 없었다.

오늘만 지나면 모든 게 끝날 것이다. 그렇게 생각하니 안도감이 들었다. 이제는 더 이상 공주가 자라 어느 날 자신의 모든 것을 빼앗아갈 거라는 생각을 하지 않아도 된다. 더 이상 언니의 유령이나 언니가 남긴 것들에 시달리지 않아도 된다. 오늘만 지나면 루나의 모든 게 자신의 것이 될 것이다.

윈터를 멀리 데려가지 않고, 둘 다 불에 타죽게 하는 방법도 있다는 것을 생각해보지 않은 것은 아니다. 그렇게 하면 에브렛까지 모두 자신의 것이 될 것이다. 하지만 레바나는 아내가 죽은 뒤 몇 달 동안 텅 빈 껍데기 같던 에브렛의 모습이 떠올랐다. 또 다시 그런 모습을 볼 자신이 없었다.

"아, 실례합니다. 저기……"

레바나가 몸을 돌리자 여자는 숨을 헉 들이켜며 뒤로 물러났다. 그리고 급히 무릎을 구부려 절을 했다. "용서하십시오, 폐하. 알아뵙지 못했습니다."

예쁜 여자는 아니었다. 머릿결은 힘이 없고 얼굴에 비해 코가 너무 컸다. 하지만 어딘가 섬세한 구석이 있어서 이 여자를 좋아하는 사람도 있겠다는 생각이 들었다. 절하는 모습에도 다음번 여왕을 키우는 일을 맡은 사람답게 우아한 구석이 있었다.

"네가 새로 온 보모로구나." 레바나가 말했다.

"네, 네, 여왕 폐하. 뵙게 되어 큰 영광이옵니다."

"나는 여왕이 아니다." 레바나가 씁쓸하게 말했다. "나는 그냥 내 조카가 클 때까지 왕좌를 지키고 있는 것뿐이야."

"아, 네. 물론입니다. 망…… 망극하옵니다. 폐…… 전하."

아이들의 킥킥거리는 소리가 멎었다. 레바나가 장난감 집 쪽을 흘끗 살펴보니 아이들은 담요를 젖히고 궁금한 눈으로 입을 벌린 채 이쪽을 바라보고 있었다.

"윈터는 오늘 엘리엇 박사와 예약이 되어 있다." 레바나가 말했다. "데려가려고 온 거야."

보모는 고개를 들어 레바나를 봐도 될지 안 될지 확신하지 못한 채 아직도 어정쩡하게 절하는 자세 그대로 서 있었다. 잠잠한 게 말이 없는 것을 보면 아이들을 시간 맞춰 데려가는 것은 보모의 일인데 왜 여왕이 직접 왔는지 묻고 싶은 것이 분명했다. 혹은 왜 의사가 직접 여기 놀이방으로 와서 아이를 진찰하지 않는 것인지 묻고 싶겠지. 하지만 보모는 구태여 그런 의문을 제기하지 않았다. 당연히 그래야 했다.

"윈터야, 가자." 레바나가 불렀다. 다시 담요가 내려오며 공주들의 모습이 사라졌다. "엘리엇 박사님이랑 약속이 있어. 박사님이 기다리시겠다."

"공주님께서 오후에 다시 돌아오시는 것으로 알면 될까요, 전하?" 보모가 물었다.

레바나는 잔뜩 긴장해 배 속까지 불편해졌다. "아니, 진료가 끝나면 우리 처소로 데려갈 거야."

레바나는 윈터가 사다리를 내려오는 모습을 지켜보았다. 겨우 네 살짜리 치고는 꽤 우아한 모습이었다. 통통한 다리에 스커트도 잔뜩 부풀어올라 있는데 말이다. 윈터가 바닥에 쿵 내려서자 머리카락이 찰랑 흔들렸다.

담요가 다시 한 번 움직였다. 셀린이 담요 틈으로 밖을 내다보았다. 그러다가 레바나와 시선이 마주쳤다. 레바나는 셀린이 자신을 좋아하지 않는다는 것을 알 수 있었다. 본능적 반감 같은 것이 느껴졌다. 셀린은 턱이 딱딱하게 굳더니 짧게 숨을 들이마셨다.

"네가 할 일이 있다."

자세가 점점 불편해지던 보모는 몸을 일으키며 말했다. "저 말씀이십니까, 전하?"

"가족이 있느냐? 자녀는?"

"아, 아닙니다, 전하."

"남편이나 애인은?"

여자는 얼굴을 붉혔다. 보모는 겨우 열다섯 살이나 됐을까 싶은 소녀였지만 아르테미시아에서 나이는 별 의미없는 숫자다.

"아닙니다. 결혼하지 않았습니다, 전하."

레바나는 고개를 끄덕였다. 셀린에게는 가족이 없고, 이 여자도 가족이 없다. 적어도 이 여자를 필요로 하는 가족은 없다. 완벽했다. 하늘이 준 기회였다. 누가 슬그머니 손을 잡아서 레바나는 소스라치게 놀랐다.

"준비됐어요, 어머니." 윈터였다.

심장이 두근거리는 것을 느끼며 레바나는 윈터의 손을 거칠게 뿌리쳤다. "복도에 가서 기다려. 곧 나갈 테니."

윈터는 고개를 푹 숙인 채 몸을 돌리더니 셀린에게 손을 흔들었다. 담요 아래로 조그만 손이 기어 나와 역시 이쪽을 보고 흔들었다. 윈터는 놀이방에서 나갔다.

지금이다. 지금 해야 한다. 오늘이 지나면 모든 게 끝날 것이다.

레바나는 축축한 두 손바닥을 치맛자락에 대고 눌렀다. "장난감 집에 들어가거라." 레바나는 마치 혼잣말을 하는 것처럼 나지막하게 얘기했다. "공주와 함께 있어. 공주가 낮잠 잘 시간이 다 됐구나." 레바나는 천천히 말하며 자신의 생각을 보모의 머릿속에 각인시켰다. 그리고 안주머니에 손을 넣어 양초를 꺼냈다. 이미 반쯤 탄 양초였다. "저 담요 밑은 어두울 거야. 그러니 이 양초가 있어야 보일 거다. 양초를 한쪽 구석에 놓아라. 공주가 실수로 데면 안 되니까. 장난감 집 끄트머리쯤에. 저 담요 밑에……. 사과꽃이 그려진 담요 밑에. 너는 두 사람이 다 잠들 때까지 공주와 함께 있는 거야. 너는 이미 피곤하다. 아마 오래 걸리진 않을 거다."

보모는 고개를 한쪽으로 기울였다. 마치 기억나지 않는 노래를 듣는 듯한 모습이었다.

작은 성냥갑을 꺼낸 레바나는 보모에게 초를 들라고 하고 불을 붙였다. 성냥에 불을 켜는 레바나의 두 손이 덜덜 떨렸다. 불꽃에 대한 공포가 온몸의 근육 하나하나를 긴장시켰다. 심지에 불이 붙었을 때는 그 불꽃이 조그만 성냥을 타고 올라와 자신의 손가락을 태우려고 위협하는 것처럼 느껴졌다. 레바나는 서둘러 성냥을 흔들어 껐다. 불꽃이 꺼지자마자 숨쉬기가 편해졌다. 레바나는 연기가 나는 성냥을 보모의 앞치마 주머니에 떨어뜨렸다. 보모는 아무 말도 하지 않았다.

"이제 가봐. 공주가 기다리는구나."

마법 때문에 눈이 텅 빈 보모는 몸을 돌려 조그만 장난감 집 쪽으로 어슬렁어슬렁 걸어갔다. 불이 붙은 양초를 높이 쳐들고 있었다. 셀린이 다시 밖을 엿봤다. 혼란스럽고 궁금한 표정이었다.

레바나는 입술을 축이며 떨어지지 않는 발길을 돌렸다. 복도에 나온 레바나는 말없이 윈터의 손을 잡고 의사의 사무실 쪽으로 잡아끌었다. 심장이 가슴 안쪽을 쾅쾅 때렸다.

해냈다. 해야 할 일을 했다. 이제는 기다리기만 하면 된다.

R
E
V
A
N
A

22장

한 시간도 넘게 지난 후에야 레바나는 궁전 안에서 소란스러운 소리를 들었다. 놀이방을 나온 후 지금까지 줄곧 신경이 곤두서 있었지만 벌써 모든 게 꿈처럼 느껴졌다. 그냥 자신이 한 또 하나의 공상, 결국은 실망으로 끝날 공상 말이다. 윈터가 여느 아이처럼 지극히 건강하다는 것을 엘리엇 박사가 확인하는 동안, 레바나는 대기실에서 서성거리고 있었다. 엘리엇 박사의 사무실은 궁전 안에 있었다. 도시 반대편에 있는 병원에도 사무실이 있었다. 말하자면 이곳은 분소였다. 왕실 가족이 조금이라도 기침을 하거나 열이 나는 기미만 있어도 박사를 부르면 곧장 달려올 수 있게 되어 있었다.

아직도 손에 성냥갑을 쥐고 있다는 사실을 깨달은 레바나는 주위에 아무도 없는지 살핀 후 쓰레기통에 성냥갑을 버렸다. 그런 다음 천으로 된 의자에 양손을 열심히 문질렀다. 마치 손가락 끝에 재라도 묻어서 증거가 드러날 것처럼.

"박사님!"

레바나는 화들짝 놀라 열린 문 쪽으로 몸을 돌렸다. 다른 방에서 엘리엇 박사의 목소리가 어렴풋이 들리더니 박사가 한 손에 바이털 스캐너를 들고 나왔다. 박사 뒤에선 윈터가 예쁜 테이블에 앉아 스타킹 신은 발을 흔들대며 테이블 옆면에 부딪히고 있었다. 갑자기 시종이 한 명 나타났다. 얼굴이 시뻘게진 채 가쁜 숨을 헐떡이고 있었다.

"박사님, 빨리 오세요!"

"뭐라고요? 저는 지금 전하와……."

"아뇨, 놀이방요! 셀린 공주!" 시종은 어찌나 격앙됐는지 목소리가 갈라져 나왔다.

레바나는 전신이 오싹해지는 것 같았지만 애써 당황한 표정을 지었다.

"대체 무슨 일이……?"

"불이 났어요. 제발요. 지금 당장 가셔야 해요. 시간이 없어요!"

엘리엇 박사는 우물쭈물하며 레바나를 한 번 쳐다보고 다시 윈터를 한 번 쳐다보았다.

레바나는 마른침을 꿀꺽 삼키고 한 발 앞으로 나섰다. "흠, 물론 가봐야지. 미래의 우리 여왕께서 위험하시다면 당장 가봐야지."

그 말이면 충분했다. 의사가 진료가방을 집어 드는데 레바나가 시종에게 물었다. "무슨 일이냐, 불이라니?"

"저희도 잘 모릅니다, 전하. 장난감 집에 두 사람이 있는데 불이 붙어서……. 저희 생각에는 둘 다 자고 있었던 게 틀림없습니다."

"둘 다?"

"공주님과 보모요." 윈터에게 시선이 닿은 시종이 갑자기 울기 시작했다. "하느님 맙소사, 윈터 공주님께서 거기 계시지 않아 천만 다행입니다. 끔찍합니다. 끔찍해요!"

시종이 울먹이기 시작하자 레바나는 버럭 짜증이 났다.

윈터가 테이블에서 폴짝 뛰어 내려오더니 신발을 신었다. 레바나는 윈터의 손목을 잡고 의사를 먼저 내보냈다. "기다려, 윈터. 우리도 가볼 거야."

의사는 뛰기 시작했다. 레바나도 그러고 싶었다. 궁금해서 너무 괴로웠다. 자신의 그 많은 공상이 이 숨 막히는 순간에 집약되어 있었다. 하지만 윈터를 안고 뛰고 싶지는 않았다. 그래서 공주들은 뛰지 않았다. 미래의 여왕들은 뛰지 않았다.

아직 윈터의 손을 붙들고 걸음을 옮기고 있는데 연기 냄새가 났다. 비명소리도 들렸다. 쿵쿵쿵쿵 바닥을 울리는 발소리가 느껴졌다. 두 사람이 도착했을 때는 이미 많은 사람이 모여 있었다. 시종들과 근위병들, 마법사들로 복도가 꽉 차 있었다.

"윈터!" 에브렛이었다. 딸을 발견한 그의 얼굴에 안도감이 돌았다. 에브렛은 사람들을 헤치고 달려오더니 양팔로 윈터를 번쩍 들고 으스러지도록 끌어안았다. "네가 어디 있는지 몰랐어. 어디 있는지……."

"무슨 일이에요?" 레바나는 그렇게 말하며 사람들을 밀치고 놀이방으로 들어가려고 했다.

"안 돼, 보지 마세요. 들어가지 마세요. 정말 끔찍해요."

"보고 싶어요, 아빠."

"아니, 안 돼, 윈터. 아니, 안 돼요. 여보……."

레바나는 온몸의 털이 곤두서는 것 같았다. 에브렛은 사람들 앞에서 단 한 번도 자신을 그렇게 부른 적 없었다. 부적절하다는 소리를 들을까 봐 언제나 둘의 관계는 닫힌 문 너머에 숨겼는데. 에브렛이 정말로 많이 놀라긴 한 모양이었다. 에브렛은 레바나의 손목을 잡으려고 했지만 레바나는 그 손을 뿌리쳤다. 레바나는 보아야 했다. 알아야 했다.

"비켜라! 내 조카다. 조카를 봐야겠다!"

사람들은 여왕의 말을 들었다. 어떻게 안 들을 수 있겠는가? 방 안의 참혹한 광경 때문에 사람들의 얼굴이 일그러졌다. 연기와 재 냄새를 막으려는 듯 하나같이 천으로 입을 막고 있었다. 레바나는 '이게 살 타는 냄새는 아니겠지?'라고 생각했다. 하지만 거기에는 분명히 레바나의 속을 뒤집어놓을 듯한 익숙한 고기 냄새 같은 것이 있었다.

사람들을 헤치고 마침내 앞으로 간 레바나는 걸음을 멈추고 뿌연 연기 사이로 보이는 광경을 살폈다. 엘리엇 박사가 있었다. 그 옆에 수많은 근위병이 있었다. 일부는 빈 들통을 들고 있었는데, 불을 끌 때 쓴 것 같았다. 근위병들이 잔불을 발로 밟아 끄고 있었다. 담요는 완전히 자취없이 사라졌다. 장난감 집은 시커먼 골조와 재만 남아 쓰러지기 일보직전이었다. 벽지와 정교한 왕관 몰딩에는 그을음이 남아 있었다.

떼 지어 서 있는 근위병들 사이로 레바나는 장난감 집 2층에 시신 두 구가 있는 것을 알아볼 수 있었다. 시신인 게 분명했지만, 여기서는 그냥 까맣게 그을린 유해 정도로밖에 보이지 않았다.

"비키세요! 물러나요!" 엘리엇 박사가 새된 소리를 질렀다. "공주님을 살펴볼 수 있게 자리 좀 비켜주세요. 자리 좀 비켜주세요. 제발 좀 도와주세요!"

"이리 와요." 에브렛이 말했다. 레바나 뒤에서 그가 다시 말했다.

온몸을 후들후들 떨며 레바나는 뒤로 물러섰다. 그리고 대담하게 그의 얼굴을 마주보았다. 충격을 꾸며낼 필요는 없었다. 레바나가 상상 속에서 보았던 것보다 천 배는 더 끔찍한 광경이었다. 천 배는 더 실감났다.

내가 한 짓이다. 저 시신들은 내 책임이다. 셀린은 죽었다.

에브렛은 윈터를 끌어안은 채 손으로 아이의 눈을 가리려고 했지만, 윈터는 고개를 뾰족 내밀고 모든 소요와 혼란을 보고 있었다. 다 타버린 자신의 장난감 집과 하나뿐인 사촌을.

"이리 와요." 에브렛이 다시 말했다. 그는 레바나의 손을 잡았다. 레바나는 에브렛이 이끄는 대로 그냥 따라갔다. 복도를 지나 돌아가는 내내 레바나의 머릿속은 멍했다. 배 속에서는 정체를 알 수 없는 오만가지 감정이 들끓었다.

윈터의 질문 공세가 몰아쳤다. "아빠, 무슨 일 있어? 셀린은 어디 있어? 무슨 일이야? 왜 저런 냄새가 나?" 에브렛은 윈터의 질문을 무시하고 대신 윈터의 굵은 곱슬머리에 입을 맞췄다.

"셀린이 죽었어요." 레바나가 중얼거렸다.

"끔찍한 일이에요." 에브렛이 말했다. "정말 끔찍한 사고예요."

"네, 끔찍한 사고예요." 에브렛의 손을 잡은 레바나의 손아귀에 힘이 들어갔다. "그리고 이제…… 당신 알아요? 이렇게 되면 내가 여왕이 되는 거예요."

에브렛은 레바나를 바라보았다. 그리고 슬픔이 가득한 얼굴로 남은 한 손을 뻗어 레바나의 어깨를 감싼 뒤 자기 쪽으로 끌어당겼다. 에브렛은 레바나의 정수리에도 입을 맞췄다.

"여보, 지금은 그런 생각을 할 필요 없어요."

하지만 틀린 말이었다. 꽉 조여 있던 속이 조금씩 풀리면서 레바나가 할 수 있는 생각이라고는 온통 그것뿐이었다.

내가 여왕이다. 죄책감과 참혹함과 그 끔찍한 냄새의 기억은 영영 사라지지 않을지도 모른다. 하지만 내가 여왕이다.

R
E
V
A
N
A

23장

셸린 공주에게는 그날 저녁 사망 선고가 내려졌다. 레바나가 궁전에 있는 방송국에서 국민들에게 발표를 했다. 어린 공주의 사진을 보여주는 영상이 나가는 동안 레바나는 우울한 목소리를 유지하려고 애썼지만, 성공했다는 생각에 온 신경이 찌릿찌릿했다. 행복한 것은 아니었다. 레바나는 그렇게 섬뜩한 짓을 해야만 승리할 수 있다는 것이 실은 많이 슬펐다. 하지만 성공은 성공이었다. 승리는 승리인 것이다. 레바나는 일을 저질렀다. 지금은 나라 전체가 슬퍼하고 있지만, 저들을 이 비극에서 구해줄 사람 역시 자신뿐이다.

아직 세 돌도 채우지 못한 어린 셸린은 역사에 제대로 흔적조차 남기지 못할 것이다. 어린 공주의 기억은 레바나 여왕의 치세에 완전히 가려질 것이다.

루나 역사상 가장 아름다운 여왕.

레바나는 처음으로 만족스러웠다. 자신에게는 에브렛이 있고, 왕관이 있다. 아직 후계자는 없지만 자신이 왕실의 마지막 혈통인 만큼 이번에도 운명은 분명히 레바나의 요구에 미소로 답할 것이다. 직접 낳은 아이가 없다는 것은 있을 수 없는 일이다. 무엇보다 윈터가 자라더라도 여왕이 될 순 없을 것이다. 절대로. 레바나는 아이를 갖게 될 것이다.

이런 것들이 셀린이 사라진 후 새롭게 레바나를 집어삼킨 생각들이었다. 어떻게 해야 훌륭한 통치자가 될 수 있을까. 어떻게 해야 백성들이 진심을 다해 자신을 사랑해줄까. 그리고 어떻게 해야 마침내 자신이 에브렛에게 둘의 아이를 안기고, 드디어 에브렛도 레바나를 사랑할 수 있을까. 그토록 소중한 솔스티스보다 더 말이다. 레바나는 자신이 원해왔던 삶을 만들어가고 있었다. 이제 거의 다 왔다. 정말 거의 다.

그러나 겨우 일주일 만에 레바나는 뭔가 달라졌다는 것을 눈치챘다. 레바나가 지나가면 사람들은 눈길을 떨어뜨렸다. 정상적인 존경심의 표현이 아니라 공포에 가까운 어떤 것이었다. 그냥 내 상상인가? 어쩌면 혐오일지도. 궁전의 시종들도 전에 없이 냉담해진 느낌이었다. 어떻게 하나같이 레바나에게 뭔가를 말하고 싶지만 감히 하지 못하고 입을 꾹 다문다는 느낌을 주는 거지?

어느 날 밤, 에브렛은 이상한 태도로 레바나에게 왜 그날 윈터를 데리러 갔느냐고 물었다. 보모가 충분히 할 수 있는 일인데 왜 굳이 레바나가 윈터를 의사에게 데려갔느냐고 말이다.

"무슨 뜻이에요?" 이렇게 묻는 레바나는 심장이 밖으로 튀어나올 것만 같았다. "그 애는 내 딸이에요. 요즘 그 애랑 시간을 거의 못 보냈잖아요. 왜 내가 그 애를 병원에 데려가면 안 되나요?"

"나는 그냥……."

레바나는 몸이 뻣뻣해졌다. "그냥 뭐요?"

"아니요. 아니야. 내가 대체 무슨 생각을 하는 건지."

에브렛은 레바나에게 키스를 했고, 이후 다시는 그에 관한 얘기를 꺼내지 않았다.

그러나 레바나는 이런 것들을 모두 무시할 수 있었다. 다들 나에게 죄가 있다고 생각하라지. 뒤에서 실컷 비난하라지. 루나의 여왕이자 블랙번 혈통의 유일한 후손인 그녀에게 감히 대놓고 추궁할 수 있는 사람은 아무도 없었다.

레바나를 뼛속까지 떨게 만든 것은 그와는 다른 소문이었다. 사람들이 셀린이 살아 있다고 수군거렸다. 가능하지 않은 얘기다. 절대로 가능할 수 없다. 레바나는 시체를 보았고, 살 타는 냄새를 맡았고, 화재의 결과를 목격했다. 이제 겨우 아장아장 걷는 꼬마가 그 같은 불길에서 살아남을 순 없다.

셀린은 죽었다. 셀린은 없다. 모든 건 끝났다. 그런데도 왜 셀린은 계속해서 레바나를 따라다니며 괴롭히는 걸까?

172

24장

"무슨 문제가 있어서 부른 것은 아니라는 점을 아셨으면 합니다." 레바나가 말했다. "나는 그저 내가 모든 진실을 알고 있는지 확인하고 싶은 것뿐이에요."

엘리엇 박사는 레바나 앞에, 알현실 한가운데 서 있었다. 보통 이런 심문은 전체 조정 신료들 앞에서 이뤄진다. 하지만 정확하게 박사가 뭘 아는지 모르는 상태라서 레바나는 자신이 신뢰할 수 있는 극소수의 사람만 박사의 증언을 들을 수 있도록 했다. 레바나는 심지어 개인 경호원들까지 복도에서 기다리도록 했다. 왜냐하면 레바나가 이 회의에 가장 참석하지 않았으면 하는 사람이 에브렛인데, 고도로 훈련 받은 근위병들이라고 해서 소문을 퍼뜨리지 말라는 법은 없기 때문이다.

그래서 이곳에는 오직 왕좌에 앉은 레바나 본인과 레바나가 신뢰하는 수석 마법사 시빌 미라밖에 없었다. 시빌 미라는 레바나 옆에서 눈부시게 하얀 코트 소매에 양손을 집어넣은 채 서 있었다.

"여왕 폐하, 저는 제가 아는 것을 모두 말씀드렸습니다." 엘리엇 박사가 말했다.

"그래요. 하지만…… 소문이 있습니다. 당신도 분명 들어보았을 텐데요. 셀린 공주가 화재에 죽지 않고 살아 있을지 모른다는 소문 말이에요. 시신을 가장 먼저 살펴본 사람으로서 '당신'이 불 속에서 발견된 무언가에 대한 정보를 갖고 있고, 그걸 숨기기로 했을지도 모른다는 소문."

"여왕 폐하, 저는 폐하께 아무것도 숨기지 않습니다."

레바나는 깊이 숨을 들이마셔서 마음을 차분하게 했다. "박사, 그 애는 내 조카예요. 나는 진실을 알 권리가 있습니다. 그 아이가 아직 살아 있다면 그건…… 누군가 내게 그런 정보를 주지 않고 숨기고 있다는 생각만으로도 나한테는 아주 고통스러운 일입니다. 내가 그 애를 내 자식처럼 사랑했다는 것은 박사도 잘 알 겁니다."

엘리엇 박사는 입을 꾹 다물었다. 잠깐이지만 격앙된 표정이었다. "물론입니다." 박사는 또박또박 조심스럽게 말했다. "공주님께서 살아 계시다면 폐하께 정말 큰 의미이겠지요. 하지만 불이 난 후 제가 공주님의 몸을 살폈을 때는 안타깝지만 이미 가망이 없었습니다. 구할 방법이 전혀 없었습니다."

"구할 방법이 없었다……." 레바나가 몸을 앞으로 기울이며 말했다. "그 말은 아직 죽지는 않은 상태였다는 말이오?"

박사는 머뭇거렸다. "심장박동이 아주 약하게 있기는 했습니다.

그 부분은 제 보고서에도 언급되어 있습니다, 폐하. 제가 도착했을 때 약간의 생명이 남아 있었지만 얼마 지나지 않아 돌아가셨습니다. 심장박동이 멈출 때 제가 그 자리에 있었습니다. 공주님은 돌아가셨습니다."

레바나는 왕좌의 팔걸이를 꽉 쥐었다. "그러면 그게 어디였소? 공주의 심장박동이 멈추었을 때, 여전히 놀이방이었소?"

"그렇습니다, 여왕 폐하."

"그러면 그걸 목격한 다른 사람이 있소? 당신 이야기를 증언해줄 수 있는?"

엘리엇 박사는 말을 하려고 입을 뗐다가 잠시 망설였다. "저는…… 네, 여왕 폐하. 그때쯤 로건 태너 박사가 도착했습니다. 병원에서 급히 달려왔습니다."

레바나의 한쪽 눈썹이 올라갔다. "로건 태너 박사? 나는 얘기를 나눠보지 못했는데."

"감히 아뢰건대 여왕 폐하, 폐하께서는 이 비극적인 사태를 직접 조사하시는 것보다 처리하셔야 할 더 긴박한 문제가 많으실 겁니다. 태너 박사도 제가 말씀드린 것 이상의 정보를 드리지는 못할 겁니다. 말씀하신 대로 공주님의 몸을 가장 먼저 살핀 사람은 접니다. 절대적으로 확실히 말씀드릴 수 있사온데 공주님은 돌아가셨습니다."

뚫어져라 박사를 쳐다보는 레바나는 여자의 자신감이 줄어드는 것을 느낄 수 있었다. 초조하면서도 한편으로는 확신이 들었다. 이 여자는 자신이 말하는 것보다 더 많은 것을 알고 있다. 바로 그 점이 레바나를 초조하게 만들었다.

"감히 말하지만," 레바나는 술술 나오는 대로 말했다. "내 조카, 미래의 우리 여왕이 살아 있다면 내게 그보다 더 긴박한 문제는 없을 겁니다. 만약 이것이 사실이고, 그대가 이 정보를 내게 숨기기로 했다면 중대 범죄라는 것을 알아야 합니다. 왕권에 대한 반역으로 재판을 받고도 남을 겁니다."

박사는 도도함이 줄어든 태도로 고개를 숙이고 말했다. "여왕 폐하, 제가 조금이라도 마음을 상하게 해드렸다면 송구하옵니다. 저는 이런 소문에 대한 폐하의 걱정을 부정하려고 한 것은 아닙니다. 그저 제가 이미 드린 말씀 외에는 더 드릴 말씀이 없다는 뜻입니다. 저도 이런 소문에 실체가 있기를 바랍니다. 그래서 우리 공주님께서 화재에도 죽지 않고 살아 계셨으면 좋겠습니다. 하지만 안타깝게도 그것은 결코 사실이 아닙니다."

레바나는 다시 왕좌에 등을 기댔다. 손가락으로는 조각이 새겨진 두툼한 팔걸이를 잡았다. 마침내 레바나가 고개를 끄덕였다. "그대를 믿소. 이렇게 또 다시 불러낸 것은 사과하리다, 엘리엇 박사. 당신은 분명 오랜 세월 충성스러운 신하였소. 그 점은 잊지 않고 있소."

엘리엇 박사는 절을 했다. "감사합니다, 여왕 폐하."

레바나는 박사에게 물러가라고 한 뒤 육중한 문이 닫힐 때까지 기다렸다가 입을 열었다. "시빌, 박사가 거짓말하고 있는 것 같으냐?"

"안타깝지만 그렇습니다, 여왕 폐하. 분위기에 뭔가 신뢰할 수 없는 점이 있습니다."

"나도 그렇게 생각해. 우리가 어쩌면 좋겠느냐?"

시빌은 왕좌 앞으로 나와 섰다. "화재가 난 이후 무슨 일이 있었는지 진실을 밝히는 것은 꼭 필요한 일입니다. 만약 공주 전하께서 살아 계시다면 폐하께서는 그 사실을 알 권리가 있으십니다. 이 나라의 여왕이시자 그 아이의 유일한 혈육이시니까요. 그렇지 않고서야 어떻게 폐하께서 공주 전하를 앞으로의 위해로부터 보호하실 수 있겠습니까?"

'보호'라는 단어를 말할 때 시빌의 회색 눈동자가 번득였다. 레바나는 자신이 왜 셀린의 생존 여부를 알아내는 데 이토록 집착하는지 자신의 수석 마법사가 정확히 알고 있을지도 모르겠다는 느낌을 받았다. 하지만 시빌이 진실에 크게 연연하지 않을 거라는 생각도 들었다. 경험 많은 후보들을 몇이나 제치고 시빌을 현재의 위치까지 올려준 사람이 바로 레바나였다. 레바나는 주위 사람들 중에서 진정으로 자신에게 충성하는 사람은 시빌뿐이지 않을까 하는 생각이 들 때도 있었다.

"엘리엇 박사는 셀린의 안위에 대한 내 관심이 사랑에서 나온 게 아니라고 생각하는 듯해. 박사가 뭔가를 숨기기로 작정한 것처럼 보인다면 우리에게 죄다 털어놓았는지 어떻게 알 수 있겠나?"

시빌이 빙긋 웃었다. "저희 마법사들은 정보를 뽑아내는 몇 가지 요령을 훈련 받습니다. 정보를 내놓지 않으려는 자들에게서도 말이지요. 엘리엇 박사는 저와 단 둘이 대화를 좀 해야 할 것 같습니다."

레바나는 시빌을 바라보며 과연 그 정보 추출 기술이라는 것이 어떤 것인지 내가 알고 싶을까 하는 생각이 들었다. 하지만 그날 놀이방에서 일어난 일과 조카에 대한 진실을 알아내기 위해서라면 못 할 일이 없다는 생각이 번뜩 들었다. 게다가 시빌도 같은 뜻인 듯했다.

레바나는 똑바로 앉으며 말했다. "그래. 그래야 할 것 같구나, 시빌. 조정의 다른 사람들은 이해하지 못할 것 같은 생각이 든다만."

"이해하게 만들면 됩니다. 무엇보다 아이에게 도착한 제대로 된 의사가 엘리엇 박사가 처음이라는 게 다소 이상합니다. 그런데도 아이를 구하지 못했지요. 심장박동까지 있었는데 말이죠. 의심의 근거는 명백합니다. 저희가 이 문제를 추가 조사하는 것이 당연합니다."

레바나는 초조함이 누그러지는 것을 느끼며 고개를 끄덕였다. "네 말이 전적으로 옳다." 레바나는 왕좌에 새겨진 장식을 손톱으로 긁으며 말했다. "엘리엇 박사한테서 알아낼 수 있는 것을 다 알아내고 나면, 그 로건 태너라는 자와도 얘기를 해보는 게 좋을 것 같구나. 그 화재의 결과에 대해 하나도 빠짐없이 알아야겠다."

시빌이 절을 했다. "분부 받잡겠사옵니다, 여왕 폐하."

다음 날 엘리엇 박사는 추가 심문을 위해 구금됐다. 레바나는 자세한 세부 사항에는 관심도 없이 시빌의 보고만 기다렸다. 그런데 하루하루가 지나도 엘리엇 박사는 쓸모 있는 정보를 하나도 내놓지 않았다.

그렇게 2주가 지나고 레바나가 두 번째 의사를 심문할 방법을 찾아내기도 전에 로건 태너라는 자는 다른 의심의 여지도 없이 사라지고 말았다.

R
E
V
A
N
A

25장

레바나는 죽은 아이와 언니, 공주, 여왕들의 망령에 시달릴 생각
은 없었다. 셀린이 죽은 다음 해, 레바나는 루나의 진정한 새 여왕
으로서의 역할에 본격적으로 뛰어들었다.

레바나는 계속해서 군대를 강화했다. 과학자들이 생체조작 과정
을 완성하도록 할 수 있는 한 최대의 자원을 할당했다. 첫 번째 그
룹 병사들이 훈련을 시작했는데, 레바나가 생각했던 것보다 더 기
적적인 결과가 나타났다. 병사들은 반인반수의 무자비함과 사악함
으로 똘똘 뭉쳐 있었다. 레바나는 병사들의 수술이나 훈련에 관한
사항들을 꼼꼼히 다 알아두려고 했다. 새로 생긴 본능과 변형된 신
체에 관해 아직 잘 모르고 서투른 상태로 첫 병사들이 가사 상태 탱
크에서 깨어나던 모습은 그야말로 아름다운 광경이었다. 그들은 배

고파 했다. 병사들은 깨어나면 지독히도 배고파했다.

레바나는 연구팀 사람들도 잘 알게 됐다. 연구팀의 수장은 그 유명한 세이지 다넬이었다. 그토록 오랫동안 천재라는 소리를 들어왔던 것 치고 레바나는 이 늙은이에게 기대했던 만큼의 깊은 인상을 받지 못했다. 그를 처음 만났을 때 레바나가 한 생각이라고는 그가 껍데기를 낳은 아버지라는 사실이었다. 수술 과정에 관해 담담히 설명하는 다넬 앞에서 레바나는 아무짝에도 쓸모없는 그의 아이에 대한 험담을 하지 않으려고 무던히 애를 써야 했다.

한편 그 질병의 첫 보균자들을 지구로 보내기도 했다. 레바나는 오래전 부모님이 통치하던 시절에 외곽 지구의 시민들 중 일부가 몰래 지구로 가는 외교선이나 정찰선에 숨어든다는 얘기를 들은 적 있었다. 혹은 있는 대로 돈을 털어 보급선 조종사들에게 자신을 좀 데려가달라고, 노동자 생활을 끝내게 해달라고 부탁한다는 이야기도 들었다. 자신의 백성이 오직 자기만을 생각해 그를 필요로 하는 나라를 저버린다는 것은 레바나로선 도저히 이해할 수 없는 이기적인 행동이었다.

레바나의 부모는 이런 도망자들을 모른 척했다. 공급이 한정된 노동력을 계속 붙잡아두지 못할 경우, 사회가 순식간에 무너져내릴 거라는 사실을 몰랐기 때문일 것이다. 그런데 이제 레바나에게는 이런 탈주자들을 활용할 방법이 생겼다. 이 질병의 균주를 몰래 외곽 지구에 밀어넣음으로써 아무도 모르게 루나인들은 서서히 보균자가 됐다. 루나인들은 이 질병에 면역성이 있기 때문에 자신이 몸속에 치명적인 질병을 보유하고 있는 줄은 꿈에도 몰랐다. 얼마 지나지 않아 지구에서 이 질병의 첫 발병 사례가 보고됐다. 사하라 사

180

막 인근의 아주 조그만 오아시스 마을이었다.

질병은 거기서부터 급속도로 퍼져 지구연합 곳곳으로 들불처럼 번져 나갔다. 지구인들은 서둘러 병자들을 격리조치했지만, 실제 보균자인 불쌍한 루나인들이 그들 틈에 숨어 있는 한, 이 질병을 다 스리기란 불가능했다.

지구인들은 이 질병을 '레투모시스'라고 불렀다. 죽음과 멸망을 뜻하는 고대어에서 따온 단어다. 이 질병에 걸려 살아남은 사람이 아무도 없으니 딱 맞는 이름이다. 레바나와 조정 신료들로선 작전 성공이었다.

이 질병이 얼마나 지나야 지구인들을 약화시킬지는 알 수 없다. 이 질병이 레바나가 생각한 대로 대유행병이 되려면 몇 년, 어쩌면 몇십 년이 걸릴 수도 있다. 하지만 레바나는 벌써부터 자신이 멋지게 등장해 치료제를 내놓을 날이 기대됐다. 레바나는 벌써부터 지구의 지도자들이 자신 앞에 넙죽 엎드리는 모습을 상상할 수 있었다. 다급해진 저들은 뭐든 다 내놓겠지. 자원이든, 땅이든, 동맹이든.

레바나는 인내심을 갖고 기다릴 것이다. 언젠가는 그날이 올 테니까. 고문들이 중얼거리는 회의적인 소리나 레바나가 시작한 새로운 노동운동의 효과가 지속 가능하지 않다는 보고서 따위는 모두 무시할 것이다. 이제 와서 포기할 순 없다. 모든 게 계획대로 착착 진행되고 있다. 이제는 꾹 참고 기다리기만 하면 된다.

셀린이 죽고 거의 15개월쯤 지났을 때, 레바나는 생명공학팀 팀장 세이지 다넬 박사 역시 사라졌다는 얘기를 들었다. 혹자는 자살일 거라고 했지만 시체는 발견되지 않았다. 많은 이들이 다넬 박사가 껍데기인 딸이 태어나고 또 죽은 것을 감당할 수 없었을 거라고 했다.

또 한 명의 유능한 과학자가 사라졌다. 그러나 병사들을 만들어 내고 수술시키는 일은 모두 예정대로 진행될 거라는 얘기를 듣고 레바나는 그 늙은 과학자나 그의 한심한 인생에 대해 완전히 잊고 말았다.

몇 해가 지났다. 레바나의 업적은 계속 쌓여갔다. 셀린 공주에 관한 소문도 잠잠해지기 시작했다. 마침내, 드디어 마침내, 레바나는 원하는 것을 모두 얻었다. 원하는 '거의' 모든 것을.

R
E
V
A
N
A

26장

레바나는 궁전 뜰에 서서 호숫가에서 에브렛이 윈터와 제이신을
쫓아다니는 모습을 지켜보고 있었다. 레바나는 에브렛이 개리슨 가
족과 어울리고 싶어 한다는 것을 결국 인정하게 됐고, 그들 가족은
이제 붙박이 물건처럼 레바나의 일상에 들어와 있었다. 에브렛이
궁정 사람들과 친해지기를 그토록 바랐는데도 말이다. 제이신은 윈
터보다 두 살 많으니 이제 열한 살쯤 됐을 것이다. 나뭇가지처럼 호
리호리한 몸매에 피부는 발밑의 모래만큼 하얀 소년이었다. 레바나
로선 실망스럽게도 제이신과 윈터 사이에는 이제 서로 떼려야 뗄
수 없는 애착이 형성된 것 같았다.

한편 윈터 공주는 사랑 노래에 나올 것처럼 아름답게 성장했다.
에브렛보다 몇 단계 밝은 색깔의 피부는 벨벳처럼 부드러웠고, 머리카락은 스프링처럼 굵고 탄력 있는 컬이 생겼으며 광택을 낸 흑단나무처럼 반짝였다. 눈 색깔은 어머니처럼 카라멜색이었지만, 아버지처럼 회색과 에메랄드색 반점이 있었다.

여기저기서 수군거림이 들리기 시작했다. 전에 궁정 사람들은 고작 근위병의 자식에 불과한 공주와의 결혼을 생각조차 해보지 않았다. 오히려 비웃었다. 하지만 점점 분위기가 바뀌었다. 아직 어린 아이에 불과한데도 윈터의 미모가 무시할 수 없는 수준이 됐던 것이다. 저 아이는 커서 절세미녀가 될 것이 분명하다. 여러 가문들이 그 점을 인식하고 있었다.

이것이 언젠가는 자신에게도 도움이 될 것임을 레바나는 알고 있었다. 동맹의 필요성이 제기될 때 의붓딸은 훌륭한 협상 카드가 될 것이다. 그런데도 처음 그 얘기를 우연히 엿들었을 때는, 언젠가 공주가 여왕보다 더 아름다워질 거라는 얘기를 들었을 때는 치밀어 오르는 미움을 어쩔 수 없었다.

레바나는 마법으로 완벽한 미모를 만들어내려고 갖은 노력을 다했다. 자신의 어머니보다, 채너리보다, 루나의 왕좌에 앉았던 그 어느 여왕보다 아름다운 여왕이 되려고 했다. 더 이상 자신은 '못생긴 공주', '흉측한 아이'가 아니었다. 그런데 자신이 그토록 힘들게 노력해서 얻은 것을 윈터는 아무런 노력 없이 쉽게 가질 거라는 사실이 레바나의 속을 뒤집어놓았다.

에브렛이 윈터의 응석을 끝없이 받아주는 것도 윈터에게 불리하게 작용했다. 레바나가 에브렛과 잠시라도 함께 있을라치면 금세 이 예쁜장한 아이가 나타나 에브렛은 아이에게 목마를 태워주거나 장난감처럼 빙글빙글 돌려주었다. 에브렛은 왕실 무도회에서 함께 춤을 추자는 레바나의 요청은 번번이 거절하면서, 어느 날 윈터에게 왈츠 스텝을 가르쳐주고 있는 모습을 레바나에게 들키기도 했다. 에브렛의 주머니에는 언제나 공주가 그토록 좋아하는 풋사과 사탕이 가득 들어 있었다. 레바나는 목으로 손을 뻗어 지구 펜던트를 손으로 감싸 쥐었다. 에브렛이 '자신'에게도 선물을 해준 시절이 있었다.

저기 물가에서 아이들의 웃음소리가 호수 표면에 비친 햇살만큼이나 밝게 반짝거렸다. 에브렛도 그에 질세라 웃음을 터뜨렸다. 그 웃음소리 하나하나가 레바나에게는 마치 바늘처럼 심장에 와서 콕콕 박혔다. 에브렛이 레바나에게 함께 놀자고 청하던 때도 있었다. 그러나 레바나는 모래밭에서 뛰고 구르고 웃는 것이 '여왕답지' 않다고 생각했다. 그래서 계속 거절하다 보니 에브렛은 더 이상 레바나에게 묻지 않았다. 가끔 지나치면서 저런 모습을 볼 때마다 레바나는 후회스러웠다.

에브렛은 꺅꺅 소리를 지르는 윈터를 머리 위로 번쩍번쩍 들어올렸다. 저들은 개리슨의 아내가 쥐어주는 치즈 샌드위치를 궁전의 그 어느 세프가 준비해준 음식보다 맛있게 먹어치웠다. 제이슨은 윈터에게 모래성은 어떻게 만드는지, 그리고 어떻게 허물어뜨리는 것이 가장 멋진지 보여주었다. 저게 바로 가족이다. 저들 모두가 근심 없고 행복한 가족이었다. 그렇게 많은 노력을 기울이고 조종을 했는데도 레바나는 저 가족의 일부가 되어본 적이 한 번도 없었다.

"여보?"

아이들을 보던 레바나가 시선을 돌리니 에브렛이 자신 쪽으로 힘겹게 걸어오고 있었다. 에브렛의 바지는 무릎까지 젖어 있는데, 온통 새하얀 모래가 붙어서 반짝거렸다. 에브렛은 레바나가 그를 처음으로 보았던 날과 똑같이 여전히 잘생긴 남자였다. 그리고 레바나는 그때와 똑같이, 한 치도 적지 않게 그를 사랑했다. 레바나는 마치 속을 파낸 나무처럼 텅 빈 느낌이 들었다.

"그거 내가 준 펜던트요?" 에브렛이 상쾌한 미소 속에 이를 반짝이며 물었다. 그 미소는 레바나의 마음을 녹이는 동시에 아프게 찔렀다.

레바나는 쥐고 있던 손을 풀었다. 낡고 변색된 펜던트를 아직도 손에 쥐고 있는 줄 몰랐다.

"아직 갖고 있는 줄은 미처 몰랐소." 에브렛이 말했다. 그는 손을 내밀어 한 손가락으로 펜던트 줄을 살짝 들어보았다. 조심스럽고 짧은 손놀림이었지만 레바나는 10대 때 느꼈던 것과 똑같은 강렬한 동경과 아찔함을 느꼈다.

"당연히 갖고 있죠. 당신이 나한테 처음 준 선물인데."

그의 얼굴에 살짝 그늘이 졌다. 레바나는 에브렛이 갑자기 왜 그러는지 알 수 없었다. 뭔가 슬프고 아득한 표정이었다.

에브렛이 펜던트를 놓자 레바나의 가슴뼈에 살짝 부딪치며 떨어졌다. "종일 그렇게 서서 쳐다만 볼 거요?" 그가 물었다. 다시 눈을 반짝였다. 어쩌면 아까 그 그늘은 순전히 레바나의 상상일지도.

"아뇨." 돌아갈 수밖에 없는 레바나는 지친 얼굴로 이렇게 말했다. "들어가려던 참이에요. TX-7과 새로운 무역 계약을 체결해야 돼서 검토해야 해요."

"무역 계약? 내일 할 순 없는 거요?" 에브렛은 양손으로 레바나의 얼굴을 감싸며 말했다. "당신은 너무 열심히 일해요."

"여왕한테는 근무시간이라는 게 따로 없으니까요, 에브렛. 모두 내 책임인 걸요."

에브렛은 꾸짖는 듯한 표정을 지었다. "여왕도 가끔은 휴식이 필요해요. 제발 와서 같이 놀아요. 아무 일 없을 거요. 그리고 누가 본들, '감히' 누가 비난을 하겠소?"

에브렛은 농담하듯 말했지만 레바나는 분명 말 속에 뼈가 있다고 생각했다. "무슨 말이에요?" 레바나는 그렇게 말하며 에브렛에게서 떨어졌다.

에브렛의 양손이 옆으로 툭 떨어졌다.

"사람들이 날 무서워한다고 생각하는 거예요?" 레바나가 계속 다그쳤다. "너무 억압 받다 보니 감히 눈 밖에 날 말은 꺼내지도 못한다고요?"

잠시 에브렛의 턱이 실룩거렸다. 그의 당황은 이내 좌절로 바뀌었다. "사람들은 언제나 왕실을 두려워했어요. 그게 정치잖소. 당신에게만 해당되는 얘기가 아니요."

레바나는 씩씩거리며 그대로 뒤돌아섰다. 그리고 곧장 궁전 쪽으로 걸어가기 시작했다.

에브렛은 신음소리를 내더니 레바나를 뒤쫓기 시작했다. "그만해요, 레바나. 당신이 과잉 반응한 거요. 아무 뜻 없이 한 얘기요."

"당신은 나를 끔찍한 통치자라고 생각하는 게 틀림없어요. 백성들의 안녕보다는 자신의 명성에 더 신경 쓰는 막무가내인 데다 이기적인 여왕들 중 하나라고."

"나는 그렇게 생각하지 않아요. 백성들이 당신을 어떻게 생각하는지 당신이 신경 쓴다는 건 알지만, 나는 당신이 백성들을 걱정한다는 것을 알아요. 당신 나름의 방식으로 말이에요.”

“그게 어떤 방식인데요?” 궁전의 튀어나온 처마에 부딪치지 않게 레바나가 머리를 홱 숙이며 쏘아붙였다.

“레바나, 그만 좀 해요.”

그의 손이 레바나의 손목을 감쌌다. 하지만 레바나는 그 손을 뿌리쳤다. “나한테 손대지 마요!”

그 순간 레바나 주위에서 항상 대기하고 있던 근위병들이 무기에 손을 대며 한 발 앞으로 나섰다.

에브렛은 동작을 뚝 멈췄다. 그리고 해를 가하려는 게 아니라는 뜻으로 두 손을 들어 보였다. 하지만 표정은 화가 잔뜩 나 있었다. 레바나는 에브렛에게 보호해야 할 ‘명성’은 그의 명예라는 것을 알고 있었다. 감히 누군가 에브렛이 자신의 ‘아내’인 여왕을 위협했다는 소문을 퍼뜨린다면 에브렛은 결코 평정을 유지할 수 없을 것이다. 아무리 말도 안 되는 행동을 한 사람이 레바나라 해도.

‘과잉 반응.’

“좋아요.” 에브렛이 한 발 뒤로 물러났다. 그리고 몸을 완전히 돌리며 말했다. “가서 계약서나 읽으시지요, 폐하.”

레바나는 주먹 쥔 두 손을 부들부들 떨며 그가 물러가는 것을 지켜보았다. 그리고 중앙 계단을 향해 당당히 걸어갔다. 하지만 속으로는 도망치는 기분이 들었다. 무언가 포기하는 듯한 기분이 들었다.

레바나는 개인 집무실에 도착했다. 그녀가 대부분의 업무를 처리하는 곳이다. 레바나는 무역 계약서를 검토하려고 자리에 앉았다. 그런데 앉자마자 눈물이 나왔다. 자신이 울고 있다는 것을 깨달았을 때는 폭풍처럼 흘러내리는 눈물을 걷잡을 수 없었다.

레바나는 그 어디에도 속할 수 없었던 한 소녀를 위해 울었다. 그렇게 열심히 노력했지만, 그 누구보다 열심히 노력했지만, 아직도 아무것도 보여줄 게 없는 소녀를 위해. 에브렛이 자신을, 자신만을 사랑한다고 확신했지만 그 확신이 어떤 느낌이었는지조차 이제는 기억할 수 없는 그 소녀를 위해.

이렇게 많은 무기를 가졌는데도 에브렛 헤일의 마음은 정복할 수 없었다. 레바나는 이제 더 이상 임신하려는 노력도 하지 않았다. 계속 그럴 수 없다는 것을 알면서도. 너무나 오랫동안 에브렛의 침실을 방문하는 일이 레바나에게는 열정보다는 피곤함이었다. 그 무엇보다 절망적인 일이었다.

레바나는 궁중 여기저기서 들려오는 소문 때문에 울었다. 보이지 않는 장소에서 레바나의 불임에 관해 이러쿵저러쿵 쑥덕거리는 것이 일상이 됐다. 마법사들과 가문의 수장들은 장기판 위의 말처럼 궁전 주위를 돌아다니며 동맹을 맺고 계획을 짰다. 혹시라도 적통 계승자 없이 왕좌가 비게 될 경우를 대비해서였다. 레바나는 자신이 죽으면 피바람이 불고 폭동이 일어날 거라는 생각 때문에 울었다. 결국 누군가가 권한 없는 자의 머리에 왕관을 씌워주고 새로운 왕조가 시작될 것이다. 레바나는 누가 망하고 누가 흥해 자신의 자리를 차지할지 짐작조차 할 수 없었다.

레바나는 이런 공포에 무게를 두고 싶지 않았다. 왕좌에는 후계자가 필요하다. 그리고 '자신'이 그 후계자를 생산해야 한다. 하늘도 결국 레바나에게 미소를 보내줄 것이다. 그래야만 한다. 루나를 위해. 운명을 자신의 편으로 만들려면 이 나라에 필요한 통치자는 오직 자신뿐이라는 사실을 증명해야 한다.

루나는 번창하고 있었다. 아르테미시아 시는 그 어느 때보다 안락했다. 외곽 지구들은 하나같이 전에 없는 속도로 재화를 생산했다. 소요에 대한 소문이 돌 때면 레바나가 이 돔, 저 돔 다니며 백성들을 방문해 그들이 행복하다는 사실을 일깨워주기만 하면 됐다. 백성들은 그녀를 사랑하고 있으며, 아무런 불만 없이 그녀를 위해 일할 거라는 사실을 일깨워주면 됐다. 백성들의 틈바구니에 있을 때, 레바나는 그나마 아직 한 번도 가져보지 못한 가족에 가장 가까운 감정을 느꼈다.

루나의 경제가 번창할수록 레바나는 더 많은 것을 원했다. 그녀가 지금 우는 것은 원하는 것이 너무나, 너무나 많기 때문이었다. 레바나는 백성들에게 모든 것을 해주고 싶었다. 레바나는 지구를 원했다. 레바나는 지구가 '필요'했다. 지구 전체가. 산이면 산, 강이면 강, 그 모든 계곡과 빙하와 모래 해변, 그 모든 도시와 농장, 마음 약한 지구인 하나하나까지도. 저 푸른 별을 손아귀에 넣으면 그녀가 고민하는 모든 정치적 문제가 한꺼번에 해결될 것이다. 루나에 필요한 자원과 땅과 더 큰 노동력까지.

레바나는 이렇게 작은 달에서 가장 아름다웠던 여왕으로 역사에 남고 싶지 않았다. 레바나는 우주에서 가장 아름다운 여왕으로 역사에 영원히 알려지고 싶었다. 루나와 지구를 하나의 왕정으로 통일한 통치자로.

이 같은 갈망은 조용히 자라나 레바나의 배 속, 아이가 있어야 할 그곳을 차지했다. 레바나의 몸속 아주 깊은 곳에서 무럭무럭 자라났기 때문에 레바나는 그 같은 갈망이 자신의 안에 존재한다는 사실조차 까맣게 몰랐다. 그런데 어느 날 위를 올려다본 레바나는 저 하늘에 걸린 행성이 자신을 비웃고 있는 것을 발견했다. 손만 뻗으면 닿을 듯한 거리에서. 그 순간, 그게 얼마나 갖고 싶었는지 레바나는 털썩 무릎을 꿇을 뻔했다. 시간이 지날수록 이 욕구의 발톱은 레바나를 점점 더 깊숙이 파고들었다. 레바나는 지구를 가질 자격이 있었다. 루나는 지구를 가질 자격이 있었다.

수많은 계략을 짜고 장시간 회의를 열어 병사와 전염병에 관한 문제를 논의했지만 아직도 레바나는 어떻게 해야 저 지구를 가질 수 있는지 확실한 방법을 알지 못했다.

27장

"왜 맨날 왕자예요?" 윈터가 물었다. "왜 비밀요원이 구해주면 안 돼요? 아니면 병사나, 아니면 음…… 가난한 농장의 소년은 왜 안 돼요?"

"나도 몰라. 그냥 얘기가 원래 그래." 에브렛이 윈터의 곱슬머리를 쓸어 넘기며 말했다. "네 마음에 안 들면 내일 밤 우리가 다른 얘기를 지어내자. 아무나 네가 원하는 사람이 공주를 구해주는 걸로 해."

"의사 선생님도 돼요?"

"의사 선생님? 음…… 그래. 안 될 것 없지."

"제이신은 크면 의사 선생님이 되고 싶대요."

"아. 음, 의사 선생님은 아주 좋은 직업이지. 공주뿐만 아니라 많은 사람을 구하니까."

"어쩌면 공주가 스스로를 구할 수도 있죠."

"그것도 좋은데."

레바나는 살짝 열린 문틈으로 안을 들여다보았다. 에브렛이 딸의 이마에 입을 맞추고 이불을 턱까지 당겨주고 있었다. 그 이야기의 결론은 레바나도 알고 있었다. 왕자와 공주가 결혼해 오래오래 행복하게 살았다는 이야기. 레바나는 그 이야기가 거짓말이라고 윈터에게 말해주고 싶었지만, 어차피 레바나는 윈터가 뭘 믿든 믿지 않든 아무런 관심도 없었다.

"아빠?" 윈터가 일어나려던 에브렛의 발길을 붙잡았다. "우리 엄마도 공주였어요?"

에브렛이 고개를 갸우뚱했다. "그럼, 윈터. 그리고 지금은 여왕이지."

"아뇨, 제 말은, 제 진짜 엄마요."

레바나의 몸이 뻣뻣하게 굳었다. 에브렛을 보니 그도 많이 놀랐다는 것을 알 수 있었다. 에브렛은 천천히 침대보 위에 앉았다.

"아니." 에브렛이 조용히 말했다. "그냥 재봉사였어. 너도 알잖아. 엄마가 네 아기 이불을 만들어줬다고 했잖아. 기억 안 나?"

윈터의 양쪽 입꼬리가 내려갔다. 윈터는 퀼트 끝자락을 잡아당기며 말했다. "엄마 사진이라도 있으면 좋을 텐데."

에브렛은 대답하지 않았다. 레바나는 에브렛의 표정이 궁금했다. 에브렛의 침묵이 너무 오래 이어지자 윈터는 위를 올려다보았다. 에브렛은 슬프다기보다는 생각에 잠긴 모습이었다.

"엄마는 어떻게 생겼어요?"

'나처럼.' 레바나는 속으로 생각했다. '말해요. 나처럼 생겼다고.'

하지만 에브렛은 고개를 가로저었다. "기억 안 나." 그렇게 속삭였다. 슬픈 고백이었다. 레바나는 명치를 한 대 얻어맞은 기분이었다. 레바나는 복도에서 한 발 뒤로 물러섰다. "정확히는 기억 안 나." 에브렛은 윈터의 풀 죽은 표정을 보고 말을 고쳤다. "자세한 건 도둑맞았거든."

"무슨 뜻이에요?"

에브렛은 목소리를 다시 밝게 바꾸며 말했다. "그건 중요하지 않아. 내가 확실히 기억하는 건 엄마가 루나에서 가장 예뻤다는 거야. 우주 전체에서."

"여왕보다 더 예뻤어요?"

그의 표정을 볼 순 없었지만 레바나에게는 에브렛이 움찔하는 것이 보였다. 곧 자리에서 일어난 에브렛은 몸을 구부려 딸의 곱슬곱슬한 머리카락에 다시 입을 맞췄다. 그리고 말했다. "우주 전체에서 가장 예뻤어. 너만 빼고."

윈터가 킥킥거렸다. 레바나는 다시 뒤로 물러났다. 뒷걸음질치다가 벽에 등이 부딪혔다. 레바나는 거절당한 쓰라림을 털어내려고 애썼다. 소중한 솔스티스나 사랑스러운 딸에 비하면 그에게는 아직도 자신이 부족하다는 사실을 털어내고 싶었다. 레바나는 자신의 감정이 딱딱하고 차가워지도록 꾹꾹 눌렀다. 얼굴에는 유쾌한 미소를 유지한 채.

잠시 후 문밖으로 나온 에브렛은 레바나가 복도에 서 있는 것을 보고 화들짝 놀란 것 같았지만 금세 어렵지 않게 놀라움을 숨겼다. 에브렛은 몇몇 근위병만큼 감정을 잘 숨기지는 못했지만, 그래도 세월이 흐르면서 자신의 감정을 감추는 데 꽤 능숙해졌다.

레바나가 말했다. "미안하다는 말을 하고 싶었어요. 오후에 있었던 일 말이에요."

에브렛은 고개를 가로저으며 윈터의 방문을 닫더니 복도 끝 자신의 침실로 향했다.

레바나는 양손을 움켜쥔 채 에브렛의 뒤를 따랐다. "에브렛?"

"상관없소." 에브렛이 방에 들어서자 깜박거리며 조명이 들어왔다. 에브렛은 신발을 벗기 시작했다. "뭐 필요한 것 있소?"

레바나는 이 침실에 불이 켜진 것을 별로 본 적 없었다. 에브렛은 이 방을 군이 자신의 취향에 맞춰 꾸미려고 한 것 같지 않았다. 10년이 지났는데도 침실은 여전히 손님방 같았다.

"당신한테 물어보고 싶었어요. 왜…… 그때 왜 나랑 결혼하겠다고 한 거예요?"

에브렛은 방 저쪽에서 잠시 얼어붙은 것처럼 꼼짝도 하지 않다가 남은 신발 한 짝을 마저 벗으며 말했다. "무슨 뜻이오?"

"지나고 보니 가끔 궁금해서요. 그때는 내가 억지로 시키지 않으면 당신은 키스조차 단 한 번 하지 않았어요. 함께 있는 모든 순간, 당신은 나를 거부하며 싸웠죠. 당시에 나는 그냥 당신이…… 신사라서 그런 거라고 믿어 의심치 않았어요. 명예로운 사람이라서…… 솔스티스의 기억에 대한 의리를 지키는 거라고. 하지만 이제는 잘 모르겠어요."

에브렛은 무겁게 한숨을 내쉬며 푹신한 의자에 깊숙이 주저앉았다. "지금은 할 필요 없는 얘기요. 지나간 일은 지나간 일로 그대로 두는 게 어떻겠소?"

"하지만 나는 이유를 알고 싶어요. 왜 그러자고 한 거예요? 만약 당신이…… 당신이 날 사랑한 게 아니라면……. 당신은 왕족이 되고 싶었던 것도 아니었잖아요. 윈터가 공주가 되길 바랐던 것도 아니고. 왜 그러겠다고 한 거예요?"

에브렛이 긴 침묵 속에서 싸우고 있는 것이 보였다. 그는 어깨를 한 번 으쓱하더니 이렇게 말했다. "선택의 여지가 없었소."

"없긴 왜 없어요. 당신은 선택할 수 있었어요. 나를 사랑하지 않았다면 결혼하지 않겠다고 했어야죠."

에브렛은 어이가 없다는 듯 웃었다. 그리고 의자 등받이에 머리를 기대고 말했다. "아니, 선택의 여지는 없었소. 당신의 뜻은 아주 분명했소. 내가 거절했다면 용납하지 않았을 거요. 내가 틀렸으면 틀렸다고 말해보시오. 정말로 날 그냥 놓아줬겠소?"

레바나는 입을 뗐다. '당연하죠. 자유롭게 놓아주었을 거예요. 그게 정말로 당신이 원한 거였다면……'이라고 말하려고 했다. 하지만 입에서 말이 나오지 않았다.

레바나는 아직도 그날 아침을 선명하게 기억했다. 시트에 묻어 있던 자신의 피와 시큼했던 딸기와 달콤 쌉쌀했던 그의 손길. 하룻밤 그는 자신의 것이었지만 손톱만큼도 자신의 것이 되지 않았다는 것을 알고 있었다.

아니, 아니다. 레바나는 그를 그냥 놔주지 않았을 것이다. 레바나는 몸서리를 치며 땅바닥을 내려다보았다. 대체 나는 얼마나 어리석은 아이였던가.

"처음에는 그냥 당신한테는 그게 무슨 게임 같은 것인 줄 알았소." 에브렛은 이미 하고 싶은 말을 했으면서도 계속 말을 이어 나

갔다. "당신 언니처럼 말이오. 그냥 내가 당신을 좋아하게 만들려고
하는 것인 줄 알았소. 그러다가 결국 나한테 질리면 날 내버려두겠
지, 그렇게 생각했소." 에브렛의 미간에 주름이 잡혔다. "당신이 나
한테 결혼하자고 했을 때에야 비로소 너무 늦었다는 걸 깨달았소.
만약 내가 저항했다면, 정말로 당신에게 저항했다면 당신이 어떻게
나올지 알 수 없었소. 당신은 다른 사람을 조종하는 데 아주 능한
사람이오. 그때도 이미 그랬지. 당신이 억지로 받아들이게 만든다
면 내가 저항할 수 없다는 것도 알고 있었소. 그리고 만약 내가 계
속해서 저항한다면 당신이 혹시…… 뭔가 경솔한 행동을 하지는 않
을까 걱정도 됐소."

"내가 뭘 어쩔 거라고 생각했나요?"

에브렛은 어깨를 으쓱하고는 말했다. "그야, 난 모르지. 날 체포했
을까, 아니면 처형했을까?"

레바나는 웃음을 터뜨렸다. 하지만 하나도 재미있지 않았다. "무
슨 명목으로 처형한다고 했겠어요?"

에브렛의 턱이 경직됐다. "생각해봐요. 누구에게든 당신은 내가
당신을 억지로 어떻게 했다고, 아니면 협박했다고, 아니면…… 뭐
라고든 할 수 있었을 거요. 뭐가 됐든 일단 당신 입 밖으로 나오면
반박할 증거는 오직 내 말뿐이었겠지. 그랬다면 당신 뜻대로 됐을
것임을 알잖소. 그런 위험을 감수할 순 없었소. 윈터가 있는데 그럴
순……. 그나마 내게 남겨진 얼마 안 되는 것까지 당신이 망치게 둘
순 없었소."

레바나는 한 대 맞은 사람처럼 뒤로 휘청했다. "나는 절대로 당신
한테 그런 짓을 하지 않았을 거예요."

"그걸 내가 어떻게 알았겠소?" 에브렛은 이제 거의 고함을 치고 있었다. 레바나가 싫어하는 행동이었다. 에브렛은 좀처럼 소리를 지르지 않았다. "당신이 모든 힘을 가졌잖소. 언제나 당신이 모든 힘을 가졌지. 매일같이 당신이랑 싸우는 것도 정말 지치는 일이오. 그래서 그냥 장단을 맞춰준 거요. 적어도 당신 남편으로 있으면 윈터나 나를 보호할 수 있을 테니까. 많이는 아니지만, 그래도……."
에브렛은 이를 악물었다. 이렇게 많이 말해버린 것을 후회하는 눈치였다. 그는 고개를 가로저었다. 그리고 다시 나지막한 목소리로 말했다. "난 당신이 결국 나한테 지칠 거라고 생각했소. 그러면 나는 윈터를 데리고 멀리 떠나고, 모든 게 끝날 줄 알았소."

레바나는 심장이 욱신거렸다. "거의 10년이에요."

"알아요."

"그래서 지금은요? 아직도 모든 게 끝나길 기다리고 있나요?"

그의 표정이 한결 부드러워졌다. 분노는 사라지고, 참을 수 없을 만큼 친절한 표정이 그 자리를 차지했다. 그러나 그의 입에서 나온 말은 가슴을 찢어놓을 만큼 잔인했다. "아직도 내가 당신을 사랑하게 되길 기다리오?"

레바나는 마음을 단단히 먹고 고개를 끄덕였다. 그리고 작은 목소리로 말했다. "네."

그의 이마에 주름이 잡혔다. 슬픔이었다. 후회. "미안하오, 레바나. 미안하오."

"아뇨. 그렇게 말하지 마세요. 당신이 날 사…… 날 아낀다는 것을 알아요. 지금까지 나를 아껴준 '유일한' 사람이지요. 내 열여섯 번째 생일 이후로…… 나한테 생일선물을 준 사람은 당신뿐이었어요. 기억나요?" 레바나는 옷깃 밑의 펜던트를 찾았다. "나는 아직도 그 선물을 하고 다녀요. 항상. 당신 때문에. 당신을 사랑하니까. 나는 알아요……." 레바나는 올라오는 울음을 억누르려 애쓰느라 침을 꿀꺽 삼켰다. "이게 당신이 날 사랑한다는 뜻이라는 걸 알아요. 항상 날 사랑했잖아요. 제발……."

그의 두 눈도 젖어 있었다. 사랑 때문이 아니라 후회 때문에 차오른 눈물이었다.

갈라진 목소리로 에브렛이 말했다. "그건 솔스티스가 준 선물이었소."

레바나는 얼어붙었다. "뭐라고요?"

"그 펜던트. 그건 솔스티스의 아이디어였소."

뚝. 뚝. 뚝. 뚝. 수도에서 한 방울씩 물이 떨어지듯 단어들이 천천히 레바나의 귀로 흘러들었다.

"솔스티스……? 아뇨. 개리슨이 당신이 준 거랬어요. 카드도 들어 있었어요. '당신'이 쓴 카드."

"당신이 가게에서 그 퀼트에 감탄하는 것을 솔스티스가 보았다고 했소." 에브렛은 무너지기 직전의 어린아이에게 말하듯, 부드러운 목소리로 말했다. "지구 퀼트 말이오. 그래서 솔스티스는 당신이 그 펜던트도 좋아할지 모른다고 생각했던 거요."

레바나는 한 손으로 펜던트를 꽉 움켜쥐었다. 하지만 아무리 세게 쥐어도 희망이 물처럼 손가락 사이로 빠져나가는 것을 느낄 수 있었다.

"하지만…… 솔스티스? 왜요? 솔스티스가 왜……?"

"당신이 솔스티스로 변신한 것을 보았다고 내가 말했거든. 그날,

대관식 전에.”

레바나는 목이 마른 것 같았다. 어느새 그날의 굴욕이 생생하게 되살아났다.

“솔스티스가 당신을 딱하게 여겼던 것 같소. 당신이 틀림없이 외로운 거라고, 친구가 필요한 거라고 생각했지. 그래서 나더러 궁전에 있을 때 당신을 보살펴주라고 부탁했소.” 에브렛은 침을 삼키고 말했다. “친절하게 대해주라고 했지.”

그는 안쓰러워하는 것 같았다. 하지만 그건 그의 진짜 감정에 대한 포장일 뿐이라는 것을 레바나는 알고 있었다. 동정. 그는 레바나를 동정했다. 솔스티스는 레바나를 동정했다. 아무 상관도 없는 솔스티스 헤일 따위가.

“그 펜던트는 솔스티스의 아이디어였소.” 에브렛은 고개를 돌리며 말했다. “하지만 카드는 내 생각이었어요. 정말로 당신의 친구가 되고 싶었으니까. 나는 정말로 당신을 아꼈소. 그건 지금도 마찬가지요.”

레바나는 마치 달아오른 숯덩이라도 되는 듯, 펜던트를 손에서 놓아버렸다.

“이해가 안 돼요. 이해가⋯⋯.” 레바나는 울먹거리느라 말이 제대로 나오지 않았다. 물에 빠져 익사할 것 같은 기분이었다. 절망이 발톱을 세우고 자신을 마구 할퀴어댔다. 폐는 숨을 쉬어보려고 했지만 남은 공기가 없었다. “왜 당신은 시도조차 해보지 않는 거예요, 에브렛? 왜 나를 사랑하려고 시도조차 해보지 않는 거예요?” 레바나는 방을 가로질러 가 에브렛 앞에 무릎을 꿇었다. 그리고 그의 두 손을 자신의 손으로 감싸 쥐며 말했다. “내가 그냥 당신을 사랑하게 해줬다면, 당신이 바라는 아내가 될 수 있다는 것을 보여주게 해줬다면, 우리는 충분히…….”

“그만. 제발, 그만해요.”

레바나는 침을 꿀꺽 삼켰다.

“당신은 언제나 그렇게 필사적으로 우리 관계를 살려보려고 애썼소. 우리 결혼을 있는 그대로가 아닌 뭔가로 만들어보려고……. 제발 한 번이라도 저 밖에 뭐가 또 있을까 노심초사하는 걸 그만둘 순 없는 거요? 우리 사이를 억지로라도 진짜로 만들려고 그렇게 열심히 애쓰는 동안 뭘 놓쳐버렸는지 생각해볼 순 없소?” 에브렛은 레바나의 두 손을 꼭 쥐었다. “이미 오래전에 내가 얘기했잖소. 나를 선택하면 당신은 행복을 발견할 수 있는 기회를 잃어버릴 거라고.”

“틀렸어요. 나는 행복할 수 없어요, 당신 없이는.”

에브렛의 어깨가 축 늘어졌다. “레바나…….”

“정말이에요. 생각해봐요. 다시 시작해요. 처음부터 다시. 날 그냥 다시 그때 그 공주라고 생각해요. 당신은 신입 왕실 근위병으로 나를 지키러 온 거예요. 오늘 처음 만난 것처럼 행동해요.” 새로운 가능성에 들뜬 레바나는 갑자기 자리에서 벌떡 일어났다. “나한테 절하는 것부터 시작해야죠. 그리고 당신이 누군지 소개하는 거예요.”

에브렛이 이마를 문지르며 말했다. “못 해요.”

“할 수 있어요. 시도해본다고 해서 손해 볼 건 없잖아요. 그동안 우리가 겪어온 게 얼마인데…….”

“아니, 나는 우리가 처음 만난 척할 수 없어요. 당신이 여전히…….” 에브렛은 손가락을 튕기며 레바나를 가리켰다.

“내가 여전히 뭐요?”

"여전히 그녀처럼 보이는 한."

레바나는 입술을 뾰족 내밀었다. "하지만…… 이게 지금 내 모습이에요. 이게 나라고요."

에브렛은 머리 위로 손을 올려 자신의 곱슬머리를 쓸어내리며 일어났다. 레바나는 잠시 그가 자신의 뜻에 따라주려는 것으로 생각했다. 자신에게 절하고 새롭게 시작하려는 줄 알았다. 그러나 에브렛은 느릿느릿 레바나를 지나쳐 가 침대의 이불을 젖혔다.

"레바나, 난 지쳤소. 이 얘기는 내일 마저 합시다. 알겠죠?"

'내일.'

내일도 두 사람은 결혼한 상태일 것이다. 그다음 날도, 또 그다음 날도 영원히 그는 레바나를 사랑한 적 없는 남편일 것이다. 레바나를 원한 적 없는. 레바나를 신뢰한 적 없는.

레바나는 몸서리쳤다. 마지막으로 이렇게 겁이 났던 게 언제였나 싶었다. 그렇게 오랫동안 마법으로 자신을 휘감고 살았는데 그걸 놓기란 거의 불가능에 가까웠다. 레바나의 뇌는 조종의 끈을 놓으려고 발버둥쳤다. 쿵쾅거리는 심장을 안고 레바나는 천천히 돌아섰다.

에브렛은 머리 위로 셔츠를 벗고 있는 중이었다. 셔츠를 침대에 던진 에브렛이 레바나가 있는 쪽을 쳐다보았다. 헉 숨을 멈춘 에브렛은 뒤로 휘청 한 걸음 물러서다가 하마터면 벽의 튀어나온 촛대에 부딪힐 뻔했다.

레바나는 두 팔로 허리를 감싸고 몸을 움츠리며 물러났다. 그리고 고개를 숙여 머리카락이 반쯤 얼굴에 흘러내리게 했다. 가릴 수 있는 것은 최대한 가리도록. 하지만 손으로 흉터를 가리고 싶은 충동은 기어이 참아냈다. 다시 마법을 불러오지도 않았다.

에브렛이 언제나 사랑했던 마법.

에브렛이 언제나 증오했던 마법.

처음에는 그는 숨조차 쉬지 않는 듯했다. 그냥 뚫어져라 레바나를 쳐다보기만 했다. 아무 말 없이 충격에 빠진 채. 마침내 그는 입을 다물고 떨리는 손으로 침대 기둥을 붙잡아 몸을 지탱했다. 그리고 억지로 침을 한 번 삼켰다.

"이거예요." 멀쩡한 한쪽 눈에서 눈물이 새어나오기 시작했다. "당신이 보지 않았으면 했던 진실. 이제 행복한가요?"

에브렛은 심하게 눈을 깜박였다. 레바나는 에브렛이 자신과 눈을 맞추기가 얼마나 어려울지 이해할 수 있었다. 분명 시선을 돌리고 싶은데도 그렇게 하지 않으려고 애쓰고 있는 것이리라.

"아니." 에브렛의 목소리가 거칠어졌다. "행복하지 않소."

"처음부터 이걸 알았다면, 나를 사랑할 수 있었겠어요?"

그는 한참 동안 어물거리다가 대답했다. "모르겠소. 나는……." 그는 눈을 감고 자신을 추슬렀다. 다시 평소와 같은 모습으로 레바나를 마주하기 위해서. 이번에는 움찔거리지 않았다. "당신이 어떤 모습이고 아니고가 중요한 게 아니오, 레바나. 중요한 건 당신이 나를 '10년간이나' 장악하고 조종했다는 거지." 에브렛의 표정이 일그러졌다. "오래전에 내게 당신의 모습을 보여줬더라면 좋았을 거요. 그랬다면 아마도 많은 게 달라졌을지도 모르지. 어쨌든 이제는 알아낼 방법이 없지."

그는 몸을 돌렸다. 레바나는 에브렛의 등을 뚫어져라 쳐다보았다. 자신이 조금도 여왕처럼 느껴지지 않았다. 자신은 어리석은 어린애였다. 한심한 여자애. 이미 파괴되어 부서질 듯한 존재.

"사랑해요." 레바나가 작게 말했다. "그것만큼은 언제나 진짜였어요."

에브렛의 온몸이 굳는 것 같았다. 그가 미처 뭐라고 답하기도 전에 레바나는 이미 자리를 뜨고 없었다.

R
E
V
A
N
A

28장

'동생아, 이리 와봐. 보여줄 게 있어.' 채너리는 한껏 따뜻한 미소를 지으며 레바나에게 이쪽으로 와보라고 신나게 손을 흔들었다.

본능은 레바나에게 조심하라고 경고했다. 전에도 채너리의 열정이 잔인함으로 바뀐 적이 있었기 때문이다. 하지만 레바나는 저항하기 힘들었다. 레바나의 본능은 물러나라고 말했지만, 두 다리가 그녀를 앞으로 이동시키고 있었다.

채너리는 마음이 여린 아이들에게 마법을 사용하는 방법을 잘 알았다. 특히나 자신의 여동생이라면 더더욱 능숙하게 마법을 사용했다. 그것 때문에 보모가 수도 없이 채너리를 꾸짖었지만 소용없었다. 그러자 채너리는 점점 더 비밀스럽게 마법을 사용했다.

채너리는 놀이방의 홀로그램 난로 앞에 무릎을 꿇고 앉아 있었다. 환영 속의 통나무는 탁탁 소리를 내며 탔다. 이글거리는 불길은 강렬했지만 따뜻한 온기는 부드럽기 그지없었다. 행사에 쓰이는 촛불을 제외하면 루나에서 불은 엄격히 금지됐다. 연기가 돔에 금세 가득 들어차 귀중한 공기를 오염시키기 때문이었다.

이때쯤에는 홀로그램 벽난로가 이미 흔하게 사용되고 있었다. 레바나는 예측할 수 없는 모양으로 춤추는 불길과 불똥을 일으키며 타다가 바스러지는 장작을 지켜보는 것을 항상 좋아했다. 힘없이 슬슬 타는 것 같은데도 장작을 조금씩 갉아먹고, 그러면서도 한꺼번에 꺼지지는 않는 그 불길이 너무 신기해서 레바나는 몇 시간씩이나 쳐다보곤 했다.

"봐봐." 레바나가 옆에 와서 앉자 채너리가 말했다. 채너리는 카펫 위에 반짝거리는 흰 모래를 한 사발 준비해두고 있었다. 채너리는 모래를 손가락으로 조금 꼬집어 홀로그램 불길에 휙 던졌다. 아무런 일도 벌어지지 않았다.

불안감에 배 속이 조여드는 것 같았다. 레바나는 언니를 쳐다보았다. 채너리의 검은 눈동자가 난로 불빛 때문에 춤추는 것처럼 보였다.

"진짜가 아냐, 그렇지?" 채너리는 몸을 앞으로 숙여서 불길에 손을 넣고 휘저어 보였다. 채너리의 손가락들은 멀쩡했다. "그냥 환영이야. 마법처럼 말이야."

레바나는 아직 너무 어려서 자신의 마법을 자유자재로 다루지 못했다. 하지만 마법이 홀로그램 난로와 똑같지 않다는 것 정도는 알았다.

"해봐." 채너리가 말했다. "만져봐."

"안 하고 싶어."

채너리가 레바나를 노려보았다. "아기처럼 굴지 마. 진짜가 아냐, 레바나."

"알아. 하지만…… 안 하고 싶어." 레바나는 본능적으로 무릎 위에 놓인 손을 오그렸다. 진짜가 아니라는 것은 알고 있었다. 홀로그램이 아프지 않다는 것도 알고 있었다. 하지만 레바나는 불이 위험하다는 것도 알고 있었다. 환영이 위험하다는 것, 그리고 진짜가 아닌 것에 속아 넘어가는 것이야말로 그 무엇보다 위험한 경우가 많다는 것도 알고 있었다.

채너리는 으르렁거리는 표정으로 레바나의 한쪽 팔을 붙잡더니 몸을 앞으로 잡아당겼다. 레바나의 몸 전체가 거의 불길로 끌려 들어갔다. 레바나는 비명을 지르며 몸을 뒤로 빼려고 했지만 채너리는 레바나의 작은 손을 더 단단히 쥐고 시뻘건 홀로그램 불길 속에 밀어 넣었다.

물론 아무런 느낌도 나지 않았다. 은은한 따뜻함만 느껴질 뿐이었다. 홀로그램 벽난로는 더 진짜처럼 느껴지게 하기 위해 약간의 열을 내보냈다. 잠시 후 레바나의 심장박동이 누그러지기 시작했다.

"봤지?" 채너리가 말했다. 레바나는 채너리가 대체 뭘 봤냐고 말하는 것인지 알 수 없었다. 레바나는 여전히 홀로그램을 만지고 싶지 않았다. 그래서 언니가 놓자마자 손을 뒤로 빼고 카펫 위에서 슬금슬금 뒤로 물러났다.

채너리는 레바나가 그렇게 물러나는 것에 전혀 신경 쓰지 않았다. "이제 봐봐." 채너리는 손을 뒤로 뻗더니 성냥갑을 보여줬다. 대연회실에 있는 제단에서 가져온 것이 분명했다. 레바나가 뭐라고 묻기도 전에 채너리는 성냥을 하나 그었다. 그리고 몸을 앞으로 숙여 성냥불을 홀로그램 아래쪽에 가져다 댔다.

거기 불이 붙을 만한 물건이 있을 리 없었다. 홀로그램 난로는 불이 붙을 수 없다. 하지만 얼마 지나지 않아 레바나는 타는 장작들 사이에서 더 밝게 빛나는 무언가를 볼 수 있었다. 진짜 불길이 타다닥 소리를 내며 혀를 날름거렸다. 잠시 후 레바나는 마른 나뭇잎 끝이 까매지며 말려 들어가는 것을 보았다. 홀로그램 옆에 불쏘시개가 숨겨져 있었던 것이다. 홀로그램의 환영과는 비교도 되지 않을 만큼 밝은 빛을 내며 진짜 불이 옮겨붙었다.

레바나는 어깨가 뻣뻣해졌다. 머릿속에서 일어나 멀어지라는 경고가 울렸다. 가서 채너리가 법을 어겼다고 말하라고, 불길이 더 커지기 전에 빨리 자리를 뜨라고 했다.

그러나 레바나는 그렇게 하지 않았다. 그랬다가는 언니가 또 다시 자신을 아기라고 조롱할 것이다. 장차 여왕이 될 공주를 감히 곤란에 빠뜨렸다가는 나중에 언니가 어떻게든 자신을 벌 줄 방법을 찾아낼 것이다. 레바나는 카펫 위에서 꼼짝도 하지 않고 불길이 계속 커지는 것을 지켜만 봤다.

진짜 불길이 홀로그램만 하게 커지자 채너리는 다시 모래 사발에(아니면 설탕이었을까?) 손을 뻗어 손가락으로 가루를 조금 집어 불길 속에 던졌다. 이번에는 가루가 푸른색으로 변했다. 탁탁 갈라지는 소리와 함께 불꽃을 튀기다 서서히 줄어들었다. 레바나는 헉하고 숨을 멈췄다.

채너리는 몇 번 더 그렇게 해보더니 자신의 실험이 성공한 데 고무되어 점점 더 대담해졌다. 이제는 한 번에 던지는 양을 두 배로 늘렸다. 다음에는 아예 한 움큼을 던졌다. 작은 불꽃놀이가 연출됐다.

"너도 해볼래?"

레바나는 고개를 끄덕였다. 그 작은 결정체들을 조금 집어 불길 속에 던졌다. 레바나는 웃음을 터뜨렸다. 파란 불꽃이 홀로그램 위쪽까지 확 피어올라 원래 같았으면 굴뚝이 있었을 돌 벽에 가서 부딪혔다.

자리에서 일어난 채너리는 놀이방을 이리저리 살피며 또 뭔가 태울 수 있는 재미있는 것이 없을까 찾았다. 기린 봉제 인형은 연기를 내며 까매졌지만 불길이 붙는 데까지 시간이 오래 걸렸다. 낡은 인형 신발은 녹으면서 오그라들었다. 놀이용 나무 조각은 반짝이는 코팅 아래가 천천히 그을었다.

레바나는 불길에 홀렸다. 잿더미에서 나는 냄새, 거의 아프도록 얼굴로 훅 불어닥치는 열기, 저 높은 곳의 벽지까지 그을리는 연기가 너무나 신기했다. 그러는 사이에도 새로운 실험을 하는 채너리가 점점 더 초조해하고 있다는 것을 눈치챌 수 있었다. 모래 그릇에서 나오는 단순하지만 우아한 푸른색과 오렌지색 불꽃만큼 매혹적인 것이 아무것도 없었던 것이다.

싹둑.

고개를 홱 젖히며 돌아보니 채너리가 갈색 머리카락 한 줌을 불길에 던져 넣고 있었다. 머리카락은 금세 스프링처럼 말려들더니 까맣게 번하며 녹아버렸다. 채너리가 킥킥거렸다.

레바나는 뒤통수를 만져보았다. 채너리가 뒤통수 밑까지 바싹 한 움큼을 잘라놓았다. 두 눈에 눈물이 그렁그렁 차올랐다. 레바나는

209

허겁지겁 자리에서 일어나려고 했다. 하지만 채너리가 더 빨랐다. 채너리는 레바나의 치마를 야무지게 움켜쥐었다. 그리고 홱 잡아당겨 레바나를 다시 바닥에 내동댕이쳤다. 레바나는 비명을 지르며 바닥에 무릎을 찧었다. 하마터면 바닥에 얼굴까지 찧을 뻔했다. 레바나는 겨우겨우 균형을 잡았다. 레바나는 몸을 굴려서라도 멀어지려고 했지만, 채너리는 레바나의 치맛자락에 가윗날을 끼웠다. 천 잘리는 소리가 레바나의 고막을 찢을 것 같았다.

"그만해!"

레바나가 날카롭게 소리를 질렀다. 채너리가 치마를 단단히 잡고 놓지 않으면서 허벅지까지 가위질을 하자, 레바나는 이를 악물고 있는 힘껏 옷을 잡아당겨 채너리의 손아귀에서 빼냈다. 치마가 북 찢어졌다. 채너리는 소리를 지르며 뒤로 벌러덩 자빠져 불길 속에 넘어졌다. 채너리는 비명을 지르며 얼른 몸을 불 밖으로 빼냈지만 고통으로 얼굴이 일그러졌다.

레바나는 공포에 질려 입이 떡 벌어졌다.

"미안해. 그러려고 한 게 아니야. 언니 괜찮아?"

채너리는 괜찮지 않은 게 분명했다. 입술은 으르렁거리듯 옆으로 벌어졌고 눈빛은 시커멓게 변해 있었다. 레바나는 언니가 화난 모습을 수도 없이 보았지만 이렇게까지 분노한 것은 처음이었다. 레바나는 양손으로 치맛자락을 잡은 채 슬금슬금 뒤로 물러났다.

"미안해." 레바나가 다시 더듬거렸다.

채너리는 레바나의 말을 무시하면서 부들부들 떨리는 손을 어깨 뒤로 뻗어 레바나에게 등을 보여주었다. 워낙 순식간이었기 때문에 드레스 윗부분이 불에 그슬리기는 했어도 아무 데도 불이 붙지는 않았다. 다만 채너리의 목이 벌겋게 변하고 드레스의 목 라인 위에 조그만 물집이 잡힌 게 보였다.

"의사를 불러올게." 레바나가 그렇게 말하며 일어섰다. "물이나 얼음이나……."

"나는 너를 구해주려고 했어."

레바나는 동작을 멈췄다. 통증 때문에 눈물이 그렁거리는 언니의 눈에는 분노로 번득거리는 광기가 서려 있었다.

"뭐라고?"

"기억 안 나니, 동생아? 내가 여기 들어와서 네가 난로에서 진짜 불을 갖고 노는 걸 발견했잖아. 그리고 네가 넘어진 거 기억 안 나? 홀로그램처럼 아프지 않을 거라고 생각하면서. 그래서 내가 너를 구출하려다가 나도 데었잖아."

레바나는 눈을 깜박거리며 한 걸음 뒤로 물러나려고 했다. 하지만 발이 카펫에 딱 붙은 것처럼 떨어지지 않았다. 무서움이나 불안 때문이 아니었다. 채너리가 마법으로 레바나의 손발을 조종하고 있었던 것이다. 달아나기에 레바나는 너무 어리고 약했다. 공포가 레바나의 등줄기를 타고 기어오르며 온몸에 소름이 돋았다.

"언, 언니." 레바나가 더듬거렸다. "언니 상처에 얼음을 대야 해. 안 그러면…… 더 악화될 거야."

채너리의 표정이 다시 또 바뀌었다. 분노로 일그러지면서 이번에는 뭔가 잔인하고, 가학적이고, 굶주리고, 호기심에 찬 얼굴이 됐다.

"동생아, 이리 와봐." 채너리가 속삭였다. 배 속이 뒤틀리는 듯한 두려움에도 불구하고 레바나의 두 발은 언니의 말에 복종했다. "보여줄 게 있어."

R
E
V
A
N
A

29장

레바나는 울음을 그칠 수 없었다. 아무리 그쳐보려 해도 흐느낌
은 여지없이 아프게 찾아왔다. 폐가 경련을 일으켜 숨을 쉴 수 없어
서 곧 기절할 것만 같았다. 레바나는 온몸을 덜덜 떨며 무릎을 꿇고
쓰러졌다. 레바나는 울음을 그치고 싶었다. 제발, 제발 좀 울음을 그
치고 싶었다. 울음소리가 복도 끝 자기 방에 있는 에브렛에게까지
들릴 것 같았다. 처음에는 에브렛이 자신을 불쌍히 여길 거라고 생
각했다. 레바나의 울음소리를 듣고 마음이 약해져 레바나 곁으로
올 거라고. 그리고 자신을 위로해주고 안아주고 결국은, '결국에는'
그가 레바나를 죽 사랑해왔다는 사실을 깨달을 거라고.

하지만 그러기에는 이미 너무 오래 울었다. 남편은 기척이 없었
다. 그런 일은 일어나지 않는다. 실현되지 않을 또 하나의 환상이다.

현실에서 도피하기 위해 자신이 꾸며낸 또 하나의 거짓말. 스스로 창살을 만들어 자신을 가두고 있다는 사실을 깨닫지 못한 채 계속해서 만들어내고 있는 거짓말.

마침내 울음이 느려지고, 고통도 잦아들었다. 다시 숨이 쉬어지고 이제 일어서도 쓰러지지 않겠다는 생각이 들었다. 레바나는 침대 기둥을 붙잡고 몸을 일으켜 세웠다. 다리에 힘이 들어가지 않았지만, 쓰러지지는 않았다. 다시 마법을 쓸 기력도 없어서 레바나는 침대 캐노피에 걸린 하늘하늘한 커튼을 북 찢어내 머리 위에 대충 둘러썼다. 이러고 궁전 복도를 걸어 다니면 유령처럼 보일 것이다. 하지만 상관없다. 지금 레바나의 기분은 바로 유령 같았다. 어린 소녀가 만들어낸 유령.

급조한 베일로 온몸을 감싼 레바나는 넘어지듯 침실을 빠져나왔다. 여왕의 침실 밖에는 두 명의 근위병이 근무를 서고 있었다. 레바나가 모습을 드러내자 둘은 말없이 이쪽을 보았다. 머리에 천을 두른 레바나의 모습에 분명 놀랐을 테지만 표정에서는 아무것도 읽어낼 수 없었다. 둘은 적당한 거리를 두고 레바나의 뒤를 씩씩하게 따르기 시작했다. 모습을 감추려고 세심하게 신경 썼건만 궁전 복도를 걸어가는 동안 마주친 사람은 아무도 없었다. 너무 늦은 밤이라 시종들조차 잠들어 있었다.

레바나는 자신이 어디로 가는지 알 수 없었다. 하지만 몇 분 후 자신이 언니의 침실 앞에 서 있는 것을 발견했다. 거의 8년 전 언니가 여왕으로 있었던 얼마 안 되는 기간 동안 사용했던 침실. 레바나는 이 방을 차지할 수도 있었다. 이 방은 지금 레바나가 쓰는 방보다 더 크고 호화로웠다. 하지만 당시 레바나는 에브렛, 윈터와 함께 쓰던 방의 예스러운 분위기가 좋았다. 레바나는 자신이 부유함도, 호사스러움도 추구하지 않는 여왕이라는 점이 좋았다. 오직 가족들의 사랑만 있으면 된다고 생각했다.

그런데 지금은 그동안 줄곧 궁정 사람들이 등 뒤에서 자신을 얼마나 비웃었을까 하는 생각이 들었다. 이 결혼이, 이 '가족'이 실제로 얼마나 거짓인지 몰랐던 사람은 나뿐일까?

근위병들을 복도에 남겨놓고 레바나는 언니 방의 문을 열었다. 잠겨 있지 않았다. 레바나는 이 방에 돈 될 만한 것은 아무것도 남아 있지 않을 거라고 생각했다. 레바나가 이곳에 전혀 발걸음을 하지 않는 것을 다들 분명 알고 있으니 방에 있던 진귀한 보물들을 가져갔을 것이라고 생각했다.

하지만 레바나가 방 안에 들어서고 깜박거리며 조명이 들어와 방 전체를 잔잔히 비췄을 때, 방은 레바나가 기억하던 그대로의 모습을 보여주었다. 심지어 언니가 쓰던 향수 냄새까지 희미하게 남아 있었다. 마치 박물관에 들어온 것처럼 물건 하나하나가 모두 시간이라는 캡슐에 싸여 있었던 것 같았다. 화장대 위에는 언니의 빗이 깨끗이 손질된 채 놓여 있었다. 구김살 하나 없는 침대보. 심지어 크림색 벨벳 위에 작은 왕관이 수놓아진 요람도 그대로였다. 아기 셀린이 잠들었던 이 요람은 레바나도 미처 몰랐던 물건이었다. 레바나는 셀린이 돌이 되기 전까지 엄마 방이 아니라 유모나 보모와 함께 있었는 줄 알았다.

작고 예쁜 요람을 보고 있으니 레바나는 자신이 무언가를 느껴야 하는 건 아닐까 하는 생각이 들었다. 후회. 죄책감. 그 옛날 자신이 저지른 일에 대한 경악 같은 것. 하지만 아무것도 없었다. 그저 가슴 속에서 심장이 부서지는 기분뿐이었다.

　시선을 돌려보니 자신을 이 방에 오게 만든 물건이 있었다. 언니의 거울. 저쪽 구석의 어둠 속에서 유리가 빛을 발하고 있었다. 거울은 레바나의 키보다 컸고 은으로 만든 테두리는 세월과 함께 색이 변해 있었다. 은 장식에는 섬세한 소용돌이 문양이 세공되어 있고 꼭대기에는 한가운데 왕관이 튀어나와 있었다. 옆선에는 은으로 된 꽃과 가시 돋친 가지들이 프레임을 휘감고 있었는데, 마치 거울 뒤에서 돋아나 언젠가는 거울 전체를 잡아먹어버릴 것 같은 모습이었다.

　여섯 살 이후 레바나가 거울 앞에 선 것은 한 번밖에 없었다. 채너리는 여섯 살이었던 레바나를 난로 속에 집어넣었다. 처음에는 손, 다음에는 팔, 그다음에는 왼쪽 얼굴 전체를. 자비란 없었다. 채너리는 레바나에게 손끝 하나 댈 필요가 없었다. 채너리의 마법에 사로잡힌 레바나는 맞서 싸울 힘도, 도망가거나 불길 밖으로 자신을 빼낼 힘도 없었다.

　레바나의 비명 소리에 시종 두 명이 놀이방으로 달려왔을 때에야 채너리는 레바나를 놓아주었다. 그리고 시종들에게는 자신이 동생을 도와주려고 하고 있었다고 했다. 멍청하고 호기심 많은 동생을. 못생기고 기형적이고 흉터투성이인 동생을.

　원래 이 거울은 어머니 것이었다. 자날리 여왕이 행사를 앞두고 이 거울 앞에서 치장하던 모습을 본 기억이 어렴풋이 났다. 어머니가 자신이 직접 낳은 자식들조차 함께 있는 것을 귀찮아하지 않았던, 아주 드문 경우에만 가능한 일이었다. 레바나가 기억하는 어머니는 대부분 마법으로 단장한 모습이었다. 시체처럼 창백한 얼굴에

은발 머리를 하고 지독한 보라색 눈동자가 다른 모든 것을 가려버린 모습. 하지만 이 거울 앞에 앉을 때면 자날리는 마법 아래 있는 모습 그대로였다. '진짜' 있는 그대로의 모습. 그리고 그런 어머니는 채너리와 아주 닮았었다. 자연스럽게 태닝된 피부에 반짝거리는 갈색 머리. 어머니는 예뻤다. 어쩌면 마법으로 꾸민 모습보다 더 예뻤다. 비록 마법으로 꾸민 것만큼 충격적이거나, 위엄이 있지는 않았지만.

레바나는 아주아주 어렸을 때 꾸었던 악몽을 아직도 기억했다. 어머니와 궁정 사람들이 모두 얼굴이 두 개인 꿈이었다.

채너리는 부모님이 돌아가시자마자 이 거울을 자기 것이라고 선언했고, 이후로 레바나는 이 거울을 본 적 없었다. 그래도 상관없었다. 레바나는 이 거울을 싫어했다. 아니, 거울에 비친 모습들을 싫어했다. 그 '진실'들을. 거울에 비친 모습을 레바나만큼 싫어하는 사람은 아무도 없을 것이다. 궁정에 돌아다니는 모든 이가 하나같이 마법을 사용해 머리부터 발끝까지 자신만큼이나 가짜로 치장하고 있는데도 말이다.

레바나는 마음을 단단히 먹고 괴물처럼 버티고 서 있는 거울 앞으로 천천히 걸어갔다. 자신의 모습이 반사되어 보였다. 하늘하늘한 흰색 천을 두른 모습. 레바나는 그 모습이 그다지 유령처럼 보이지 않는 것에 놀랐다. 오히려 제2시대의 어느 신부처럼 보였다. 베일 아래 끝없는 행복이 숨겨져 있을 수도 있었다. 한없는 기쁨과 많은 꿈들이 채워질 수도 있었다.

천의 끄트머리를 잡아 머리 위로 들어올렸다. 레바나는 얼굴을 일그러뜨리며 몸을 움찔거렸다. 얼른 거울에서 떨어졌다. 다시 용기를 내 거울을 마주하는 데는 잠시 시간이 필요했다. 다시 보았을 때는 얼굴을 약간 돌려야 했다. 거울에 비친 모습이 지나치게 고통스러우면 바로 고개를 돌릴 수 있도록.

거울에 비친 모습은 레바나가 기억하는 것보다 훨씬 더 형편없었다. 기억하지 않으려고 애쓰며 그렇게 긴 시간을 보냈는데도. 왼쪽 눈은 영영 뜰 수 없게 딱 붙은 채 감겨 있었다. 그리고 왼쪽 얼굴은 흉터로 울퉁불퉁한 굴곡이 만들어져 있었다. 그때 그 사고로 얼굴의 반이 마비됐다. 그리고 두피의 상당히 넓은 면적에서 머리카락이 다시는 자라나지 않았다. 흉터는 아래로 목과 어깨, 가슴 절반과 갈비뼈 위쪽을 지나 손까지 이어져 있었다.

당시 의사들은 할 수 있는 조치는 다 취했다. 그들은 적어도 레바나의 목숨은 구했다. 의사들은 레바나가 좀 더 크면 다른 방법이 있을 거라고 했다. 여러 차례의 피부 이식 수술을 통해 상한 부분을 조금씩 대체할 수 있을 거라고 했다. 모발 이식 수술. 골격 수정. 심지어 제대로 볼 수 있는 새로운 눈을 구할 수도 있을 거라고 했다. 완벽하게 똑같은 눈을 찾기는 쉽지 않겠지만, 전국을 샅샅이 뒤져서라도 적당한 기증자를 찾아낼 거라고 했다. 찾아내기만 하면 감히 공주의 요청을 거절할 사람은 아무도 없을 거라고 했다. 심지어 눈을 내놓으라 할지라도.

그러나 아무리 희미하더라도 흉터가 남을 게 분명했다. 게다가 당시에는 그런 이식을 받아들인다는 것 자체가 레바나에게 혐오스럽게 느껴졌다. 다른 사람의 눈, 다른 사람의 머리카락, 자신의 허벅지 뒤쪽 살을 떼어서 얼굴에 이식하는 것. 자신의 마법을 더 발달시켜서 그 마법 아래 모든 것을 감춘 채 아무것도 잘못된 것이 없는

217

척하는 편이 더 쉬울 것 같아 보였다.

이제는 너무나 많은 사람이 레바나의 진짜 모습을 잊어버렸기 때문에 수술을 받을 생각조차 할 수 없었다. 의식을 잃은 그로테스크한 자신의 몸 위로 의사들이 왔다 갔다 하며 그 흉측한 모습을 가장 잘 가릴 수 있는 방법이 무엇일지 분석하는 모습은 생각조차 하기 싫었다.

아니, 자신의 마법은 효과가 있었다. 이제는 자신의 마법이 곧 '실제'였다. 에브렛이 뭐라 생각하든, 누가 뭐라 생각하든 자신은 루나 역사상 가장 아름다운 여왕이다.

레바나는 얇은 커튼을 다시 머리 앞으로 잡아당겨 자신을 꽁꽁 감췄다. 심장이 쿵쾅거리고 맥박 뛰는 소리가 귀까지 들렸다. 분노의 비명을 내지르며 레바나는 화장대에 놓여 있는 은으로 된 빗을 집어 있는 힘껏 거울을 향해 던졌다.

맞은 곳을 중심으로 은으로 된 프레임 쪽을 향해 유리 전체에 거미줄 같은 금이 쫙 갔다. 베일을 쓴 수백 명의 사람이 레바나를 돌아보았다. 레바나는 다시 비명을 지르며 꽃병, 향수병, 보석함 할 것 없이 손에 닿는 대로 집어서 거울을 향해 던졌다. 거울이 산산조각으로 깨지고, 부서진 은 제품들이 바닥으로 나가떨어졌다. 레바나는 화장대 옆에 있던 흰색 벨벳 쿠션이 놓인 작은 의자를 집어 들었다. 이 마지막 충돌로 거울은 완전히 부서졌다. 유리 파편들이 방 한가운데까지 날아갔다.

근위병들이 문을 벌컥 열었다. "폐하, 괜찮으십니까?"

레바나는 숨을 헐떡이며 의자를 옆으로 내던지고 쓰러지듯 무릎을 꿇었다. 유리 조각이 정강이를 파고드는 것도 개의치 않았다. 몸을 덜덜덜 떨며 레바나는 혹시라도 드러나는 곳이 있을까 봐 머리 위의 베일을 고쳐 썼다.

"폐하?"

"가까이 오지 마!" 레바나가 손을 뻗으며 소리를 버럭 질렀다.

근위병들이 일제히 동작을 멈췄다.

"궁전에……." 말이 제대로 나오지 않았다. 레바나는 눈물로 범벅된 얼굴을 문질러 닦았다. 자신을 추스르기가 쉽지 않았지만 단호한 목소리로 다시 말했다. "궁전에 있는 거울을 몽땅 다 부숴버려. 하나도 빼놓지 말고 전부 다. 시종들 구역, 화장실, 전부 다 확인해. 도시 전체를 확인해! 전부 다 부셔서 깨진 조각은 호수에 던지도록 해. 다시는 내가 거울을 보지 않아도 되도록!"

한참 동안 말이 없던 근위병 중 한 명이 중얼거렸다. "여왕 폐하."

레바나는 그자의 말이 그렇게 하겠다는 뜻인지, 아니면 미친 여자처럼 말하는 여왕을 보고 탄식하는 것인지 알 수 없었다. 상관없었다.

"거울을 다 부숴버리고 나면 궁전에 쓸 특수유리를 주문해. 창문을 죄다 바꿀 거야. 표면이 유리로 된 건 뭐든지 다. 이미지가 반사되지 않는 유리로. 하나도 반사되지 않는 걸로."

"폐하, 그게 가능한가요?"

레바나는 숨을 천천히 내쉬며 화장대 끝을 잡고 최대한 우아하게 몸을 일으켜 세웠다. 베일을 다시 고쳐 쓴 레바나는 근위병들을 마주보고 말했다. "가능하지 않다면 우리는 모두 유리가 없는 궁전에서 살게 될 거야."

R
E
V
A
N
A

30장

"그래, 그래. 이거면 되겠어. 고맙네."

기술자가 절을 했다. 얼굴을 보니 안도한 것이 분명했다. 하지만 레바나는 이미 그를 보고 있지 않았다. 레바나는 자신이 주문한 특수 스크린에 정신이 팔려 있었다. 언니의 거울에 있던 은으로 된 프레임에 설치하려고 주문한 스크린이었다. 부서진 거울 조각은 다른 것들과 함께 호수에 던져졌다.

레바나는 스크린에 손가락을 대고 죽 그어서 성능을 테스트했다. 루나에서 엔터테인먼트는 대부분 홀로그램 단말기나 돔 자체에 설치된 거대한 스크린을 통해 방영됐다. 하지만 지구에서 오는 통신이나 영상은 모두 다 홀로그램으로 변환되지 않았다. 그래서 지구와 훨씬 비슷한 기술을 적용한 넷스크린을 새로 주문했다. 새 넷스크린은 유용할 뿐만 아니라 아름답기까지 했다. 레바나가 바라던 대로 외곽 지구 사람들을 감시하려면 넷스크린이 필요했다. 연방 황제와 논의할 때도 필요했다. 군대를 파병한 후 들어오는 뉴스 자료를 면밀히 모니터링하는 데도 필요했다.

훌륭한 여왕이라면 정보에 밝아야 한다. 레바나는 지구 뉴스에서 동방연방 왕실 가족을 보여주는 것을 보고 동작을 멈췄다. 라이칸 황제가 홀로 연단에 서 있고, 그 뒤로는 동방연방 국기가 떠오르는 태양처럼 걸려 있었다. 젊은 왕자는 침통한 표정의 정치고문 옆에서 시선을 아래로 내리깔고 서 있었다. 윈터보다 몇 살 많지 않을 것 같은, 키가 크고 마른 아이였다. 레바나의 시선을 사로잡은 것은 똑같이 비참한 표정을 짓고 있는 그의 아버지였다.

기자회견을 소집한 것은 최근 벌어진 비극에 관해 이야기하기 위해서였다. 사랑하는 황후가 죽었다. 황후는 동방연방의 서쪽 끝 전염병이 창궐한 마을을 돌아보려고 방문했다가 다름 아닌 레바나가 만든 그 질병에 걸려 죽었다.

레투모시스로 인한 사망.

레바나는 웃음을 터뜨렸다. 참을 수 없었다. 채너리가 별 생각 없이 저 황후가 언젠가 암살될 수도 있다고 말했던 것이 기억났다. 이것은 암살이 아니다. 살인도 아니다. 이것은 운명이다. 단순하고, 아름답고, 너무나 명백한 '운명.'

지구는 더 이상 그 완벽한 작은 행성에 있는 완벽한 작은 궁전의 완벽한 왕실 가족을 자랑할 수 없을 것이다. 그들은 더 이상 레바나가 그토록 오랫동안 가질 수 없었던 '행복'을 누리지 못할 것이다.

"여왕 폐하."

레바나가 다시 기술자를 돌아보았다. 기술자는 손에 장갑을 꼭 쥐고 있었는데 겁먹은 표정이었다.

"왜 그러느냐?"

"저…… 미리 말씀드릴 게 있는데…… 이미 아실 거라 생각하지만 폐하의…… 마법은 넷스크린으로는 전달되지 않는다는 것을 아시지요? 혹시 영상 메시지나 방송 같은 것을 내보내고 싶으시다면요."

레바나가 씩 웃었다. "걱정 말거라. 벌써 재봉사에게 특별한 것을 주문해놓았다. 바로 그런 경우에 쓰려고 말이야." 레바나는 며칠 전에 배달된 얇은 레이스로 된 베일에 눈길을 던졌다. 캐노피 커튼보다는 훨씬 더 세련되면서도 똑같이 미스터리한 느낌을 주면서 안전하게 모습을 숨길 수 있는 베일이었다.

기술자를 내보낸 레바나는 다시 동방연방 왕실 가족들이 나오는, 음성이 소거된 뉴스를 시청했다. 에브렛과 싸우고 궁전에 있는 거울들을 몽땅 부숴버린 지도 벌써 한 달이 넘었다. 그때부터 레바나는 그 어느 때보다 더 여왕의 역할에 빠져들었다. 거의 잠도 자지 않고 먹지도 않았다.

레바나와 시빌 미라, 그리고 조정 신료들은 외곽 지구 간의 교역과 제조 협약, 그리고 생산성을 높일 수 있는 새로운 방법을 장시간 논의했다. 외곽 지구를 순찰하려면 경비병이 더 필요했다. 그래서 경비병을 더 선발하고 훈련을 시작했다. 정부가 선발하려고 한 젊은이들 중에는 경비병이 되기 싫어하는 자들도 있었다. 특히 자신이 감시해야 할 구역에 가족이 있는 경우에 그랬다. 레바나는 그들이 그토록 걱정하는 바로 그 가족들의 생계를 위협하는 방법으로 이 문제를 해결했다. 젊은이들은 순식간에 마음을 고쳐먹었다.

노동자들에게 필요한 휴식을 주고 그들을 보호하기 위해 도입된 통금은 처음에는 인기가 없었다. 하지만 레바나가 새로운 법률에 복종하지 않는 시민들을 공공연한 본보기로 만들자고 제안한 후 백성들도 그런 엄격한 요구가 합리적이라는 사실을 깨닫기 시작했다.

나라를 더 강하고 안정되게 만드는 동안, 레바나가 무시할 수 없는 문제가 하나 대두됐다. 이전 보고서에서 언급된 것처럼 루나의 자원들이 그 어느 때보다 빠르게 줄어들고 있었다. 끝없이 공급할 수 있는 것은 레골리스밖에 없는 것처럼 보였다. 물이나 농업, 임업, 금속 재활용 공장은 모두 대기 및 중력이 조절되는 돔 내부 공간과 수백 년 전 지구에서 가져온 물자에 의존했다. 더 많은 호사를 누리고, 다양한 작물을 재배하고, 군비와 훈련장을 늘리고, 우주선을 건조하려 보니 자원은 계속 줄어들 수밖에 없었다. 조정 신료들은 이런 수준의 발전을 10년이나 20년 이상 지속할 수 없을 거라고 경고했다.

화면에서는 라이칸 황제가 연단을 떠나고 있었다. 황태자는 넥타이를 만지작거렸다. 동방연방 국민들은 울고 있었다.

"지구." 레바나가 중얼거렸다. 이 단어를 혀에서 굴려보니 처음 그 단어를 말했던 때와 같은 느낌이 들었다. 혹은 처음 진정으로 그 뜻을 의미했던 때와 같은 느낌이 들었다 "지구, 우리는 저게 필요해."

루나가 지구를 차지하면 안 될 이유가 뭐 있겠는가? 루나는 지구보다 더 발전된 사회이고 더 발전된 인종이다. 더 강하고 더 똑똑하고 힘이 있다. 루나인에 비하면 지구인들은 어린아이에 불과하다.

그런데 어떻게 해야 지구를 가장 잘 차지할 수 있을까? 세뇌시키기에는 지구인의 수가 너무 많다. 조정 신료들 전부가 나눠 맡는다 하더라도 말이다. 레투모시스가 확산되고 있기는 하지만 치료제를 활용하려면 몇 년은 더 걸릴 것이다. 레바나가 만든 늑대 병사들은 아직 전면전을 벌일 수준이 되지 않는다. 무력으로 지구를 차지하려면 아직 해야 할 일이 너무나 많았다.

그런데 채너리에게 배운 것들을 되새기다 보니 모든 걸 반드시 무력으로 차지할 필요는 없다는 생각이 들었다. 때로는 상대가 나를 찾아오게 만드는 것이 더 나을 수도 있다. 저들이 나를 '원하게' 만드는 것이다.

그렇다면 답은 결혼동맹이다. 그 옛날 채너리가 꿈꾸었던 것처럼. 윈터는 이 소년에게 멋진 짝이 되겠지만 윈터는 왕가의 혈통이 아니다. 그런 동맹은 너무 피상적으로 보일 것이다. 아니다. 결혼동맹의 대상은 여왕이어야 한다. 레바나여야 한다. 언젠가는, '언젠가는' 왕좌를 차지할 후계자를 생산할 수 있는 사람이라야 한다.

레바나는 입술을 꾹 다물며 스크린을 껐다. 자신이 해야 할 일이다. 백성들을 위해. 백성들의 미래를 위해. 루나를 위해. 지구 전체를 위해.

R
E
V
A
N
A

31장

마지막으로 한밤중에 에브렛의 침실을 찾은 것이 언제인지 기억나지 않았다. 에브렛은 레바나를 보고 깜짝 놀란 것 같았다. 그때 그렇게 싸운 이후, 두 사람은 거의 말도 섞지 않았다. 레바나가 에브렛에게 키스하려 하자 에브렛은 최대한 부드럽게 거절했다. 하지만 레바나에게 나가라고 말하지는 않았다.

레바나는 마법으로 숨기지 않은 자신의 모습을 에브렛이 기억하고 있을지 궁금했다. 그런 생각을 하니 심장이 굳어버릴 것 같았다. 그가 자신을 바라보던 모습, 진짜 자신을 바라보던 모습을 생각하니 온몸의 핏줄이 서늘해졌다.

레바나는 한 겹 한 겹 그의 저항을 벗겨냈다. 아주 서서히 부드럽게 작업했기 때문에 그는 레바나가 자신을 조종하는지도 모를 것이

225

다. 그는 자신의 심장이 저절로 조금 더 빠르게 뛰는 줄, 자신의 피가 저절로 좀 더 뜨겁게 흐르는 줄 알 것이다. 자기 안에서 자신의 갈망이 점점 더 커져서 결국에는 굴복하고 레바나를 안은 줄 알 것이다.

'사랑은 정복이야.'

그가 선택한 행동이 아니라는 것을 알면서도, 한 번도 그의 선택이었던 적이 없다는 것을 알면서도 에브렛의 키스는 여전히 레바나를 황홀하게 했다. 그간 그렇게 많은 일을 겪었으면서도 레바나는 에브렛을 사랑했다. 그가 자신들의 결혼에 대해 뭐라고 했든 그것만큼은 진짜였다.

사랑이 끝난 뒤에도 레바나는 그의 팔에 안긴 채 몸을 웅크리고 있었다. 에브렛의 텅 빈 가슴에 머리를 기댄 채 그의 심장이 잔잔하게 울리는 소리를 듣고 있었다. 레바나는 엄지손가락으로 에브렛이 준 결혼반지를 돌돌 돌려보았다. 오늘 밤이 지나면 다시는 그 지구 펜던트를 목에 걸지 않겠지만, 이 반지는 절대로 빼지 않을 것이다. 이 반지만큼은 언제까지나 항상 몸에 지니고 다닐 것이다. 그 펜던트는 에브렛이 한 번도 품은 적 없었던, 레바나에 대한 사랑을 상징했다. 하지만 이 결혼반지는 레바나가 언제나 품고 있었던 에브렛에 대한 사랑을 상징했다.

'사랑은 전쟁이야.'

이제 곧 복도에서 크지 않은 발소리가 들릴 것임을 알면서도 막상 그 소리가 들리자 레바나는 소스라치게 놀랐다. 왕실 근위병 두 명은 꼼짝도 못했다. 레바나는 그가 근위병들을 죽였는지 아니면 그냥 의식을 잃고 쓰러지게만 했는지 알 수 없었다. 에브렛이 잠결에 몸을 뒤척였다. 레바나를 안은 그의 팔에 본능적으로 힘이 들어갔다. 레바나는 눈물이 흘러나오기 전에 눈을 꼭 감았다.

'오늘부터 당신은 낮에는 나의 태양이요, 밤에는 나의 별이 될 것입니다.'

침실 문이 벌컥 열리면서 벽에 쾅 하고 부딪혔다. 에브렛이 풀쩍 뛰어 일어나면서 동시에 레바나를 옆으로 밀쳤다. 방문 앞에 커다란 검은 실루엣이 보였다.

나중에 찬찬히 생각해보면 레바나는 에브렛이 그토록 빠르게 반응한 것에 놀랄 것이다. 심지어 잠을 자는 중이었는데도 그는 즉각적이고 기민하게 움직였다. 에브렛은 단번에 레바나를 침대 밖으로 밀어내 매트리스 뒤에 몸을 숨길 수 있게 했다. 그리고 자신은 몸을 굴려 반대쪽으로 갔다. 방 한가운데로 총이 발사됐다. 총성에 귀가 먹먹할 지경이었다. 곧 다른 근위병들이 달려올 것이다.

"폐하, 몸을 숙이세요!" 에브렛이 소리쳤다. 어디서 가져왔는지 그의 손에는 칼이 들려 있었다. 당연히 칼이 있겠지. 그는 아마 두 사람이 결혼한 날 밤 이후 줄곧 베개 밑에 칼을 두고 잤을 것이다. 레바나만 몰랐을 뿐.

레바나는 몸을 숙이지 않았다. 레바나는 굴러 떨어진 이불을 꼭 쥐고 에브렛이 침입자를 향해 몸을 날리는 것을 지켜보았다. 레바나는 말없이 '안녕'을 고했다. 레바나의 얼굴을 따라 천천히 눈물이 흘러내렸다.

에브렛의 칼은 침입자의 가슴에 닿자마자 얼어붙으며 머리카락 하나보다 못한 무기가 됐다. 이 침입자는 레바나의 부모를 죽인 범인처럼 껍데기가 아니었다. 이 침입자는 훨씬 더 능숙한 암살범이었다. 훨씬 더 위험한 암살범. 복도에서 쏟아져 들어오는 불빛에 레바나의 눈이 적응되고 나니 에브렛이 상대를 알아보고 눈이 휘둥그레지는 것이 보였다.

해든 수석 마법사는 비록 몇 년 전 은퇴했지만 궁정을 완전히 떠난 건 아니었다. 레바나의 짐작대로 야심을 모두 버린 것도 아니었다. 그는 조정에서 왕족이 아닌 사람이 오를 수 있는 가장 높은 곳까지 갔던 사람이었다. 레바나는 해든 마법사에게 아주 솔깃한 약속을 했다. 레바나가 대가를 이야기하자 그는 망설임조차 보이지 않았다.

에브렛의 칼은 침대 위로 허무하게 떨어져 내렸다. 두 번째 총성. 세 번째. 네 번째. 새하얀 침대 시트에 피가 후두두둑 떨어졌다. 복도 끝에서 윈터가 비명 지르는 소리가 들렸다. 레바나는 윈터가 무슨 일인지 보러 올지, 아니면 현명하게도 도움을 청하러 달려갈지 알 수 없었다. 어느 쪽이 됐든 이미 늦었다. 너무 늦었다.

조슈아 해든이 그를 놓아주자 에브렛은 털썩 무릎을 꿇으며 쓰러졌다. 배를 누르고 있는 에브렛의 양손은 피범벅이 된 채였다. 그가 껙껙거리며 말했다. "폐하…… 도망가세요."

마법사가 레바나를 돌아보았다. 그는 뿌듯하고 거만한 미소를 띠고 있었다. 성공이었다. 그는 레바나가 요청한 임무를 그대로 완수했다. 이제 남편이라는 짐이 없어진 레바나가 그에게 한 약속을 이행할 차례였다. 해든과 결혼해서 그를 루나의 왕으로 만들어줄 차례였다. 레바나는 해든에게 이 일을 부탁하면서 오랫동안 그를 흠모해왔노라고 말하는 것을 잊지 않았다. 어린 나이에 실수로 결혼한 이후 언제나 이렇게 되길 바라왔다고 말이다. 거만한 해든을 설득하는 것은 일도 아니었다.

레바나는 부들거리는 다리를 추슬러 간신히 자리에서 일어났다. 해든은 총구를 내렸다. 그의 두 눈은 욕정과 기대감에 차서 레바나의 몸을, 마법에 휩싸인 몸을 천천히 훑었다. 뺨 위에서 마르고 있는 눈물을 무시하며 레바나는 해든을 향해 몸을 날렸다. 해든은 양팔을 벌려 레바나의 포옹을 받으려 했다. 하지만 그가 받은 것은 가슴 깊이 들어온 칼날이었다. 해든의 얼굴에서 경악과 깨달음이 교차하는 동안 레바나는 그를 밀어냈다. 해든은 휘청휘청 물러나더니 벽에 기댄 채 바닥으로 무너져 내렸다.

레바나는 에브렛 옆의 바닥에 쓰러졌다. 고통이 목구멍을 마구 할퀴더니 외줄기 비명으로 폭발했다. 레바나가 더 이상 위험하지 않게 되자 에브렛은 아껴두었던 힘이 한꺼번에 다 사라졌는지 침대 옆으로 푹 쓰러졌다.

"에브렛!" 소리를 지른 레바나는 자신의 공포가 진짜라는 사실에 놀랐다. 그의 두 눈 뒤에서 불꽃이 꺼져가는 것을 지켜봤다. 회색과 에메랄드색 반점들이 어둠 속에서 흐려져가는 모습은 레바나가 상상했던 것보다 훨씬 더 고통스러웠다.

'우리가 함께하는 모든 날 당신을 아끼고 사랑할 것을 맹세합니다.'

"에브렛." 레바나는 이제 울먹이고 있었다.

에브렛의 손 위로 레바나의 손이 겹쳐져 함께 상처를 눌렀다. 복도 저쪽에서 새로운 발소리가 들렸다. 해든이 이 방에 들어온 지 아직 1분도 안 됐을 텐데 마치 평생이 흐른 것만 같았다. 아래를 내려다보니 레바나의 잠옷에도 온통 피가 묻어 있었고, 두 사람의 손은 피로 뒤덮여 있었다. 그가 아직도 끼고 있는 결혼반지 두 개도 피범벅이 되어 서로를 누르고 있었다.

'이게 내가 생각하는 사랑이야.'

레바나는 흐느꼈다. "미안해요. 미안해요. 아, 맙소사. 에브렛."

"괜찮아요." 에브렛이 힘겹게 말하며 팔을 뻗어 레바나를 자기 쪽으로 당겨 안았다. "괜찮아요, 여보."

레바나의 울음이 더 커졌다.

"제발, 제발, 윈터를 돌봐줘요."

레바나는 흐느꼈다.

"여왕님, 약속해요. 윈터를 돌봐주겠다고 약속해요."

레바나는 용기를 내 그의 눈을 바라보았다. 에브렛의 두 눈은 강렬하고 간절하면서도 끝까지 강인해 보이려고 애쓰고 있었다. 고통을 숨기기 위해. 죽어가지 않는 척하기 위해.

언제인지 근위병들이 도착했다. 의사도 왔다. 윈터까지 잠옷 바람에 놀란 얼굴로 눈물을 뚝뚝 흘리며 나타났다. 시빌도 왔지만 눈썹에 아무 표정이 없는 것으로 보아 놀란 것 같지는 않았다.

하지만 레바나의 눈에는 그들이 들어오지 않았다. 레바나는 에브렛, 자신의 남편, 자신이 사랑하는 사람과 단 둘이 있었다. 피가 차갑게 식어가는 그의 손을 꼭 붙들고. 그가 떠나는 순간이 느껴졌다. 이제 레바나는 홀로 남았다.

레바나는 울음을 그칠 수 없었다. 이건 모두 자신의 잘못이다. 모든 게 자신의 잘못이다. 그와 함께했던 모든 순간을 자신이 망쳐놓았다. 그와의 첫 키스부터.

"약속할게요." 레바나가 작게 말했다. 말소리는 뜨거운 목구멍에서 다 타버렸다. 레바나는 윈터를 사랑하지 않았다. 레바나는 에브렛만을 사랑했다. 그런데 이제 그것마저 파괴해버린 것이다. "약속할게요."

손을 뻗어 목에 걸린 펜던트를 잡은 레바나는 확 잡아당겨 줄을 끊어버렸다. 레바나는 펜던트를 에브렛의 손에 쥐어주었다. 시빌이 레바나를 잡아끌었다. 비명을 지르고 있던 윈터가 아버지 품에 쓰러지며 그 자리를 대신했다.

언니의 말이 되돌아와 레바나의 귀를 천둥처럼 울리고 가슴 속 빈 곳을 속속들이 채웠다.

사랑은 정복이야. 사랑은 전쟁이라고.

'이게 내가 생각하는 사랑이야.'

레바나

초판 1쇄 발행 2017년 7월 14일
초판 3쇄 발행 2020년 9월 14일

지은이 마리사 마이어
옮긴이 이지연
펴낸이 신경렬

편집장 김지연
마케팅 장현기 · 정우연 · 정혜민
디자인 이승욱
경영기획 김정숙 · 김태희 · 조수진
제작 유수경

펴낸곳 ㈜더난콘텐츠그룹
출판등록 2011년 6월 2일 제2011-000158호
주소 04043 서울시 마포구 양화로 12길 16, 7층(서교동, 더난빌딩)
전화 (02)325-2525 | **팩스** (02)325-9007
이메일 boheme@thenanbiz.com | **홈페이지** www.thenanbiz.com

ISBN 979-11-5879-068-4 03840

• 이 책 내용의 전부 또는 일부를 재사용하려면 반드시 저작권자와 (주)더난콘텐츠그룹 양측의 서면에 의한 동의를 받아야 합니다.
• 잘못 만들어진 책은 구입하신 서점에서 교환해 드립니다.